燕歌行

卷3

逆勢而上

酒徒 著

目錄

CONTENTS

第一章

不世英雄

江十一將目光轉向常三石，道：
「從弟兄們裡頭，挑一百個身子骨結實的，給朱都督送過去。
若是姓朱的真如你說的是個不世英雄，
這一百弟子跟了他，早晚能出幾個像樣的來，
咱們船幫也多少能吐口氣！」

朱大鵬怎麼可能理解不了幾家豪強此刻的心態？笑了笑道：「也好，我正愁沒地方給弟兄們治傷呢，待會兒你們留幾個人給我帶路，我今晚就住到莊子上去，不過……」

他陡然把臉一沉，冷笑著說：「我這個人只對自己的同族好說話，如果發現諸位故意下套給我，心甘情願去做二韃子，哼哼！要嘛就做乾淨些，別讓我麾下弟兄跑出一個去；不然的話，將二韃子斬草除根，我紅巾軍可是沒任何下不了手的！」

「不敢，不敢！」話音未落，幾個管家已經又跪在了地上，連聲賭咒發誓：「您就是借小的們一百個膽子，小的們也不敢啊！那徐州城距離這兒不過是百十里路程，芝麻李，不，李大總管的兵馬旦夕可至，小的們要是敢出賣您，李大總管能放過小的們麼?!」

「起來吧，明白這個道理就好！」

朱八十一早已不指望豪強們能明白什麼叫民族大義，既然對方只認刀子快不快，自己就先按對方的規矩來。

「我剛才的話，只是給幾位提個醒而已，希望幾位回去之後，能把我這話傳出去，讓大夥明白我徐州軍上下都非濫殺之輩。好了，既然諸位以前沒做過任何對紅巾軍不利的事，朱某也不會故意與你等為難，說吧，還有什麼需要商量的，趕緊一起說出來！」

「回，回大都督的話，還有就是，就是……」韓府管家用衣袖不停地擦著額頭上的冷汗，結結巴巴地回應，「這些阿速人的價格……」

「大都督開個價，我們儘量湊就是！」劉二趕緊搶過話頭。

「對，大都督儘管開價，我們儘量湊就是！絕不敢跟您多說廢話！」孫府管家狠狠白了韓府管家一眼，大聲向朱八十一表忠心。

「刀都快壓脖子上了，居然還跟姓朱的討價還價？嫌全莊上下活得命長麼？」其他幾個莊子的管家們也紛紛跟進，一邊用白色的眼球鄙夷著短視的韓府管家，一邊承諾答應任何條件。

然而讓大夥非常鬱悶的是，朱八十一居然不接受大夥的好意，而是親自上前把韓府管家從地上拉了起來，和顏悅色地說：

「老丈請起，既然做生意嘛，當然價格由買賣雙方說的算，晚輩很少來北岸這邊，不清楚這一帶奴僕是什麼價格，老丈可否指點一二？」

「不敢，不敢，折殺了，折殺了！」韓府管家立刻嚇得又跪了下去，腦門磕在地面上咚咚作響。

「起來，讓你報價你就報價！別說其他廢話！」朱八十一無奈，只好又裝作一副蠻不講理的模樣，大聲命令。

這回，韓府管家不敢再多囉嗦，又重重磕了個頭，用顫抖的聲音回道：

「既然都督有問，小人不敢不答。這年頭兵荒馬亂，人價不值錢，家裡頭買個幹體力活的小廝只需要兩吊錢；要是買黃花大姑娘當丫鬟或者小妾，才會稍微貴一些，但是五吊也足夠了。」

「這麼便宜，銅錢還是交鈔？」沒想到人價便宜到如此地步，朱八十一愣了下，順口問。

「銅錢！交鈔朝廷自己都不收，小人當然不敢拿那東西糊弄大都督！」韓府管家做生意做慣了，回答得乾脆俐落，說完趕緊將頭貼到地上，不敢與朱八十一對視。

「那些阿速人都是練過武的，可以算成家將和護院，每個我等可以出十二貫！」唯恐價格太低惹朱八十一生氣，劉二用膝蓋向前爬了半步，恭敬地說。

「是啊，算家將！大都督如果嫌低，我等還可以再多出一些！」其他幾個管家七嘴八舌地說道。

「不必！」朱八十一賣俘虜，只是為了建立與兩岸豪強的聯繫，以圖將來，並沒打算只做一錘子買賣，想了想道：

「不能算是家將，那太坑人了，咱們今後打交道日子長著呢，絕不止是這一回！嗯，按小廝算，好像也不太合適，這樣吧，北岸這一帶買頭驢什麼價錢？你們能不能跟我說說？」

「驢？」管家們都愣住了，一時間不知道朱八十一的葫蘆裡究竟賣的是什麼藥？

運河船幫的副總瓢靶子常三石在旁邊聽得有趣，接過大夥的話頭說道：

「敢叫都督知曉，咱們這一帶河道縱橫，運貨都用船，很少拉車，所以基本上見不到驢子。再往北很遠的地方，大約在中書省河間一帶，驢子才會漸漸多起來，但價錢也只比豬貴一點。一頭正當年的叫驢，也不過是七八百文的樣子！比買小廝要便宜一半呢！」

「那就按八百文算，普通士兵八百文，牌子頭一千，百夫長兩千，副千戶及以上我不賣，要留著向李大哥獻俘！」朱八十一用力一拍大腿，斷然做出決定。

「這，這……」眾管家們面面相覷，無法相信自己的耳朵。

臨來之前，他們都做好了被朱八十一硬訛一筆的打算，誰也沒料到，一個阿速兵才要他們出八百文，比買個小廝還便宜一大半。

「都督的意思是，既然蒙古人打死漢人只賠一頭驢，他就以牙還牙，把這夥被俘的阿速人當驢子處理了！」

還是運河上船幫的副幫主常三石見多識廣，眼睛微微一轉，就立刻明白了朱八十一的意思，趕緊在旁邊向大夥解釋！

「啊，啊，哈哈，哈哈哈哈——！」眾管家愣了愣，然後連聲乾笑。

見過不靠譜的，卻沒見過如此不靠譜的。堂堂左軍大都督，居然只為了爭一口閒氣，就把幾百名阿速俘虜當驢子給賣了！只是這口閒氣的代價也太大了吧！

他們打破腦袋也無法理解朱八十一的惡作劇，船幫的常副幫主的眼睛卻咄咄放出了精光。

作為這個時代見聞最廣博的一群，隨著船隊南來北往，他們接觸過無數英雄豪傑，奇人異士，但那些英雄豪傑也好，奇人異士也罷，包括眼下聲名最為響亮的彭和尚，劉福通、徐壽輝等，所提不過是「天下苦於貧富不均，吾欲為大夥均之！」**誰也沒像朱八十一這樣，把刀尖直接指向了蒙元上層。**

蒙古人殺漢人賠一頭驢，既然如此，那朝廷的將士在我眼裡就只值一頭驢錢。己所不欲勿施於人！**把人當驢子的傢伙亦被人當驢子待之，禮尚往來，天公地道！**

常三石不理睬那些滿頭霧水，眨巴著眼睛，琢磨該不該主動提價的管家們，向前走了半步，以自北宋之後就漸漸於民間消失的長揖，伏地拜道：「運河船幫副幫主常某，給朱都督施禮了！祝都督所向披靡，百戰百勝！」

朱八十一眉頭輕輕一挑，立刻猜出對方必有下文，立即站起來以平輩之禮相還，「多謝常幫主吉言，百戰百勝，朱某不敢奢求，只願每戰必盡全力，不敢讓蒙元朝廷小瞧了我漢家男兒罷了！」

「這——！」常三石沒想到朱八十一竟與自己平輩論交，身體迅速側開，口中連道：「折殺了，折殺了。都督請上坐，請上坐。」

「不坐了，坐累了，我正想下來活動活動筋骨！常幫主大老遠跑到我這裡，不會也是想買些俘虜回去裝點門面吧？」

「那些人既不會撐船，又不會扛大包，我要他們何用！」見朱八十一如此平易近人，常三石搖搖頭，訴苦說：

「就在一個時辰之前，運河上的阿速軍輔兵突然一哄而散，把十幾艘官船和船上的所有物資糧草，全都丟在了河道當中。

「在下是草民，不敢動朝廷的東西，也招惹不起那位將阿速左軍打得落花流水的英雄，所以就將這二十幾艘船派人先看管了起來，朝廷的兵馬先折回來就交給朝廷，某位英雄的兵馬先開過去，就只好先歸了那位英雄。

「唉，做船行難啊！每天在不同的地面上走，見了誰都得叫聲爺！一旦被人家把刀子架到脖子上，人家讓把船往哪邊開，還不都得乖乖依著！」一番話，說得像童養媳一般委屈，卻把阿速左軍遺留在運河船上的糧草物資轉手就全借花獻了佛！

對於送上門來的厚禮，朱八十一當然不能拒絕。想了想，把頭轉向親兵隊長徐洪三，吩咐道：「你點五十名弟兄，等會兒跟著常幫主去接收官船，如果有人敢阻攔，直接殺了便是！」

「是！」徐洪三不顧身上的疲憊，大聲答應著上前接令。

「接收了官船之後，立刻起錨沿著運河返回徐州，所需人手直接從船幫徵用；到了徐州城外，把官船當作腳力錢，全部折給船幫！」朱八十一繼續命令。

「使不得，使不得！」常三石立刻跳起來，兩手擺得如同風車，「百十里的路，可不敢收朱爺您這麼厚的船資。再說，那是官船，我等草民哪裡敢用？還請都督務必收回成命！」

「那可就麻煩了！」朱八十一故作為難地說：「我們紅巾軍講究的是秋毫無犯，不能白用你的人手，把船折給你抵帳你又不肯，要錢的話……」

「不用錢，小的哪敢收都督的錢！」跟聰明人說話就是省力氣，常三石很快弄明白了朱八十一的意思，一邊客套著，一邊順著桿往上爬。

「只是船幫行走於運河之上，難免要從徐州城外經過，馬上就要到夏天了，很多南邊的珍稀物件都要往北方運，在途中多耽擱一天，就是一天的損失，大都督如果能在李總管面前給美言幾句，讓紅巾軍的通關手續稍微簡單一些，船幫上下兩萬多口，永遠不敢忘記都督大恩！」

「這件事啊——」難得在這個時代找到一個頭腦異常活絡的人，朱八十一在興奮之餘，便存了幫對方一把的心思。

想了片刻，回道：「這樣吧，此事我不方便現在就答覆你，你回頭找幾個出色的幫手，帶著他們到徐州去談。咱們兩家當面鑼，對面鼓，一道拿出個章程來，既不耽誤你們船幫的生意，也不至於給我們徐州軍造成太大損失。常兄，你意下如何？」

「常某感激不盡！」常三石再度長揖及地。

作為下九流行業，船幫規模雖然龐大，但走到哪都要看別人臉色，即便送上大把的賄賂，蒙元朝廷的那些色目官吏也是隨便拋出一個規矩，讓船幫照著去執行而已，**從來沒有任何人，任何一方勢力肯坐下來跟他們談一談具體條件，哪怕**

是裝模作樣。

自從芝麻李起兵以來，運河上的生意更是雪上加霜。雖然紅巾軍從沒掐斷航運，但那些做大生意的財主們，誰敢保證蟻賊不見錢眼開？因此，只要貨物的價錢稍微貴一些，很多人寧可冒險把它交給方國珍兄弟，從海路北上，也不敢交給船幫走運河。

而一些價格便宜的日常用度之物，如時鮮、果蔬、南北土產等，在經過徐州城下的關卡時，又因為手續繁雜耽擱時間頗多，在路上就變了質。一來二去，令船幫的生意愈發日漸冷清。

如今芝麻李面前最紅的朱都督居然肯答應跟船幫商量一個雙方都能接受的通關章程，常三石豈能不喜出望外?!

想到多耽擱一天就是上千吊的損失，他就連半刻鐘都待不下去了，向朱八十一說了幾句拍胸脯的場面話，便立刻起身告辭，帶領徐洪三及剛剛挑出來的五十名紅巾軍精銳，騎著繳獲來的駿馬，風馳電掣般跑回運河碼頭。

碼頭上，那船幫大當家江十一正等得心焦，見常三石帶了五十名騎著快馬的鐵甲壯士回來，立刻命人點起了幾堆大火，然後做出一副慌張模樣，領著幫眾們撒腿逃命。暗地裡，卻派另外一個副幫主龍二，將徐洪三等人引到了無主的官船上，以最快速度拔錨啟航。

待徐洪三等人和負責搖櫓引水的船幫子弟都去遠了，他才偷偷把常三石叫到一邊，低聲責怪道：「我說三弟，你平素也是個穩重人，怎麼這麼大張旗鼓地就把紅巾賊帶到碼頭上了？萬一被官府那邊知曉……」

「官府眼下應付朝廷的責難還應付不過來呢，哪還有功夫注意咱們！大哥，二哥，你們兩個可是不知道啊，那朱都督今天光是阿速騎兵就活捉三百多個……」常三石興致勃勃地回道。

隨即將自己在紅巾軍營地看到和聽到的情景，如實地描述給江大當家和龍二當家聽。

「這麼說，那朱都督倒是個難得的豪傑了？」聽常三石話語裡充滿對朱八十一的推崇，船幫大當家江十一不禁道。

「是啊！老三，我從來沒見你佩服過任何人！」龍二幫主也好生奇怪，在旁邊說道。

「大哥，二哥，恐怕豪傑兩個字還不足以形容他！」常三石想都不想便出言糾正。

「此話怎講？」江十二越發好奇了。

「大哥，二哥！你們當時沒看到，」常三石不可思議地說：「我去的時候，紅巾軍正押著俘虜打掃戰場。三百多名阿速人，當初他們沿著運河急匆匆往南趕時，是何等的威風，這會兒在朱都督那裡，居然乖巧的如同三百隻綿羊一般，根本不用鞭子抽，鞭梢指向哪裡，他們就走向哪裡！」

「那是因為不肯聽話的早殺掉了！」副幫主龍二晃了晃手中羽扇，不服氣地道：「那朱八十一用了幾倍兵力拿下阿速軍的？莫非真的像外界傳言一般，只用了區區四五千麼？」

他加入船幫之前，是個屢屢落第的白衣秀才，心中最佩服的人為諸葛武侯，因此即便再冷的天，也要拿著把鵝毛扇子，動不動就學著折子戲裡的諸葛孔明一般搖晃幾下，以顯示自己的英明睿智。

不過今天鵝毛扇子扇起的涼風卻帶著出奇的熱氣，只聽三當家常三石的話順著風飄來，字字句句都像是火烤過一般。

「幾倍？二哥，是阿速軍的一半不到好不好。這是我親眼看到的，並且之前還從吳家莊的大少爺吳良謀嘴裡聽說過一次。朱八十一此番來黃河北岸，目的僅僅是向幾個不開眼的塢堡催繳錢糧，所以怎麼可能帶太多人馬？就一千四百出頭，其中還有一小半是根本上不了戰場的輔兵！」

「真的?!」不但是龍二，素來沉穩的大當家江十一也愣住了。

「我去拜會朱都督時偷偷數過的！」常三石深怕兩人不信，揮舞著手臂叫道：「都是一家人，我騙你們兩個做什麼？我到達戰場時，他們剛剛把隊伍收攏起來。雖然分不清哪支是戰兵，哪支是輔兵，但全加在一起，也不過千把人左右。如果戰死的弟兄是活下來的兩倍以上，他們自己早就崩潰了，怎麼可能把阿速左軍打得落荒而逃?!」

「那倒是！」江十一和龍二互相看了看，「看來，這朱八十一果真如傳說中那樣勇不下關張啊！你剛才說他準備把阿速人怎麼著？明碼標價賣給地方官府？」

「與其說是賣，不如說是故意羞辱！」見話頭終於又回到了正題，常三石深吸了口氣道：「八百文，他以每個士卒一頭驢的價錢，將俘虜賣給了附近的幾個莊子，讓大夥再轉手交給豐縣官府！」

「噢！怪不得老三你如此佩服他！原來他是想走方谷子的老路！」副幫主龍二如夢初醒，撇著嘴冷笑。

方谷子，是蒙元定海尉方國珍的綽號。此公早在四年之前就造了反，帶領一票弟兄雄踞於舟山一帶，專門對往來的色目貨船下手。色目商人不堪其擾，買通蒙元朝廷，派出水軍去征討他，結果水軍卻被他打了個大敗，連領兵的主帥朵兒只班都給此人給活捉了去！

那方國珍抓到朵兒只班後，卻不梟首示眾，而是好酒好菜招待一番，再送上盤纏，請求對方替自己給朝廷帶話，願意接受招安。蒙元朝廷的兵馬不擅長水戰，便只好招降了他，委了一個定海尉的官職，想把他騙上岸後再徐徐圖之。

方國珍接到蒙元朝廷的招安文書，卻不肯上當，先把官服穿在身上，打著蒙元朝廷的旗號繼續對過往商船敲詐勒索，待錢糧都撈足了，便再度扯旗造反，順手把溫州城給打了下來。

此後三年，這位方谷子與朝廷屢屢交手。每次打贏了，都要求升官受招安，每次招安後，不久便又造反入海。如此反來反去，如今成了東南沿海第一大勢力。朝廷、水上討生活的綠林豪傑、還有遠道跑來大元做生意的色目船隊都得看他的臉色行事。

最近有消息說，蒙元朝廷再度拿出漕運萬戶的職位去接洽了，就等方谷子大俠的回話。如果方谷子大俠嫌萬戶的職位也低，雙方甚至可以再商量，只求他能夠消停下來，讓大都城中的闊佬和闊佬們的色目盟友們能繼續安安穩穩地賺取海貿上的巨額紅利。

能把蒙元朝廷逼到這個份上，這方谷子也算給江湖豪傑們掙足臉了，眼下徐州軍的駐地正卡在運河上，想以方谷子為前車之鑑也不足為奇。

誰料龍二幫主剛剛笑了兩聲，就被常三石用鄙夷的話語噎了回去，「嗤！方谷子又算什麼東西！與這位朱都督比起來，不過是夜貓子與大鵬鳥，他看中的那兩隻死老鼠，人家根本不會用眼皮夾一下！」

「老三，你這話什麼意思？」龍二被說得臉上發燙，用扇子指著常三石質問。

「如果只是想著討好朝廷，他又何必定下那種羞辱人的價格？眼下他手頭又不缺錢花，八百文和白送有什麼區別？之所以要定這樣一個價錢，是因為跟我打聽到市面上八百文可以買一頭驢。

「大哥，二哥，你們兩個想想，敢提刀殺官造反的豪傑，這兩年咱們也見過不少，**誰想過如此狠狠地扇那狗朝廷的臉**?!把天下人分成四等，是忽必烈下江南時定下的國策，七十多年來大夥都習慣了，包括一向憤世嫉俗的讀書人，誰曾敢質問過它合理不合理？而朱八十一這麼一弄，這徐州紅巾便不再是群殺富濟貧的草寇，無論窮的，富的，大字不識的，還有學富五車的，只要還記得朝廷那條蒙古法的人，有誰不會挑起大拇指來替他那徐州紅巾叫一聲彩！」

「然後呢，就引得朝廷以傾國之力來攻？氣是出了，徐州紅巾也被他擺到火爐子上！」龍二撇著嘴反擊。

「是啊！這朱都督所做之事，聽起來的確痛快，不過……」大當家江十一在讚賞之餘，也覺得朱八十一此舉未免有失穩重，頓了頓道：「也徹底把自己擺到了一個最明顯的位置上，那朝廷聞聽之後，恐怕拼著將運河砸爛了，也得先除了他們！唉——！」

「唉，老三，讓我們怎麼說你才好！」龍二也陪著嘆了口氣，鵝毛扇下陰風陣陣。

自己這個三弟啊，什麼都好，就是太容易衝動了，那朱八十一所做之事聽起來的確過癮，但**豈是智者所為？這個時候的智者，就該把頭縮起來，看著朝廷的兵馬去打別人，然後躲在一邊慢慢發展壯大，以待將來之機**。

「那徐州軍卡在運河上，即便不打出驅逐蒙元的旗號，朝廷能放過他們?!」常三石的情緒變得非常激動，看著兩位結拜兄長抗聲道：

「既然早晚都得打，不如做得乾脆些，把旗幟挑明了，以戰求生！只要他們能保持今天這種戰鬥力，朝廷的兵馬再多又能如何?!大不了棄掉徐州，轉戰他處，只要他肯繼續給漢家兒郎爭這口氣，肯定有仁人志士成群結隊地追隨他！」

一番話，說得大當家江十一連連點頭。

「倒也是！反正朝廷絕對不肯讓他們永遠卡在運河上，既然早晚都要打，不如擺明旗鼓打個痛快，即便敗了，亦有後來者重拾戰旗！」

「所以老三你就迫不及待地將官船交給了他們？也好！如果他們能替漢家兒郎出一口惡氣，也不枉了咱們今天的支持！」

副幫主龍二雖然依舊不看好徐州紅巾軍的前途，卻認可了常三石的作為，不再指責他急匆匆把紅巾軍引到碼頭的舉動過於草率了。

誰料常三石看法卻比其他二人深刻得多，接著道：「如果只是舉起一個讓人解氣的旗號，我也不會如此急著往回趕！大哥，二哥，我問你們，咱們船幫規模和實力雖然不差，然而從官府到江湖，有人曾經拿正眼看過咱們麼？」

「這——，唉！」他不提這事還好，一提，兩位當家又是相對著長吁短嘆。

俗話說，車船店腳牙，不死也該殺。這下九流的行當裡，操車弄船和出賣苦力的，最被人瞧得輕賤不過，甭看**船幫上下把持著一條運河，要錢有錢，要人有人，卻唯獨沒有什麼江湖地位**。

在官府眼裡，他們不過是一群賣力氣吃飯的苦哈哈；在往來商販眼裡，他們除了是苦力之外，還多出另一種身分——不務正業的地痞無賴；在真正的江湖大老、綠林強盜眼中，他們卻又成了一群可以幫助大夥銷贓出貨，打探消息的小混混。

總之，走到哪裡都上不了檯面，沒人真正拿他們當一回事！

「可那朱八十一卻答應回徐州後，跟咱們面對面談如何在運河上通紅巾軍的關！」常三石越說越激動，眼睛裡隱隱竟有了淚光。「大哥，二哥，當年你們冒著被殺頭的危險幫助彭和尚躲避官府的追捕，他彭和尚除了有求於你們的那些日子之外，拿正眼瞧過你們麼？前些年黃河氾濫，咱們船幫費勁九牛二虎之力幫助官府把漕糧平安運往大都，那些官老爺們，肯在收稅的時候跟咱們商量到底該怎麼個收法，怎麼才能讓船隊走得更順暢些麼？可那朱八十一卻是**真正拿咱們當人看**。就憑這一點，我願意出全力幫他！」

「嗯！」大當家江十一手捋鬍鬚，低聲沉吟。

把持著關卡的官老爺跟通關的船隊商量如何收錢，如何加速過關，這對他來說，的確是聞所未聞的新鮮舉動，但因此就認為紅巾軍對船幫高看了一眼，則未免有些太一廂情願了。畢竟，具體規則和稅率還要雙方商量，眼下刀子在人家手裡，船幫又豈敢說話聲音太高?!

「英雄豪傑在起事之初刻意將身段放低一些，廣交江湖朋友，也是自然的！」副幫主龍二也覺得朱八十一對船幫釋放的善意過於沉重，令他們有些消受不起，帶著幾分遺憾的味道大發感慨。

「不是刻意將身段放低！」常三石用力搖頭，不知道該怎麼說才能讓兩位結義兄長知道朱八十一的與眾不同，「是本來就低！不對，不對，是既不高也不低。不對，還是不對！二哥，要不然過幾天你自己去徐州走一遭吧，一方面跟紅巾軍把通關和收稅的事商量出個章程來，另外，也去親眼看看那位朱都督。

「怎麼說呢，我感覺他從來沒看輕過任何人，也沒打算對任何人低三下四。不光對咱們，對那些堡寨派來的管家也是一樣，有商有量，沒把對方當作什麼下賤之輩！他給我的感覺就像佛經上所說的那樣，**在他眼裡，眾生皆為平等之物，皇帝也好，草民也罷，誰都不比誰矮上分毫！**」

「胡說！」副幫主龍二哭笑不得，晃著羽扇反駁，「佛經上的眾生平等，說的是佛性，不是外相。如果眾生真的平等起來，當官的和草民平輩論交，那豈不是要天下大亂了?!老三，你就是不肯好好讀書！」

反駁完，心中不由得也湧起幾分憧憬。要是真的眾生平等的話，自己當年考科舉時，就不會因為舉薦人不夠硬，而一再名落孫山了。這船幫上下兩萬子弟也將少受許多白眼，只是如此一來，誰還肯努力讀書做官？豈不是人人都成了蠢笨的懶漢麼！

正矛盾不堪地想著，忽聽大當家江十一說道：「無論他是真心也好，假意也罷，這姓朱的既然如此給咱們船幫面子，咱們也不能讓江湖同道笑話了。老二，你去準備一下，等聽到朱都督返回徐州的消息，便立刻乘了船去找他談說好的事！」

龍二聞聽，先是本能地想躲避，隨即心裡卻又湧起了一股濃烈的不甘，朝大當家江十一拱了下手，朗聲回道：「也好，龍某就去會會這位佛子！」

「老三！」江十一朝他點點頭，隨即將目光轉向常三石，「你從弟兄們裡頭，挑一百個無家世所累，身子骨結實的，明天一早就給朱都督送過去。若是姓朱的真如你說的那樣，是個不世英雄，這一百弟子跟了他，早晚能出幾個像樣的來。屆時只要其中有一兩個不忘本的，咱們船幫也多少能吐口氣！」

常三石之所以急匆匆地趕回來，除了向江十一報喜之外，就是想勸說對方盡力與朱八十一搭上關係，此刻聽大當家決定送子弟去投徐州紅巾軍，立刻響亮地答應了一聲，隨即道：

「不過，大哥，一百個恐怕少了些，我看那吳家莊把他家大少以做人質的名義送進了紅巾軍，隨身也帶了一百個莊丁，咱們船幫上下兩萬多條漢子……」

「人不在多，關鍵在精！」畢竟是個老江湖，江十一眼睛轉了轉，便給出了一個非常有說服力的回應，「你先前說那朱都督此刻手裡只有千把人，咱們送弟兄多了，一旦報起團來，豈不是令他難做！況且凡是造反，就有個成與不成，萬一天命不在紅巾軍那邊，咱們送了太多弟子去，過後官府豈能不找上門來?!

「你去跟朱都督說，這一百名弟子先讓他試試看，如果好用的話，將來隨時都可以到運河上來招兵買馬。如此，既能讓他明白了咱們的心意，又不會留下太大的隱患。日後若是他朱都督真的扶搖而上了，需要擴充隊伍，第一個肯定就會想到咱們船幫，萬一他真的運氣不佳的話，自然也不好意思再向咱們張嘴！」

「幫主——」常三石心裡好生失望，卻找不出好的反駁理由，只得怏怏地回道：「幫主的法子自然是最穩當不過，事不宜遲，小弟我這就下去挑人了。」

「去吧，去吧，你真是個急性子！」江十一大笑著揮了揮手，示意常三石可以自行離開。

目送著對方的身影消失在碼頭上，他轉過臉來，對著另一個副幫主龍二幽幽的嘆氣，「咱們家老三哪，我看心思恐怕已經無法再回到運河上了！」

「老三原本就比你我兩個年輕，又是個衝動性子，被朱屠戶幾句大話糊弄住了，也屬正常！」副幫主龍二晃了晃羽扇，涼風習習，「不過呢，俗話說，日久見人心，等他跟姓朱的打交道多了，自然就明白對方說的是不是實話了。那時

候，想必心思還會落到運河上來！」

「嗯，但願如此！唉！」江十一又嘆了口氣，心中好生不是滋味。他跟常三石交往這麼多年，什麼好事都沒忘記過對方，誰料到多年的解衣推食相待，居然還比不上別人的幾句豪言壯語。這事無論落到誰頭上，恐怕都無法看得太開。

不過，人各有志，還有多年的交情在那擺著，他也不能做出什麼出格的事情來，兩眼盯著煙薰火燎的碼頭悶悶地想了一會兒，忽然又嘆了口氣道：「先別管老三如何，有件要緊事情還得落在你的頭上。」

「大當家儘管吩咐！」副幫主龍二退開半步，將手搭在羽扇上做躬身受命狀。

「前些日子，南邊的兄弟傳消息過來，說是有個姓逯的高官，在淮南那邊招了三萬多鹽丁，據說要帶著去打徐州，糧草、輜重什麼的已經在高郵裝了船，我估摸著再過個十天半個月的，他們就是爬也該爬到徐州城下了。要是這消息不小心被芝麻李手下的探子得了去，你說，他會不會贏得更乾淨俐落一點？」

「這……」

副幫主龍二猶豫了一下，立刻笑成了一隻剛剛偷吃完雞的狐狸，「那是當然，我聽說芝麻李手下的探子非常厲害，這徐州城外方圓五百里，就沒有什麼事情能逃過他們的耳目！唉，傳言這東西，也不知道當不當得真？」

二人都是老江湖了，在局勢不明的情況下，絕對不敢讓船幫跟紅巾軍之間瓜葛太深。然而，如果能跟徐州紅巾就船隊通關和收稅兩項達成協議的話，芝麻李在徐州生存得越久，對船幫則越有利可圖。

因此，在不承擔任何風險的情況下，能偷偷給朝廷兵馬下絆子的事情，江十一和龍二哥倆是絕對不吝嗇去做的。並且還要**做得神不知鬼不覺，讓任何人都懷疑不到船幫頭上來！**

兄弟中的老三常三石，卻遠沒有兩個結義兄長那麼精明。回去後整整忙碌了一夜，才趕在黎明之前，從附近的幾個船幫分舵裡，將一百名無任何牽掛，又敢打敢拼的弟子挑了出來。

第二天匆匆用過早飯，每人發了兩吊錢的壯行費，就帶上大夥，急急忙忙朝朱八十一臨時居住的莊子趕了過去。

都道自己起得早，誰料還有起得更早的人。才離開運河沒多遠，就看見另外兩票人馬一前一後地走了過來。

常三石怕給船幫惹來禍事，趕緊將隊伍停住，定睛細看。結果不看則已，一看，樂得差點兒從馬背上掉下來。

南邊來的那支，是孫家莊的莊丁，由他昨天剛認識的孫管家帶隊；北邊的那支，帶隊的則是韓家莊的老管家。兩支隊伍規模都在一百人上下，趕著豬、牽著羊，好不熱鬧。

不小心在路上遇到了常三石這個熟人，韓府管家韓仁立刻紅了臉，訕訕地解釋道：「唉，昨天朱都督雖然開了個低價，但畢竟人家是紅巾軍，咱們當老百姓的，怎麼敢占人家的便宜！唉，這不，我回去之後跟老莊主商量了一下，在贖金之餘，另外又給朱都督湊一些犒師的東西。好歹把他糊弄住了，別再拿附近當戰場了吧！」

「是啊，是啊！」孫府管家孫義也紅著臉附和道：「可不是麼？老是在家門口打仗，咱們日子也過不安生。為了讓那姓朱的早點兒離開，我們莊主乾脆派了一百莊丁過來，幫著他推推車，牽牽馬什麼的，一路送過黃河去！早走了早安生！」

「對，早走了早安生！」韓仁在一旁重申。

他們兩個像唱戲般說得俐落，那些負責幫忙「推車」的莊丁們，扮相卻相當不靠譜。每個人手裡都拎著件兵器，背在身後的行囊塞得滿滿當當，說是幫忙推車肯定沒人信，去某個山頭打家劫舍倒是嚴絲合縫。

其中還有兩個騎著馬的，明顯是養尊處優的富家子弟，鞍子下還掛著角弓、箭壺、馬劍之類，顯然這一去，短時間內就不打算回頭了！

第二章

人才招聘會

整個左軍上下對自家都督時不時冒出來的新鮮想法
早已見怪不怪，當即上前接過了令箭。
稍微準備一下，將一場別開生面的「人才招聘會」
展示在前來投軍的眾位英雄好漢面前。

「怎麼，常三爺，您也是帶人幫忙去推車？」看常三石笑得詭異，韓家莊的管家韓仁及時地補了一句。

「對，推車，推車！」常三石笑著揉了揉鼻子，連連點頭。「沒辦法，官府吃了敗仗，咱們做小老百姓的，除了盡力滿足紅巾軍的要求還能怎麼著呢？你們兩位說，是不是這道理?!」

「是啊，是啊！咱們都是被逼的！被逼的！」兩位管家心有靈犀，異口同聲地附和。

三位被逼無奈的「可憐人」，帶著三百多名被逼無奈的「推車漢」，拖拖拉拉走了一個半時辰，終於來到了劉家專門為紅巾軍騰空的一處堡寨門口。

遠遠地就看見堡寨外人喊馬嘶，不知道來了多少「推車漢」，一個看起來比一個精壯。

「那不是碭山的邱當家麼，他怎麼也來了？」孫義眼尖，老遠就認出了一個頭上裹著紅布的漢子，皺著眉頭說道。

「豈止是碭山的那個賊痞來了？他旁邊的那個是艾山的大當家趙四虎，左下手的是江河上給專門請人吃板刀麵的太叔堂，還有那個抱著把刀子杵在樹下的，估計也不是什麼良善之輩！」韓仁踮起腳來向上看了看，低聲嘀咕。

「那個是陳一百零八，獨行大盜，前兩年都說他已經死了，誰想到居然又在這裡冒了出來！」常三石小聲議論。

三人四下細看，發現了更多的熟面孔，差不多豐、沛一帶，再加上滕州、單二州，方圓三百里之內，稍微上了點規模的土匪綹子和排得上號的江湖人物全到了。

這個舉著胳膊高聲吶喊，要拜在朱都督帳下聽候調遣；那個拿出刀子在自己胸口比劃，要把一條命交給朱都督，刀山火海，絕不敢辭。亂哄哄，熙攘攘，比過年還要熱鬧。

還有一群捧著香爐，頭纏麻布者，則是去年沛縣被屠時逃出來的無辜百姓，一個個跪在地上不停磕頭，請求朱八十一收下他們，帶大夥兵發大都，殺了韃子皇帝，為自家妻兒老小報仇。

暫時借住在莊園裡的紅巾軍將士被弄了個措手不及，乾脆緊閉大門，不許任何人隨便進入。

待常三石和韓、劉兩位管家上前說明來意，當值的一位百夫長才帶人將木頭大門推開了半扇，指著莊園裡的打穀場說道：

「三位先把東西放在那裡吧，都督正在跟幾位將軍商議大事，要過上半個時辰左右才能騰出時間來當面道謝。實在是抱歉！」說著話，又向三人輕輕作揖。

常三石和兩位管家哪敢托大，立刻一邊還禮一邊說道：「不敢，不敢！都督他老人家軍務繁忙，我們幾個等一會兒是應該的，反正住的地方離這邊不算遠，即便等得更晚些都不打緊！」

說完了客套話，趕緊回頭去呼喊人手進門，唯恐動作慢了，給當值的紅巾軍百夫長招來什麼不必要的麻煩。

誰料隊伍剛剛走了一小半，周圍已經有江湖豪傑氣憤不過，跳上前，衝著那名百夫長大聲抗議道：「都是前來投效朱爺的，憑什麼他們就能先進去，我們就得在門外等著？姓徐的，難道朱爺就是叫你這麼對待江湖豪傑的麼？」

「這位大哥誤會了！」徐姓百夫長的口齒非常伶俐，拱了拱手，笑呵呵地解釋道：「他們三家都不是前來投效的，而是昨天跟我們朱都督談了一筆生意，今天趕著過來兌現的。至於諸位的事情，在下已經報上去了，但是都督此刻正在議事，估計暫時無法親自出來迎接，請諸位暫且稍待片刻！」

挑頭鬧事的被說得沒了脾氣，只好悻悻地退到一邊去了。

他抱著膀子看了一會兒，見運河來的漢子們根本沒帶什麼豬、羊之物，卻每個人手裡都提著刀槍，便又走上前，怒不可遏地嚷嚷：

「姓徐的，你騙人！如果是來做生意，為何只帶了兵器？分明是你收了人家的賄賂，先放他們進去，故意冷落我們這些老實人！」

「就是啊，凡事得講個先來後到，都是前來投奔朱都督的，憑什麼他們來了就能進，我們卻要在大太陽底下等著？」

「就是就是！姓徐的，你莫要背著你家都督，敗壞紅巾軍的名聲！」其他人紛紛圍攏過來，七嘴八舌地抗議自己被冷落。

「幾位大哥這話說得就沒道理了！」姓徐的百夫長不慌不忙的回道：「大白天的，這麼多雙眼睛盯著，我即便是想收賄賂，也得有機會藏起來吧？真的是他們昨天就跟我家都督有約在先的，所以我才敢放他們進莊，否則我豈能隨隨便便給人開門，那不是自己找著被軍法處置麼！」

「呸！**官字兩張口**，還不都是你說了算？」

「走了，咱們不幹了！既然朱都督架子這麼大，咱們投別人去！就不信離了他朱屠夫，大夥就得吃帶毛豬！」眾豪傑不肯聽徐百夫長分辯，揮舞著胳膊，義憤填膺。

正糾纏不清的時候，大門內跑來一個圓滾滾的軍官，見到門口秩序混亂，皺了下眉頭，大聲喊道：「徐一，你幹什麼呢？連個門都守不好，平素跟我頂嘴的本事都哪去了。」

「報告千戶大人！」被喚作徐一的百夫長見狀，趕緊解釋：「是昨天來過的客人，所以我才放了他們進來，其他客人等不及，非說我收了人家賄賂！」

「有賄賂？有賄賂你直接收下來就是了，正好讓伙房給大夥加幾個菜！」胖千夫長先是回徐一的話，然後衝著嚷得最起勁的幾個傢伙吼道：「安靜！軍營重地豈能容爾等胡鬧！都給老子站一邊去，再折騰，就軍法從事！」

甭看他長得像個彌勒佛一般，發起火來，兩隻眼睛裡頭凶光四射，那幾名江湖豪傑欺負徐一正欺負得起勁兒，忽然被他吼了一嗓子，氣焰立刻矮了半截，趕緊退開了十幾步，然後躬身行禮道：

「這位將軍，我等並非存心鼓噪，只是前來投軍報效朱都督卻不得門而入，所以……」

「投軍是吧！」輔兵千夫長王大胖四下張望了一番，圓圓的臉上露出兩個酒窩，「我家都督肯定歡迎，但是咱們先說好了，並不是所有人都能做戰兵，身子骨不夠結實，膽子不夠大，不能做到令行禁止的，恐怕要先在輔兵營裡待上很長一段時間！」

「曉得，曉得！軍中的規矩我們都曉得！」江湖豪傑的隊伍裡，大小嘍囉們也要分成專門負責搶劫的戰兵和專門用來幹活的雜兵兩種，所以絲毫不覺得王大胖所言過分，一邊答應著，一邊蜷胳膊壓大腿，示意自己符合戰兵要求。

還有幾個乾脆就從馬背上將長槍、大刀取出來，當眾練起了把式，倒也虎虎生風，轉眼間贏得了一個滿堂彩。

「幹什麼，幹什麼！沒聽見我剛才的話麼？」千夫長王大胖立刻把眼睛一瞪，衝著幾個耍把式的江湖漢子怒喝。

雖說是輔兵的千夫長，但也是戰場上見過血的，眉頭豎起來，自有一股難言的威勢。幾個江湖把式被鎮住了，趕緊收起刀槍，紅著臉道：

「王將軍，您剛才不是說只收身子骨結實，膽子夠大的麼？我們只是想讓您老先看看，這身手……」

「我剛才還說了第三條，要做到令行禁止，你們沒聽見麼？」王大胖惡狠狠地瞪了幾個人一眼。

「是，是！將軍！」幾個耍把式的江湖人趕緊將頭低下，唯恐被眼前這個笑面虎記住自己的模樣，待會兒招人時故意將自己拒之門外。

見他們都服了軟，王大胖將聲音提高了些：

「我家都督說過，**令行禁止，是軍隊和百姓的最大區別**。打起來時，不是看某個人功夫夠不夠好，也不是看某個人膽子夠不夠大，而是看一群人能不能做到互相配合，互相掩護，嚴格按照軍令行事。

「兄弟我讀書不多，不知道這個道理對不對，可我們這些人去年八月時還在逃荒，見了朝廷的衙役都嚇得連大氣都不敢出的主兒，昨天去頂住了比自己多兩倍的阿速騎兵。要是關鍵時刻該衝鋒的不跟著衝，該列陣防守的時候自己跑出去逞能，估計早就被阿速騎兵殺光了，今天根本不會站在大夥面前！你們說是不是這個道理？」

這些話都是眾所周知的事實，他未做任何誇大，說起來卻自豪無比。

江湖豪傑們聽了，也都覺得心潮澎湃，一個個抱著拳，熱血地說：「王將軍說得對，國有國法，家有家規，咱們紅巾軍要成大事，就得先立下規矩，凡事都按著規矩來！」

「王將軍說得對，我們聽您的，您說怎麼辦，大夥就怎麼辦！」

「我家都督還沒說要不要你們，但是我個人以為，他無論如何都不會冷了大夥的心！」王胖子又瞇縫著一對小眼睛說道：「所以呢，我想請大夥先試試自己夠不夠進這個門的斤兩！」

「怎麼試，您老儘管說！」

「是啊，王將軍一看就是帶兵的人，我們聽您的！」眾人聽了，心中頓時一喜，回答的聲音也越來越響亮。

「第一件事呢，就是不能弄得到處都是屎厥子，也不能尿在路邊的樹根底下！」王胖子豎起一根粗粗的手指頭道。

「轟——」群雄們聞聽，立刻紅著臉笑成了一團。笑過之後，環顧自己左右，全都把頭低了下去。

算上那些想從軍給自家被殺親人報仇的，這莊園門外，此刻至少聚集了兩千三四百號人，並且還分成了大大小小幾十股，彼此之間沒有任何統屬關係，因此甭說是牲畜拉的糞便沒人去管，就是人內急了，也是走開幾步便就地解決，弄得到處都是黃白之物，稍不留神就會踩得滿腳都是。

「誰幹的好事，等會兒自己去打掃了。」王胖子繼續數落，「都是二十大幾的老爺們了，別跟個長不大的孩子般敢做不敢當，如果連這點小事都嫌麻煩，誰敢相信爾等入營後能守規矩?!」

「王將軍請放心，我們這就去收拾！」

「王將軍您別說了，我們都知道錯了！」眾豪傑七嘴八舌地發誓改正。

「先別忙，我再說第二條！」王胖子接著說道：「等會兒打掃完後，麻煩大夥移動腳步……」他伸出短粗的手指，隔空向不遠處的一片空地上點了點，「到那邊去整隊，甭管你們原來是哪個山頭的，彼此認不認識，每百人一隊，五人一排，每隊二十排五列，自己手下的人多出來的，就拉出去單列；自己手下弟兄不夠的，也可以邀請外邊的人加入。給你們一個時辰解決，等會兒再出來時，沒有隊伍的，請自行打道回府，我們徐州左軍廟小，供不起您這尊大佛！」

說罷，也不給眾人討價還價的機會，轉身就走。

眾豪傑聽得面面相覷，想再多問幾句，卻見莊園的大門又關上了，只剩下兩名全身披掛的士兵站在門外，手按著刀柄準備看大夥的笑話。

「不就是站個隊麼，有啥難的？」黃河上水匪頭子太叔堂被紅巾士兵的目光看得心頭冒火，扯開嗓子嚷嚷了一句。

「是啊，姓王的傢伙太瞧不起人，咱們做給他看看，不用一個時辰，一刻鐘後，咱們大夥一起寒磣他！」艾山的大當家趙四虎也跳上石頭，大喊著。

「走，咱們先把地方收拾乾淨了，然後去整隊！」

「先收拾，誰弄的誰打掃！」

其他人一邊亂哄哄地回應著，一邊折了樹枝、蘆桿做工具，開始收拾地上的穢物。

然而，很多事情都是說起來簡單，做起來卻異常的麻煩，光是地上的人馬糞便，就花了大夥差不多整整一刻鐘才收拾乾淨，並且有不少是誰也不肯認帳的，完全靠太叔堂和趙四虎兩個麾下的嘍囉罵罵咧咧地代勞。

待開始整隊的時候，情況愈發混亂。一些山寨的大當家，帶領全山弟兄來投，麾下兄弟有兩三百號，而一些小的綹子，則只有十幾個人，加入大的綹子中，怕待會兒無法被朱都督注意到，誤了前程；單獨列隊的話，又違反了王胖子先前說的規矩，連紅巾軍的門都進不了。

結果這樣也不行，那樣也難做，眼看著約定的時間就要到了，卻仍然鬧哄哄得像趕集一般，根本沒法將隊伍排出個模樣來！

正鬧得焦頭爛額之時，莊園的門忽然打開，百夫長徐一走了出來，衝著所有人數落道：「喂，我說，你們到底是不是來投軍的啊？」

「徐大哥，您來得正好，您給評評理。我們小丘寨的，憑什麼要跟在他們黃河幫的後面？」立刻有人像看到救星般迎過來，朝著百夫長徐一大倒苦水。

「喂，我說丘黑闥，你別給臉不要臉，我黃河幫來了三百六十多人，讓你加入其中一隊，有什麼容不下你的？」黃河幫的幫主太叔堂不高興了，豎起眼睛來。

「你，你……」丘黑闥漲紅了臉，衝著太叔堂怒目而視，「你個老不死，不要撿便宜還賣乖，當年你就想著憑著自己麾下人多勢眾，吞併我們小丘寨，結果卻被我爹帶人給打了回去，如今老子前來投軍，你居然還想騎在老子頭上。告訴你，門兒都沒有！」

「那你就自己單幹！憑你手下那幾隻臭魚爛蝦，看朱都督能給你個百夫長做不？」太叔堂被人當眾揭了老底，也惱羞成怒，瞪著一雙紅彤彤的眼睛反擊。

這下，徐一總算聽明白了，原來這兩波人彼此之間有舊怨未了，所以到了紅巾軍家門口還要繼續互相防範，互相算計。

回頭再看看其他幾個鬧騰得最不成樣子的地方，情況大抵也差不太多，都是兩個帶頭的寨主、幫主，各自領著一票兄弟互相對峙，誰也不肯屈居別人之下，哪怕是暫時屈居也無法忍受。

「唉，你們這又是何必?!」看明白了問題所在，徐一忍不住連連搖頭，「王千戶只是出一道難題考考你們，又未曾答應當場授予你們官職！按照我們徐州左軍的規矩，無論以前是從哪裡來，屬於誰的兵馬，到了我們紅巾軍中，肯定要打散了重編的；百夫長以上的官職也要憑著戰功來領，沒有戰功的，最多能從牌子頭開始做起。訓練時還得要表現出色，否則甭說是牌子頭，就連普通戰兵恐怕都當不得，直接給你發回輔兵那邊種地去！」

「啊——」幾個折騰得最歡的江湖豪傑聞聽，立刻如當頭被潑了一盆冷水。

大夥之所以帶著麾下兄弟來投奔，除了是因為不願意繼續忍受蒙古人的野蠻統治之外，另外一個，也是最大的原因，就是想依附於朱都督的尾翼，儘快出人頭地。結果，好好的山寨頭領到了紅巾軍中卻只能做個十夫長！

還出人頭地呢，恐怕沒等被朱都督看見，就已經成了戰場上的一具死屍了吧！

正憤憤不平的想著，卻聽百夫長徐一笑道：

「所以呢，我勸大夥再仔細考慮考慮還加入不加入我們朱都督麾下，您要是現在走了，沒準到別人那裡還能要個將軍當當，肯定比在我們這邊做個牌子頭強。要是情願從牌子頭做起呢，也就沒必要爭那麼多了，這會兒麾下帶著十個人和麾下帶著幾百人，還不都一個樣?!」

幾句話說完，四下裡立刻哀鳴一片，幾乎所有綠林豪傑的頭目心裡都涼了大半截，再看向紅巾軍營地的目光也完全熱烈不起來了。

特別是那些手下帶著幾百號兄弟的，本以為到了朱都督麾下，至少能封個將軍，從此鮮衣怒馬，運籌帷幄，結果卻是做個牌子頭，與麾下的嘍囉們一樣，從底層一級一級重新往上爬！如此大的落差，讓人怎麼受得了！

當即便有人扯開嗓子，大聲鼓噪起來：

「朱都督怎能這樣，我等雖然不爭氣，在綠林道上好歹也是有名有姓的人物，到了這裡卻只給做個牌子頭，也太折辱人了！」

「是啊！我等是慕都督大名而來，沒想到卻受到如此羞辱。不幹了不幹了，此處不留爺，自有留爺處！」

「小兄弟，你確定這是你家都督的意思？不是你故意拿這話來考驗我等的誠意吧？如果是的話，小兄弟你可是做得太過了，萬一毀了你家都督在江湖上的口碑，小兄弟你承擔得起麼？」

「是啊！小兄弟，剛才是有人對你說了幾句不太尊敬的話，可你也不能拿此等大事開玩笑！趕緊回去找個能說得算的出來，我們排好了隊等著他挑便是！」

一堆人，有的唱黑臉，有的唱白臉，都是勸讓徐一收回他先前的話。

誰料徐一絲毫不為大夥的言語所動，笑笑說：「左軍的規矩一直就是這樣，在下只是實話實說而已，不信，諸位可以自己去徐州那邊打聽。但都督這次會不會為諸位破例，在下還真不敢保證，反正在下只是想提前給大夥打個招呼，免得到時候有人覺得太失望而已。」

「這……」群豪互相看了看，在彼此的眼睛中看到了深深的猶豫。

都是有頭有臉的人物，說是誠心為輔佐朱都督殺韃子而來，結果聽朱都督這邊沒許給合適的官職就立刻拔腿走人，實在有些拉不下那個臉來，還不如現在就走，彼此留下個日後再見的餘地。

可現在就離開的話，萬一姓徐的剛才那番話只是在試探大夥的誠意，再想回頭就來不及了。畢竟眼下朱都督剛剛經歷了一場惡戰，正缺人手，大夥現在帶著兵馬來投奔他等同於雪中送炭，等他麾下兵強馬壯的時候，想錦上添花，人家也未必稀罕了。

思前想後，實在委決不下。

有人就將目光轉向群雄中年齡最老的水匪頭目太叔堂，低聲詢問：「老龍王，您看今天這事兒……」

「唉！」黃河水匪頭目太叔堂長長地嘆了口氣，搖著頭道：「我還能怎麼看?!即便我放得下身段，也得考慮手下這幫兄弟的前途啊！也罷，也罷！既然人家朱都督這邊門檻兒高，小老二和那布王三昔日也有數面之交，乾脆帶著弟兄去他那裡吧！」

說罷，把自己手下的三百多水寇叫到一起，帶著他們揚長而去。

其他幾個規模較大的綹子見狀，也都亂哄哄的聲言要離開，邊走卻邊側過頭，拿眼睛的餘光向百夫長徐一偷瞄。本以為能嚇得對方服軟，誰料那徐一卻擺出一副無所謂的表情，站在原地，微笑著拱手相送。

「看來這朱都督真的不想留我等！」其他幾支麾下部眾較多的綠林頭領見狀，心中好生失望，嘆了口氣，也帶領各自的嘍囉怏怏而去。

但那些麾下人手比較少的，還有原本就是單純想殺韃子給親人報仇，壓根兒不在乎當不當官的，則更堅定的留了下來。

沒有那些所謂的綠林大豪在頭上擋著，他們在選拔中脫穎而出的機會無形中就提高了好幾倍，今後在軍中的前途想必也要寬廣了許多。

「還有要走的沒有，等入了軍營再後悔可就來不及了！」百夫長徐一目送著幾支規模較大的江湖綹子相繼去遠，向留下來的一千出頭豪傑追問。

「徐爺您就趕緊去請人出來挑兵吧，我們原本就不是奔當官來的！」

「是啊，徐百戶！我們只求一個給家人報仇的機會，不在乎當兵還是當官！」

「想當官，殺人放火受招安啊，就像方谷子那樣，何必到朱都督這裡來！」留來下的眾豪傑們七嘴八舌地回應。

「那好，大夥從現在起重新整隊，還是五個人一排，每二十排算一個百人隊！」百夫長徐一點點頭，扯開嗓子，大聲命令。

其實，他剛才之所以提前把徐州左軍一些看似非常不近人情的規矩透露給江湖好漢們，目的就是將一部分趕走。

以他這七個月來的軍旅經驗，那些綠林人物雖然看上去一個個英雄了得，真正招到軍中，反而容易成為害群之馬。

給他們的官小了，他們嫌受了輕慢；給他們個千夫長做，他們又爛泥扶不上牆。手底下的嘍囉訓練時不肯認真，騷擾百姓時卻一個頂倆；與袍澤間發生了矛盾，則喜歡拉幫結夥，打架鬥毆成了家常便飯。

唯一的優點不過是膽子大，然而**在兩軍陣前，需要的是整體配合以及對命令的絕對服從，那些膽子大、喜歡出風頭的傢伙，往往是死得最快的一群，並且經常給整個隊伍帶來災難！**

也正如他所料，那些大規模的綠林綹子自己主動離開了，接下來整理隊伍的事情就變得容易了無數倍。三四個小股前來投軍的豪傑隨便一組合，一個百人隊的架子就搭了起來。

即便多出五六個人，直接撥到臨近兵額不滿的百人隊裡，也聽不到什麼抱怨之聲。反正大夥即便和原來的同伴聚在一起也成不了什麼氣候，打散了重編就重編，沒什麼不能適應的。

大夥這廂剛剛整完了隊，那邊莊園的大門就「吱呀」一聲從裡邊推開了。長得彌勒佛一般的輔兵千戶王大胖帶著十多名和徐一裝束差不多的軍官快步走出，見來投奔者散掉了一大半，不禁數落道：「我說小徐，你可真夠敗家的，我交代你先替我篩選一下，你居然一刀下去就砍掉了六成！」

「那些大佛咱們怎麼伺候得起！」百夫長徐一搖著頭道。

「行了，你去執勤吧！」王大胖也不是真心覺得遺憾，拍了下他的肩膀，道：「接下來的事情就交給我們！我就不信這一千多條漢子挑不出幾百好兵來！」

隨即，對身後的軍官們吩咐：「剛剛都督的話大夥也都聽到了，按照各自的需要，自己畫個地盤出來，然後讓對面的人到你那報名！」

「知道了！」眾軍官答應一聲，迅速在門口分散成相互間隔五步左右的橫排，然後由隊伍右手那名年齡大的黑臉軍官率先喊道：

「左軍將作坊招人，在下黃老歪負責給左右弟兄打造鎧甲兵器，想要加入我這邊的速來報名，要求很簡單，能吃得了苦，人還不算太笨就行。」

一眾豪傑們幾曾見過如此稀罕的招兵情景，立刻議論起來。

「將作坊，那不是打鐵的麼？怎麼將作坊的工頭也穿上一身那麼好的鎧甲？」

「那是官衣，當官的都有！你沒看他和徐百戶穿的一模一樣麼？就是不知道具體算什麼級別？」

「既然和徐百戶一樣，當然也是百戶！」

「那可不一定，你看他肩膀上那兩塊銅板！徐百戶肩膀上是黃銅，他的是紅銅，和王千戶肩膀上的一樣！」

「其他幾個基本上也是黃銅！就他和他身邊的那個人紅銅的！」

正好奇間，又聽輔兵千夫長王大胖扯開嗓子宣布道：

「都別動，先讓他們把各自的要求說完，然後大夥覺得自己想去當什麼兵，就去那兒報名。一個地方選不上，還可以試試下一個地方，要是哪個地方都不適合你，願意留下來吃糧的，就到我這邊，從輔兵先幹起。只要平素好好幹活，積極參加訓練，半年之後，老子親自送你去當戰兵！聽明白沒有?!」

「明白了！王將軍！」

「謝謝王將軍！」眾豪傑立刻大聲道，然後豎起耳朵聽下一個軍官的要求。

「俺叫劉子雲，是擲彈兵的千夫長！」

第二個肩膀上帶著兩塊紅色銅板的軍官，扯開嗓子叫著：

「俺這邊需要力氣大，胳膊長的人。看到俺手裡這個鐵疙瘩沒有，等會兒

到俺這裡，能把它扔二十步遠的，就符合要求。入伍後，立刻發給兩吊錢的安家費，然後開始接受三個月的訓練。訓練期間，每月給半吊軍餉，訓練完成後，只要合格，以後每個月就有一吊錢的軍餉可拿！」

「我這裡也每月有一吊，如果你能打出都督需要的東西來，還有額外的花紅！」黃老歪補充道。

「有軍餉?!」

眾豪傑們以前當嘍囉時，可是只管飯，從沒聽聞過軍餉一說。偶爾宰到一隻肥羊，才會分到些許油水，但大頭也被幾個寨主拿走了，落到底下小嘍囉們手裡的數量非常可憐。

此刻聽說當選了戰兵就有兩吊安家費，今後每月還有一吊錢可以拿，立刻就激動起來，相互推搡著向前擠去。

「都先別動！再亂擠，直接拖出來趕走！」王大胖早就準備，立刻把手臂一張，威風凜凜地擋在大夥面前。「都給我繼續聽著，說不定還有更適合你的呢，都去當擲彈兵，其他人那裡怎麼辦？」

「我這裡需要長矛手！」上午剛被提拔成百夫長的周大孬清了清嗓子，第三個說出招兵條件：「個子不能太低，至少不能比我低。手腰要有力氣，雙手一矛刺出去能刺穿靶子身上的木板！」

「我這裡需要刀盾手！刀盾手第一要膽子大，第二要機靈，第三要聽話。昨天跟阿速人作戰，我們刀盾手頂在最前排。戰死了一個百夫長，三個牌子頭，大夥硬是堅持著沒有後退半步！」

刀盾兵百夫長李九兒怕合適人選都被別人搶走，乾脆直接把以往的戰績給擺了出來。

「弓箭兵！弓箭兵要求眼神好，臂力足，能把一石半弓連續拉滿五次就算合格！然後就可以去接受新兵訓練！」接替徐達做弓箭兵百夫長的朱晨澤站起來說道。

「炮兵！炮兵是最新兵種。都督說了，**火炮將來必然是戰場之神**！我這邊的要求，也是力氣大，眼神好。能推著裝了五百斤糧食的雞公車走一千步不停腳，就算合格！」黃老歪之子，黃二狗也緊隨其後，啞著嗓子動員大夥加入他的隊伍。

「火銃兵！你們以前聽說過麼？俺這邊比任何地方都厲害，殺韃子時，根本不讓他們近身。隔著一百多步瞄準了，『砰』地一聲，就把他腦袋打開花！」

連老黑乾脆把他的大抬槍給舉了起來，獻寶一樣向眾人展示。

「看好了，就是這東西。都督說了，他回去後，就給俺打一百支出來，以後戰場上，只要有了咱們，就沒弓箭手什麼事了！」

「會騎馬，有會騎馬的麼？會騎馬的人過來報名當斥候，只要你能跳上馬背，就是塊頑鐵，老子也把你敲出好鋼來！」

「身手好的，我這邊奉都督之命招槍棒教頭，不用上陣打仗，軍餉比照千夫長發。前提是，你得有真本事，江湖花架子就算了，沒本事的別瞎裝，這是真刀真槍考較，受了傷不是鬧著玩的！」

其他幾名百夫長也扯開嗓子，大聲喊出各自的招兵要求。

三月底的天已經有些熱了，但是他們卻全將鎧甲穿得整整齊齊，特別是昨夜才臨時趕製出來的肩牌，都被大夥擦得一塵不染，在陽光下閃著驕傲的光芒。

「有會寫字，會畫畫的麼？我這裡招參謀！」

最後一個開口說話的是伊萬諾夫。

只見他擦了把額頭上的汗，結結巴巴地背道：「參謀，就是專門幫都督出謀劃策的那種人。畫地圖，擺沙盤，還有情報分析。我也不知道情報分析是什麼，這都是剛才都督說的。都督說，以後他想起來再慢慢跟大夥解釋。反正，到了我這裡，就是都督身邊的參軍，肯定前途無量！不來，你遲早有後悔的時候！」

「嗡！」被擋在王大胖身後的隊伍裡，響起了一陣紛亂的議論聲。

蒙元帝國領土遼闊，市井中出現幾個高鼻子藍眼睛的夷人不足為怪，但夷人跑來給漢人當下屬的情況就很稀罕了；況且當的還是參軍類的文職，與伊萬諾夫人高馬大的形象落差不止一點半點！

開始報名時，誰也不肯往伊萬諾夫身邊湊。

原因很簡單，讀書識字這一條，對於在場九成九以上的人來說，都是一道難以逾越的天塹。剩下的那寥寥幾個，則覺得畫地圖，擺沙盤，這種瑣碎複雜的事，與自己心目中的「運籌帷幄」想像嚴重不符。與其日日被這些瑣事所累，還不如去其他將領那邊碰碰運氣，弄不好脫穎而出的機會反倒更多一些。

「唉——！」看到門外的情景，一直躲在院子中偷眼旁觀的朱八十一忍不住輕輕搖頭。

人才，不光在二十一世紀珍貴，拿到十四世紀中葉也是一樣。而現在他手裡，甭說是劉伯溫、李善長那種傳說中的神人，即便能識字的人，全部加在一起都湊不滿二十個。

蘇先生、于常林、劉子雲，還有吳二十二等原來的一部分古代城管，再加上吳良謀等剛剛由黃河沿岸各豪強塢堡送來的長線人力投資，就是他麾下的全部

「知識分子」班底。

而王大胖、朱晨澤、李子魚、黃老歪、連老黑，這些逐漸在戰爭和武器製造行當中嶄露出頭角的「後起之秀」，居然都只認得他們自己的名字！

更令他懊惱得想撞牆的是，剛才召集麾下將領議事時，他發現被自己寄予了厚望的**新任千夫長徐達**，**居然也是個半文盲**！所認識的字，據他本人親口彙報，只有寥寥兩百多個，還是做了紅巾軍百夫長之後自學的，並且其中很多字不能保證讀得對，完全是按照偏旁部首胡猜！

「老天爺，求求您別玩了好不好，**這可是一代名帥啊**！」

看著滿臉尷尬的千夫長徐達，朱八十一忍了又忍，才沒把一口老血噴到桌案上，於是，乾脆軍議也不繼續開了，索性把後世的人才招聘會給照搬了出來，然後也不管底下將領們的驚愕，直接吩咐相關人等按照自己說的方案去執行！

好在整個左軍上下已經被他肆意蹂躪了七個多月，對自家都督時不時冒出來的新鮮想法早已見怪不怪，當即本著「**理解也要執行，不理解在執行中加強理解**」的原則，當上前接過了令箭。稍微準備一下，就小跑著來到莊園門口，將一場別開生面的「人才招聘會」展示在前來投軍的眾位英雄好漢面前。

至於效果，除了朱大都督自己以外，在場的人，誰腦海裡都沒有相關參照物，當然也說不出效果的好壞來。

不過從整體而言，這個新穎的募兵方案還是很受前來應募者的歡迎，不一會兒功夫，除了伊萬諾夫、黃二狗和連老黑三個倒楣蛋外，其他將領身後都站滿了人。

有些條件相對簡單的，如刀盾手和長矛手那裡，迅速就湊滿了兩個百人隊。由輔兵千夫長王大胖帶著走進了莊園內，繼續進行下一輪篩選。

除了傳統的刀盾手和長矛手比較熱門之外，黃老歪負責的將作坊，也吸引了很多前來投軍者的追捧。

畢竟能在亂世中活下來的人，把吃苦已經當成了生活的一部分，當工匠既不用冒險去打仗，還能拿到和戰兵一樣的軍餉，這個條件也足夠誘人。

比較冷門的，則是剛剛誕生的幾個兵種。由黃家老二負責的炮兵隊伍，總計只有二十來人報名，而連老黑手中那根黃燦燦的銅管子，看著就令人覺得怪異，報名者更是寥寥無幾。

當然，最為冷門的，還屬伊萬諾夫所負責的參謀部，居然沒有一個人問津。

「吳佑圖，你去幫幫伊萬，告訴他們，當參謀不需要能做一手好文章，能識兩千個字以上、粗通算學的，都可以報名試試！嗯，會打一手好算盤的也行！」

見伊萬諾夫遲遲招不到人，朱八十一只好將條件放寬，派出吳良謀去給他當助手。

被點了將的吳良謀先是愣了下，隨即臉色漲成一片紫紅。

佑圖是他的名，良謀是他的字，按照士紳間的稱呼習慣，叫別人的字是一種基本禮貌，而連姓氏一起直呼其名的話，已經等同於羞辱了。

不過想想都督大人是個殺豬漢出身，他也不能過於計較，狠狠地吸了口氣，轉過身，小跑著出去幫忙。

「你們幾個，也別都在這裡愣著，去外邊看看，哪裡能幫上忙就幫一把！咱們左軍沒那麼多規矩，唯一的一條就是，**誰也不能吃閒飯！**」

朱八十一絲毫沒察覺到自己的言行有辱斯文，回頭看了看幾個剛剛被各自家族派來「進修」的年輕少爺，不耐煩地吩咐。

「是！都督！」有吳良謀這個榜樣擺在前面，幾個豪強闊少也只好答應一聲，硬著頭皮往大門外走。至於出了門之後是幫忙還是扯後腿，就不得而知了。

「**人才，老子需要人才！**」望著門外熱鬧的人群，朱八十一繼續咬牙切齒。

並不是他對讀書人有什麼特別的偏愛，也不是說讀書人一定就見識長遠，而是要維繫一支軍隊的正常運轉，保證每一道命令都正常下達，隊伍中的讀書人數量就不能太少。

此外，想要把手中這些原始的火炮、火槍和手雷繼續改進到能讓麾下弟兄們不憑藉地形和車牆，也能與蒙元騎兵在野戰中抗衡的地步，更需要借助於知識的力量。

顯然憑著左軍目前的知識和人才儲備，已經無法突破眼下所面臨的技術瓶頸了，如果不借助外力的話，就意味著在今後很長一段時間內，火炮和火槍的射擊只要維持在平均兩分鐘左右一發的水準；而原始的火藥引線手雷和開花彈投射出去後能不能爆炸，炸開後能裂成幾半，就要繼續聽天由命了！

如果此刻懷的還是以前那種找到機會就開溜，準備去抱朱元璋大腿的心態，朱八十一到現在為止所做的事情，已經足以報答芝麻李的一番厚待之恩了。

然而經過七個多月的磨合，特別是上次徐州保衛戰時親眼目睹了蒙元將士的殘暴舉動之後，**他已經被命運推著漸漸融入了這個時代，漸漸把自己當作了徐州軍的一分子，再也回不到原來那個局外人狀態，再也無法把自己當作兩千年後的朱大鵬了。**

如此，**他就必須盡一切可能保住徐州軍這個整體，只有讓徐州軍不像歷史上那樣悄無聲息地被時代吞沒，才能保住左軍，保住身邊這群熱心熱血的兄弟，保**

住他朱八十一自己。

昨天常三石跟他商討運河徐州段通關事宜時，無意間讓他認識到了之前一直沒有注意到的一個問題，徐州軍的位置恰恰卡在大運河畔，卡在這個古代南北溝通的大動脈上！

沿著運河向上，越往北走，所經過的地區受蒙古人統治的時間越長。用朱八十一這七個多月來在徐州附近親眼看到的情況推測，蒙古人對某地統治的時間越長，意味著這個地方的經濟被摧殘得越嚴重。

城市外，大片的農田變成了蒙古老爺的私人牧場；城市內，幾乎所有商業活動都由色目二老爺把持。而蒙元朝廷像印冥紙一樣印鈔票的行為，無異於對治下普通百姓敲骨吸髓。如此全方位盤剝下來，北方各地的經濟應該早已處於崩潰的邊緣。

如果長時間得不到運河上從南方各地輸送來的新鮮養分，大都城內的那位蒙古皇帝屁股下面的椅子坐不坐得安穩都要兩說。

所以，**蒙元朝廷無論如何不會准許徐州軍繼續存在下去。**

所以，**在朱大鵬生活的那個時空的歷史上，芝麻李等人的消失成了歷史的必然。**

龐大的蒙元帝國如同一頭垂危的洪荒巨獸，雖然已經氣息奄奄，把體內最後的力量集中起來，依舊能踩死幾隻前來挑釁的幼虎，而徐州軍顯然是首當其衝的那一隻。

他必須想盡一切辦法讓徐州軍這頭乳虎長得更結實，牙齒更鋒利。搶在北元朝廷以傾國之力來進攻之前，讓這頭乳虎生出翅膀。

時間已經非常緊迫了，也許就是明天，後天，或者下周，下個月。**早晚有一天，他迎戰的將是蒙元傾國之兵！**

所以，他已經沒法再謹慎，無法再等著黃老歪、連老黑這些古代工匠們一點點去摸索出改進火器的方案，沒法再停下來等著整個時代跟上自己的腳步。他必須將自己知道的那些可以借鑑的手段全部拿出來，哪怕其中某些是飲鴆止渴！

第三章

陳一百零八

常三石用兩個人能聽見的聲音道：「那廝是個有名的殺手！
真名叫什麼我不清楚，江湖綽號叫陳一百零八！
都督如果不想用他，要麼早點打發他離開，要麼直接拿下他，
讓他隱姓埋名的留在身邊，早晚是個隱患！」

「都督此刻可有什麼煩心事？」

前來辭行的常三石見朱八十一臉上帶著濃濃的焦躁氣息，壯著膽子問了句。「如果有草民能夠幫忙的地方，請都督儘管說出來，草民當盡全力！」

「啊，沒事，沒事！」朱八十一這才意識到身邊還有外人在場，訕笑著回應。「常兄已經幫了我很大的忙了，怎麼好再給你添麻煩！」

對於眼前這個船幫三當家，朱八十一心裡頭可是充滿了敬意，且不說昨天下午運往徐州的那十幾船糧草輜重，就憑此人今天帶來的那一百條漢子，就絕對值得他以禮相待。

不同於外邊正熙熙攘攘報名投軍的江湖好漢，也不同於幾位塢堡管家送來效力的莊丁，常三石所送來的那一百條漢子，個個都稱得上是好兵毛坯。

首先，這群兄弟在身材和精神面貌方面，就高出其他人一大截。其次，因為在日常謀生時需要和同伴們互相配合，船幫出身的這群夥計對命令和紀律的執行遠遠超過了這個時代的普通人。在原本的基礎上稍加雕琢，幾乎就能當戰兵使用。

相比之下，各塢堡送來的莊丁和門外的江湖好漢們，素質就有些參差不齊了。經過挑選後，適合做戰兵進行訓練的，還不到總數的三分之一，而訓練過程中肯定還要淘汰掉一部分，最後能帶著上戰場的，恐怕連兩成都沒有！

「其實也沒什麼麻煩的，就憑都督敢把阿速兵當驢子賣，常某也願意為都督略盡薄綿！」正當朱八十一不知道該如何向對方解釋自己的失態舉動時，常三石非常真誠地說道。

「是啊，是啊，都督，您如果還有什麼需要效勞的地方，請儘管提。能替都督分憂，是草民等人的三生之幸！」其他幾位正準備告辭離開的塢堡管家也唯恐自己送來的禮物不能讓朱八十一滿意，一起附和著。

「這樣不太好吧？」朱八十一聞聽，原本有些絕望的心裡，又重新燃起了幾點火星，猶豫著說。

「無妨，都督儘管說！」幾位管家先是被嚇了一哆嗦，然後鼓起勇氣咬著牙道。

送禮都送到這份上了，與其落不到好，還不如一鼓作氣滿足對方的胃口。反正只要紅巾軍不打上門，自己好歹替莊子保住了今後掙扎著重新站起來的本錢。

正惶恐間，卻聽朱八十一又嘆了氣，不好意思地說道：

「除了你們幾家送來的公子之外，能不能再幫我找些讀書人來。如果沒有讀書人，鐵匠，木匠和帳房先生也湊合，我這裡需要用的讀書人多，只是從流民裡

恐怕很難招到！」

「哎呀，都督，不是我等不盡力，這年頭，哪有幾個人讀得起書啊！」話音剛落，幾個管家立刻大聲叫起苦來。

「什麼，讀不起？」

原本屬於朱老蔫的許多記憶，一下子湧上朱八十一的心頭。朱老蔫是真的讀不起！父母失散，唯一的姐姐還被人搶去做了小妾，地位等同於家奴，拿不出任何錢來照顧他這個拖油瓶的弟弟，他當然不可能去讀書！可那些中等人家呢？蒙元朝治下，雖然赤地千里，每百戶人家當中，總有一兩戶是能吃飽飯的，按照中國人的傳統思想，父母餓著肚子也要供孩子讀書……

「的確讀不起，況且讀了書也沒啥出路，所以讀書人就越來越少了！」常三石看出了朱八十一的困惑，小聲在一旁說道。

知道朱八十一終日忙於軍務，他又耐心地解釋：

「大元朝科舉向來是時斷時續，即便開了，也分為左右兩榜。右榜考試的題目簡單，考中了就能做官，但只有蒙古人和色目人才能上榜；左榜全是漢人，題目難度是右榜的幾倍，考中了只有候補的資格，要想當官，還得看背後推薦人的分量夠不夠，有沒有錢上下打點……」

在他不厭其煩的說明下，朱八十一終於明白了為什麼眼下讀書人如此稀少。

原來蒙元帝國是憑藉弓馬取天下，對書本文化向來持鄙夷態度，再加上權臣們的力量出奇的強大，在忽必烈之後，就能左右大部分官員的任命，其所推薦出仕的子弟和幕僚，朝廷不得不優先考慮，所以科舉能起到的人才選拔作用已經微乎其微，很多情況下開了也是白開，乾脆直接一省了之。

直到當今皇帝妥歡帖睦爾上位，幾個權臣在相互傾軋的過程中，或者身敗名裂，或者元氣大傷，朝廷才重新把科舉從廢紙堆裡撿出來。但礙於蒙古人和色目人的顏面，也不能讓所有考生答相同的試卷。

對於一等蒙古老爺和二等色目財主，題目務求簡單。而北方漢人和南方漢人則難度成倍增加。參加考試的手續也複雜許多，首先得有名人或者地方官員推薦才能參加省一級考試。省一級別考試名列前茅者，才有參加全國會試的資格。

最後會試上中了甲等，也不能像蒙古和色目考生那樣直接取得官職，還要繼續上下打點，託關係走後門，才能獲得一個補任低級官員空缺的機會。像尚書、御史、憲司這些能經常見到皇帝的重要崗位，漢人不在底層熬上十年二十年，是想都不用想的。

如此一來，讀書參加科舉，就成了既消耗時間又見不到收益的事，非但小門小戶不願意再讓自家孩子浪費時間和金錢，即便一些中產之家，族中在朝廷裡如果沒有過硬的靠山，也不願意培養出一個只能浪費糧食，其他事情都幹不了的「書呆子」來。

久而久之，讀書人越來越少，相反，渾身上下散發著戾氣，以敲詐勒索為生的地痞流氓，反而成為很多孩子的人生目標。

「就拿我們常家來說吧，我們常家從祖輩開始就在運河上謀生，按道理吃穿是不發愁的，但上一輩和我這一輩的人中，男丁不過是開了蒙後能看得懂帳目就不再繼續念了。反正讀了也是白讀，誰還花那麼大力氣去背什麼四書五書，朱子蔡子?!」

看著朱八十一一點點冷下去的眼神，常三石以自己家族為例，做最後的補刀。

「這……唉！」朱八十一無奈長嘆。

整整七十年的野蠻破壞，恐怕花費三到五倍的時間都無法恢復元氣。而兩百多年後，到了明代末年，又一個以劫掠為生的民族在白山黑水間崛起，將中國文明推進了更深的深淵。

「都督如果要求不太苛刻的話，倒是可以派人去揚州、集慶、江寧那邊去招募一些！」

見朱八十一滿臉失望，韓家莊的管家韓仁抬起頭，建議道：「那邊原本就文氣比較興盛，市井間又相對富裕，肯拿出錢來供兒郎讀書的人家多，一些科舉無著落的讀書人也會流落在市井以給倡優寫戲詞為生。即便腹中沒多少才華，替都督寫個文告，讀讀號令什麼的，也應該能夠勝任！」

「揚州、集慶和杭州……」朱八十一點點頭，嘴裡喃喃地重複。

前後兩個地名就不用說了，集慶據他所知，應該就是後世南京一帶。這三個地方，正如韓管家所說的那樣，民間送孩子去讀書的傳統尚未斷絕。

可眼下徐州軍的勢力，向南不過才到嵇山一帶，距離揚州還有五六百里，更甭提過了江的集慶和杭州！

即便現在自己就立刻提兵南下，待打到長江邊上也不知道何年何月了，怎麼可能救得了眼前之急?!

「不如這樣吧，都督回頭寫一份招募賢才的文告，找人多謄抄幾份，交給草民帶回去，讓弟子們沿著運河兩岸去偷偷散發。以都督此戰豎立起來的赫赫威名，應該會有志士冒險前來投奔！」常三石想了想，提出了一個勉強過得去的方案。

「好！那就有勞常兄多等片刻，我這就派人去寫！」朱八十一無可奈何，只好點頭。

不是辦法的辦法，總好過沒有辦法。想到這兒，他又追加了一句，「一客不煩二主，常兄如果見到想找東家收留的工匠，帳房先生，還有無處可去的武林中人，也可以讓他們來找我。只要本事不太差，我這裡一概有他們的位置！」

「都督找這些人幹什麼？都督不是剛剛派人趕走了一堆綠林大豪麼？」常三石忍不住脫口而出。

紅巾軍招募前兩種人的目的，他能猜得到，無非是想借助這些人的手打造更精良的器械，同時將糧草帳目管得更明白些；而後一種，除了幫會火拼時用來壯膽之外，不具備任何招募價值！

「這個，這個……」朱八十一臉色發紅地回應，「我這軍中槍棒教頭一直找不到太合適的，原本希望戰兵列陣接敵時，能一步步逼近過去，將敵人殺得潰不成軍，可現在看起來，總覺得和希望中的模樣還差了許多距離！」

他希望中的戰兵，就是朱大鵬在網路小說中看到的那種，一個長槍方陣橫掃天下。可練兵已經練了七八個月了，照理說時間不能算短，結果卻始終與理想相差甚遠。

現在所謂的槍陣，還是靠著伊萬諾夫幫忙建立起來的四不像，用來防守還勉強湊合，作為一個單獨的兵種用來投入進攻，基本等同於自己去找死。

「這個，都督的要求，恐怕尋常的武林中人都無法勝任！」

常三石終日沿著運河走南闖北，見識很廣，眼界也有一定水準，稍加思索，就猜到朱八十一對戰兵的期待，是傳聞中岳家軍、種家軍那種，而不是拿出來江湖決鬥，或者單純為了唬人的花架子。

「行走江湖的武林中人，十個裡，有九個的功夫是專門用來給人看的，甭說是都督手下的兵，就是草民手下的夥計，發起狠來都能打得他們抱著腦袋跑！而真正懂得殺人之技的，幾乎沒一個不是死人堆裡爬出來的，平素未必遇得到！」

「噢——」朱八十一總算明白為什麼自己幾個月來重金禮聘的槍棒教頭，怎麼看都像是嘴把式。原來根子就在殺沒殺過人上。

自己手下的戰兵經過了昨天那場惡鬥，好歹算是有了經驗值，而尋常所謂武林中人，只要日子還能過得下去，沒事誰會去幹殺人奪命的勾當?!讓他們來教戰兵練武，不是外行教導內行麼？

「常某有個遠房長輩倒是非常不錯的人選！」不想讓朱八十一太失望，常三石沉吟片刻道：「他學的是岳家槍，那是專門殺人之槍，不是街頭賣藝的把式。前兩年因為替人打抱不平，殺了個色目小吏，當時懷遠城的官員調了駐屯軍去追

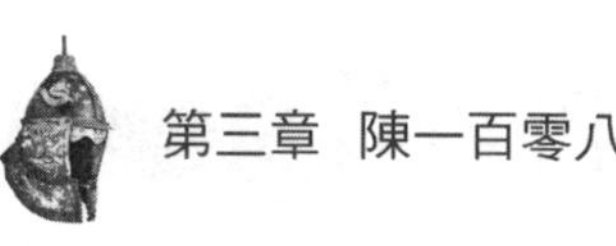

捕他，卻被他一口氣殺了十幾個，直接潰圍而出。如果能聯繫得上他的話，想是能助都督一臂之力！」

「怎麼聯繫？快去，你儘管派人去找，需要多少開銷，都從我這裡拿。」朱八十一聞聽，眼睛頓時一亮，扯住常三石衣袖大聲催促。

「草民也不知道他去了哪兒，只知道他占山為王了，上一次到高郵湖上銷贓，還是一年前的事情！既然都督不嫌他粗鄙，草民儘量去找便是。希望他有這個運氣，能追隨都督旗下！」

「原來是個失蹤人口！」朱八十一心中好生失望。

但眼前抱著有沒有棗先打一桿子的心態，鬆開常三石的胳膊，擺手道：「常兄這是哪裡說來！這等英雄，我求還求不得呢，怎麼會嫌棄他粗鄙?!」

「如此，我就代這位長輩謝謝朱都督了！」常三石好像得了多大的恩情般，深深地俯下身去長揖及地。

「常兄何必如此客氣！」朱八十一趕緊伸出手將對方一把從地上拉起，「且莫說你那個長輩未必肯來幫我，即便他肯來，也只有我謝常兄的份兒。怎麼能讓你倒過來謝我?!」

「都督是做大事的人。他四處打家劫舍，終不是條出路！」常三石也不做作，順著朱八十一的拉扯站起身，嘆息著回道。

自從昨天親眼目睹朱八十一將那些被俘的阿速士兵當驢子給賣掉之後，他就認定朱八十一與其他所有義軍領袖截然不同。如此，他那位擅使殺人之槍的同族投靠過來，就算是走了正路，哪怕是死，也死得不辱沒祖宗。

「我，做大事?!」

朱八十一又是一愣，旋即意識到是剛才自己故意逼走黃河水寇的舉動讓常三石起了誤會，便搖搖頭，笑著說道：

「大事不大事咱們以後再說，眼下朱某不敢收留那些手下帶著幾百弟兄的綠林當家，卻是手裡的確沒合適位置安排他們。

「細算下來，朱某不過是個左軍都督，手下有數的幾個千戶職位卻不能給他們這些人；今天他們為了官職來投朱某，他日亦能為了官職棄朱某而去，左右最後要分道揚鑣，還不如今天就不硬往一起湊合。」

「都督這話是正理！」常三石深以為然，卻忍不住提醒道：「只是他們這一走，恐怕用不了多久，江湖上便會傳言都督這裡門檻高，容不得天下英雄了。」

「說就說，朱某忙著做自己的事，哪管別人說些什麼！」朱八十一聳聳肩。

無論上一輩子的朱大鵬，還是這一世的朱老蔫，他對綠林豪傑都沒多少好

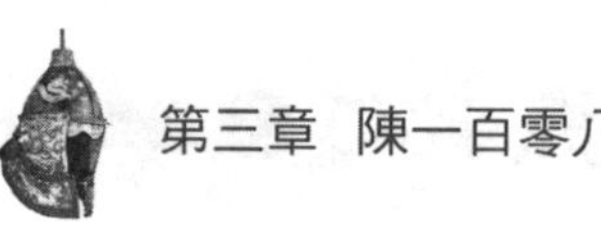

感，所以兩個靈魂融合後，愈發的是敬而遠之。

這種笑罵由人的態度，看在常三石眼裡，又平添幾分魅力，讚道：「都督說得是，**鯤鵬扶搖九霄之上，怎麼會在乎幾隻夜梟的噪呱**?!常某眼界窄，想得多了！」說罷，不待朱八十一解釋，將頭向門外一歪，用下巴朝正在圍著連老黑手中大抬槍轉圈的一個年輕漢子點了點，道：

「都督如果想讓手下人多學些殺人的招數，此子也是個上佳之選，就是不知道都督眼裡看得看不上他?!」

「誰?」

朱八十一順著常三石所指看去，只見一個滿臉嚴肅的傢伙，像聞到血腥味的鯊魚一般，圍著連老黑手中的大抬槍不停地轉來轉去。

如果不是連老黑盯得緊，出去幫忙的幾個左軍士卒也在旁邊虎視眈眈地看著，恐怕他早將大抬槍搶在手裡了。

「那廝是個有名的殺手!真名叫什麼我不清楚，江湖綽號叫陳一百零八！」常三石用只有兩個人能聽見的聲音道：「都督如果不想用他，要麼早點打發他離開，要麼直接拿下他，讓他隱姓埋名的留在身邊，早晚是個隱患！」

「殺手?他的武功很高麼?」朱八十一嚇了一跳，迅速收回目光，用同樣低的聲音問。

在朱大鵬那個時空裡，他可是沒少看到有關武林高手的傳說。兩條腿跑得比火箭還快，隔著幾十米遠遙遙一指，就能點中人的穴道，然後為所欲為。今天終於見了一個活的，豈能不興奮異常！

常三石顯然對門外那個匪號叫陳一百零八的傢伙有些忌憚，偷偷看了看，道：「都督說的武功，就是指武藝吧。他能做殺手，武藝當然不可能太差，不過這事情終究講究個歷練，武藝再差的，兩軍陣前殺上幾個來回沒死，身上的殺氣便非常人能及，與江湖漢子一對一動手，照樣能把後者一刀扎個透心涼！」

「這話有道理！」

朱八十一兩次陣前衝殺，也覺得自己的殺豬刀越用越嫻熟，對於危險的感應也越來越敏銳。有時候沒等敵人的刀槍刺過來，自己身體就本能地開始躲避，就像能提前預知到對方要刺哪個位置一般，令他過後怎麼想都覺得匪夷所思。

但是作為二十一世紀曾經的武俠小說愛好者，他對武功的癡迷程度，遠超過了十四世紀人的預料。

「那他會輕功麼，就是一跳七八仗遠，或者能徒步追上奔馬的那種功夫？金鐘罩鐵布衫呢，就是用刀子怎麼捅也捅不死的功夫？」

「常某也算是半個武林中人，從沒聽說過如此神奇的功夫！」常三石被朱八十一一連串的問題問得滿頭霧水，誠實地回答。

「噢！」朱八十一臉上露出失望，隨即又不甘心地問道：「那點穴呢，就是打人穴道上，讓人全身麻木那種？常兄，你知道的人裡頭，有會點穴的麼？」

「穴道是大夫用的東西，從沒聽說過誰會專門去打那些位置。人體倒是有三十六處致命的大穴，但人又不是木頭，誰會老實站在那裡讓你扎，與其費勁去刺那些穴道，還不如直接朝喉嚨、胸口和小腹處戳一刀，左右不過是殺人，費那麼大勁，不嫌囉嗦麼？」

常三石實在弄不明白朱八十一怎麼會冒出如此多荒誕不經的想法，遲疑著回應。

「都督說的，是平話裡的故事吧？就像空空兒、聶線娘一類！」劉家莊的槍棒教頭劉二在旁邊聽了半天，終於找到一個自己能插上嘴的話頭。

「對，對！」朱八十一找到了知音，將頭轉過去，高興地說：「就是空空兒，他還有個師弟叫精精兒，跑起來快得別人都看不清楚！」

「那都是說書人順口胡編出來的，今天你說某人能拎起八十斤的鐵錘衝鋒陷陣，明天他就會編出個一百二十斤來。」誰料劉二卻一點也不給面子，立刻搖晃著腦袋，大潑冷水，「就是都督您，說書先生還說您左手一個銅錘，右手一個鑿子，雙手一合就是一道閃電呢！要真是那樣，小人們怎麼還有膽子在您面前說話?!」

「這——」

朱八十一早就知道自己被趙君用和唐子豪兩個給編成了傳說中的雷震子模樣，卻沒想到連普通塢堡裡的一個教頭都聽得如此詳細！忍不住苦笑了幾聲道：「我若是有那本事，又何必讓弟兄們跟韃子拼命，自己飛到天上去，轟轟兩下，不就全都結束了麼?!」

「所以江湖傳言不能盡信！」常三石認真地勸諫，彷彿自己一句話今天說不到位，朱八十一就會從此走上邪路一般。

「那個姓陳的殺手之所以有名，不過是會些盯梢、藏身的手段，總能殺目標一個出其不意罷了。真的光明正大動手，恐怕也就是個五人敵或者十人敵，人數再多一點，他就只有逃走的份兒！要不然這幾年也不會被官差追得四處躲藏了！」

「噢！」到了此刻，朱八十一心中的武俠之魂才極為不甘的黯淡了下去。

他正準備派徐洪三帶著幾個親兵去將陳姓殺手趕走，還沒等把命令說出口，忽然看到那個姓陳的傢伙跳了起來，指著連老黑的鼻子大聲喊道：

「你剛才招火銃兵的時候，可沒跟俺說這些條件，如今俺過來報了名，你卻又嫌俺身材矮小，又嫌俺眼神沒有光澤，你這不是變著法子想趕俺走麼？告訴你，今天俺就衝著這特大號火銃來的，你不讓俺留下，俺也得賴在這裡！」

「瞎嚷嚷什麼？」王大胖剛好送了一波壯士去參加長矛手選拔回來，聽到有人大聲喧嘩，立刻擠上前，豎起眼喝問。

「將軍，俺要當火銃兵，俺想要當火銃兵！」姓陳的殺手又換了一副可憐巴巴的面孔，對著輔兵千夫長王大胖苦苦哀求。「您剛才讓他說招人的條件時，他可是一個都沒說，如今俺過來報名了，他卻不想要俺！」

「你，當火銃兵？」

王大胖先看了看陳姓殺手藏在衣服下那精壯的身體，又看了看此人抱在懷裡的那把怪異的大劍，詫異的問：「你不是習慣用劍麼，怎麼不去報名當刀盾手？那邊豈不更適合你?!」

「刀和劍一樣，殺人都要走到跟前才行！」姓陳的殺手倒也誠實，毫不猶豫地說出了自己的看法。「而火銃卻不一樣，俺來之前，在路上聽到幾個逃走的阿速人說，紅巾軍的火銃能打五百步遠。這東西落到別人手裡都是糟蹋，而給俺使，俺保證每次作戰能專門打敵軍主帥的腦瓜殼兒！」

「吹牛！」連老黑怕此人將王大胖說動，在一旁插嘴道：「王千戶，您別聽他的，我早就注意到了，他今天就是衝著大抬槍來的。真的把他招進來了，沒準哪天連人帶槍就一起不見了！」

「你胡說，俺哪裡是那種人！」

十有七八是被人揭破了心事，陳姓殺手的臉色立刻變得通紅，揮舞著沒抱劍的胳膊，大聲抗議道：

「俺膽子就是再大，也不敢偷朱都督他老人家的東西。俺只是覺得這桿大火銃給別人使都瞎了，真不如交給俺，不信，您就讓俺試試！」

「這——」王大胖沉吟片刻，有些猶豫不決。

看得出來，眼前這個紅著臉的傢伙對大抬槍情有獨鍾，可此人雖然一直盡力表現得像個鄉下漢子，不經意間，雙目中卻寒光四射，看來未必是好來路，把大抬槍交到他手裡，指不定會當場惹出什麼禍事來！

「留下他！」正猶豫間，耳畔忽然傳來一個熟悉的聲音。轉過頭，看到徐洪三帶著七八個親兵從大門裡走了出來。

「都督說，這個人可以留下當火銃兵，只要他敢跟著我進去見都督。」

「都督？見我？」在王大胖面前裝老實人的陳一百零八旋即明白有人識破了自己的真實身分。

不過這廝倒也光棍兒得很，見眼前幾個士兵的手按在刀柄上，隨時都可能白刃相向，乾脆把心一橫，道：「有什麼不敢的！有勞將軍頭前帶路！」

「請！」徐洪三做了個請的手勢，快步走在最前方。幾個與他同來的親兵們則左右包抄，將陳一百零八隱隱地夾在隊伍中間，跟上徐洪三的腳步，快速朝莊園大門走去。

「這位是江湖上有名的豪傑，故意考我們幾個眼力來著！」王大胖隨即向周圍忐忑不安的報名者解釋。

他人長得富態，笑起來像個彌勒佛一般，所以特別有親和力。

眾報名當火銃手的漢子們聽了，立刻鬆了口氣，紛紛笑道：「怪不得這廝說話怪模怪樣的，原來是裝出來的。」

「好了，好了！」王大胖手臂輕輕下壓，打斷了大夥的議論。「還有其他人報名當火銃手沒有？沒有的話，大夥就整隊跟我進去參加第二輪選拔。火銃手也不是任何人都能做的，最起碼，眼神要好使，手指頭也不能太笨。」

「您放心吧，將軍，我們的眼神都好使著呢！」眾人哄然答應了一聲，在連老黑的號召下，排成一個鬆垮垮的小隊，跟著王大胖興高采烈地進入了莊園正門。

正門內，自有另外幾名負責測試選拔的牌子頭迎上，將大夥引向指定位置。輔兵千夫長王大胖與後者交接完畢，卻不急著再去門外領人，而是四下瞅了瞅，小跑著朝莊園正中央一座宅院衝去。

此刻宅院內，陳一百零八重新報過了身分。這回，此人也不裝成一副土裡土氣模樣，而是端足了江湖豪傑的架勢，冷笑著向朱八十一質問道：

「陳某在來投奔都督之前，的確是個拿錢賣命的殺手，但是陳某殺的都是貪官和奸商，非到萬不得已，很少向無辜下手。敢問都督，陳某這樣做，有何令尊駕難容之處？都督今天專門派人將陳某押到尊駕面前，莫非是想替韃子朝廷捉拿陳某歸案不成？」

「放肆！」

「大膽！」

「姓陳的，你怎敢如此跟都督說話?!」

不待朱八十一開口，徐洪三等人已經紛紛呵斥了起來。腰間的鋼刀也抽出了小半截，只待自家都督一聲令下，就將這來歷不明的江湖刺客碎屍萬段。

「無妨！」朱八十一擺擺手，示意親兵們不要輕舉妄動。

他先前之所以命令大夥將陳一百零八領到臨時中軍所在的院子，而不是於大門口就拿下，就是因為心中突然湧起一個非常大膽的設想，因此對此人言語上的衝撞絲毫不介意。他和顏地說：

「朱某與蒙元朝廷不共戴天，怎麼會管他們那邊的閒事！不過陳兄既然是來投奔我，總不該連真名都不願跟朱某報一個吧。若不是朱某的一個朋友恰恰與陳兄照過面，只是安排你做個小卒，豈不是讓人笑話某家有眼無珠?!」

「我說怎麼會無緣無故被都督請到這裡呢，原來是有人出賣了陳某，哪個眼光敏銳的江湖同道，有膽子出來跟陳某打聲招呼！」陳一百零八挑釁地哼了聲。

「放肆！」

「大膽狂徒，你也不看看這裡是什麼地方！」

徐洪三立刻帶著親兵們圍上去，試圖將陳一百零八按翻在地。後者卻迅速晃了晃身子，鬼魅般躲開了按向自己肩膀的幾雙胳膊，然後將寶劍連鞘橫在胸前，斷喝道：「敢問都督，這就是你的待客之道麼？」

「這是我的中軍！」朱八十一不急不慢地回了句，然後示意徐洪三等人暫且退到一邊。「念在你是外人，朱某不跟你計較，至於是誰提醒了朱某，陳兄大可寬心，他對你沒有任何惡意，只是覺得像陳兄這樣的豪傑，若是只做個普通士卒的話，未免埋沒了人才。」

「那是陳某自己的事，何勞他來擔心！況且都督既然知道陳某的身手非同一般，又如何認定陳某做了小卒之後，就無法快速出人頭地?!莫非都督帳下的各級將佐都是睜眼瞎子，或者嫉賢妒能之輩麼？」

幾句話，問得這叫一個理直氣壯！不由得朱八十一點頭，「如此，倒是朱某的不是了！不該打擾陳兄在軍中的歷練，不過……」

「朱某依舊很好奇，以陳兄的身手，做刀盾手也好，做長矛兵也罷，都不難在戰場上脫穎而出，怎麼放著可以展現自家長處的兵種不去應募，偏偏要做個以前從沒聽說過的火銃手？」

「這……」

陳一百零八最無法解釋清楚的便是這一點，臉色立刻微微發紅，目測了一下與周圍所有人的距離，向前走了兩步，故作神秘地說：

「這主要是因為，陳某覺得都督造的那個大火銃，特別適合用來……」

他陡然縱身而起，在半空中大喝出後半句：「用來行刺！」

話說出口，人已經如同鷂子般朝朱八十一撲了過去，手中劍鞘於半空中脫落，露出三尺冷森森的青鋒。

「保護都督！」徐洪三等人早有防備，立刻舉著鋼刀上前阻截。

陳一百零八的身手果然名副其實，寶劍豎起來左右一撥，已經將倉促擋過來的親兵像葫蘆般拍飛了出去，隨即單腳在地上踮了一步，劍鋒再度凌空指向朱八十一的咽喉。

「賊子可惡！」一直隱藏在樹後的常三石大急，撲將出來，手舉寶劍上前阻擋。

陳一百零八等的就是他！立刻放棄了對朱八十一的追殺，三尺青鋒像毒蛇般在半空中轉了個彎子，徑直刺向常三石的雙眼。

能做到船幫的副幫主，常三石自然也不會是手無縛雞之力的書生，將寶劍豎起來擋在面前，雙腿迅速後退。那陳一百零八卻如跗骨之蛆追著他不停地攢刺，掌中青鋒叮叮噹噹，與常三石手中的寶劍在半空中濺出無數火星。

「原來是你！」一邊刺，他還一邊恨恨地罵道：「怪不得陳某先前一直覺得被人盯著，原來是你這不講道義的無恥小人，陳某還以為船幫上下都是清一色的英雄好漢……」

「朱都督身負天下英雄所望，常某豈容你隱藏在他身邊伺機圖謀不軌！」

常三石被罵得面紅耳赤，一邊招架，一邊努力將陳一百零八朝遠離朱八十一的方向引。

「你胡說？你怎麼知道陳某圖謀不軌？陳某若是想要圖謀不軌的話，何必故意隱姓埋名去做一個小兵？」

「既然不是圖謀不軌，為何還要藏頭露尾，好好的報上名字，難道還怕都督埋沒了你？」

「那是陳某自己的事，不勞你來干涉！」

「既然你來到了都督身邊，就不再是你自己的事！」

二人邊說邊鬥，轉眼間已經鬥了幾十招，卻誰也奈何不了誰。

趁著這個機會，徐洪三趕緊派一名親兵去召集人馬，自己則帶著其他親兵，像牆一樣擋在朱八十一身前，以免刺客再度暴起發難，真的傷到了自家都督。

「不要急，他如果想要行刺的話，剛才就不會掉頭去追常幫主了！」朱八十一卻看得非常清楚，老神在在地向徐洪三等人說道。

「那廝忒地無禮！」徐洪三此刻才終於明白一點兒味道來，朝地上吐了口吐沫，憤憤不平地罵道。

陳一百零八的確對朱八十一沒有惡意，剛才突然出手，只是為了逼常三石現身。然而此地畢竟是中軍所在，並非什麼地主家的宅院或者江湖武門場，此人說亮劍就亮劍，也的確失禮至極。

正猶豫著是否帶領親兵們上前，助常三石一臂之力的時候，又聽見自家都督在背後喝道：「行了！都住手吧！陳大俠，你沒半個時辰未必占到上風，朱某這裡卻不能由著你繼續胡鬧下去！來人，把他們兩個給我分開！」

「是！」聽到動靜湧進來的親兵們衝上前，先把交手的二人圍在中間，然後刀槍齊舉，將陳一百零八硬生生從常三石面前逼開。

「在都督面前亮劍，不得已之處，還請都督原諒則個！」常三石抬手擦了把汗，將寶劍插回腰間的皮鞘當中。

「常兄客氣了！」朱八十一點點頭，目光卻繼續盯在陳一百零八的臉上，看他如何給自己一個說法。

陳某人雖然不服氣，終究不敢在中軍砍傷了朱八十一的親兵，恨恨地將青鋒插進土裡，說道：「都督，陳某可以對天發誓，對你沒有任何惡意！」

朱八十一過了回古代武俠比劍的癮，心情大好，說道：「我知道，你今天根本不是衝著朱某來的，你感興趣的只是朱某手中的大抬槍。陳兄，不知道朱某猜的對也不對？」

「在下……，在下原本只是想著……」

連續兩次被人揭穿老底，陳一百零八臉色紅得像一隻煮熟的螃蟹般，狡辯不是，不狡辯也不是，半晌說不出一句完整的話來！

「行了，大夥散了吧，此人沒有惡意！」朱八十一擺擺手，示意親兵將包圍先撤開些，沒必要過度緊張，然後打趣道：

「我說陳兄，有道是隔行如隔山，你放著好好的殺手不做，卻跑到我這裡來做騙子，當然很容易就一眼被人看穿了！甭說我能猜到，你問問常兄，還有剛才領你進門來的這幾位，有誰不是早就看出你在打那桿大抬槍的主意！」

「哈哈哈！」周圍立刻響起了一陣哄笑，眾人紛紛將眼睛轉向陳一百零八，目光中充滿了戲謔。

那陳一百零八被笑得臉色更紅，手足無措地站了好一會兒，終於「噗通」一聲跪在地上，豁出去道：

「沒錯，陳某今天的確是衝著都督的大抬槍來的，如果都督肯將此物借給陳某用一個月，陳某這條命以後就是都督的，刀山火海，絕不敢辭！」說罷，將頭磕下去，「咚」地一聲，額角都冒出了血來！

「這——！」徐洪三等人看得心中一凜，目光立刻由戲謔變成了不忍。

這姓陳的雖然為偷槍而來，畢竟未得手就被大夥給識破了，並且此人剛才逼常三石現身之時，對跟他交手的幾個親兵也都留了情，所以大夥也不太願意看到他現在血流滿面的模樣。

「怎麼，你需要用這桿抬槍去殺人麼？」朱八十一皺眉問。

「不敢隱瞞都督，陳某有個仇家，出入非常謹慎，每次身邊的侍衛都不會少於五十人，陳某盯了他好幾年，都沒找到下手機會。」

陳一百零八抬手在額頭上抹了一把，「因此昨天聽阿速潰兵議論，說您手中有一神物，隔著三百步遠能將馬頭打個稀爛，所以就大著膽子找上了門來！冒犯之處，陳某願意領任何責罰，只求都督務必將此物借陳某用上一個月，陳某今後即便做了鬼，也願意結草銜環，回報都督的厚恩！」再度俯身重重地磕著頭。

「你先起來再說！」朱八十一看得心中好生不舒服，分開親兵走上前，雙臂用力將陳一百零八從地上硬生生拉起，道：

「你那仇家，恐怕是個當官的吧?!出入至少帶著五十名侍衛，估計官還不太小？抬槍不是不能借你，只是朱某想問一句，借到了此物之後，**你就一定能殺掉他麼？殺掉他之後，你可有把握將抬槍完完整整地給朱某交還回來？」**

幾句話問出，陳一百零八身體立即僵住了，懇求的話再也說不出口。

過了好半晌，才長嘆一聲道：「如果都督所造的神物，真的能像傳說中那樣打三百步遠的話，陳某自然就有了報仇的機會。只是，報了仇之後能不能活著回來，陳某卻沒想過，自然也無法保證將抬槍物歸原主！也罷，是陳某的要求過分了，不該讓都督為難，陳某這廂謝罪！」隨即便要跪地磕頭認錯。

第四章

除暴雪恥

「絕對有人會帶著大夥北伐！」
朱八十一也被自己所描繪的前景燒得熱血澎湃。
他知道北伐檄文中最激勵人心的一句：
「逐胡虜，除暴亂，雪中國之恥。」為其感到激動和自豪。

朱八十一雖然不會任何武功，以前整天殺豬捆豬，卻練就出兩膀子好力氣。雙臂微微一曲，便令陳一百零八再也跪不下去。

「站著說話，朱某不喜歡向別人下跪，也不喜歡被人跪。實話跟你說吧，那抬槍朱某這裡只有一桿，造起來非常不易，萬一讓它被韃子撿了去，憑著眼下朝廷的力量，能輕而易舉地仿製出幾百桿或者上千桿出來，所以不是朱某吝嗇，而是此物無論如何都不能流落到韃子手裡！」

他對陳一百零八這種身手敏捷的人物，有一種先入為主的欣賞，故而即便不願意借武器給對方，也會給出一個充分的理由。

陳一百零八聽在耳裡，心中愈發覺得此生報仇無望，絕望地嘆了口氣，眼淚瞬間和著血淌了滿臉。

「都督說得對，此物無論如何都不能落到韃子手中，陳某這次做得太莽撞了，願意領受任何責罰。只請都督給陳某留一口氣，如果這輩子看不到仇人身敗名裂，陳某就是死了也不甘心！」

「你那仇人是誰？在哪裡當官，能跟我說說麼？」

見一條八尺長的漢子在自己眼前哭成這般模樣，朱八十一心中好生不忍，鬆開對方的手臂，詰問道。

「是啊！陳兄，常某不知道你背負著血海深仇，能不能跟常某說說，也許我們船幫還能助你一臂之力呢！」

「幫不上，離這裡太遠了，你們誰都幫不上忙！」陳一百零八搖頭。「多謝都督和常兄好意，陳某再想其他辦法就是！」

「那可不一定。我這裡天天跟韃子開仗，說不準哪天戰場上就遇上了！」朱八十一開解道。

「是啊，你把他的名字說出來，至少我們船幫可以偷偷打聽一下他的日常動靜！」猜到朱八十一對陳一百零八生了愛才之心，常三石開口相勸。

在江湖上飄得久了，陳一百零八此刻發覺報仇的日子遙遙無期，心神激蕩之下，再也忍不住，哽咽地說：「都督對陳某誠心相待，陳某不敢欺瞞都督，一百零八是陳某隨便給自己取的綽號，並非真名。陳某真名本為陳德，字至善，祖籍鳳陽，家父是湖廣漢軍萬戶陳守信，當年率軍擊敗道州蟻賊唐大二、蔣仁五的那位，也就是大夥經常詛咒的那位陳剃頭……」

「啊！」沒等他說完，常三石便倒吸了口冷氣，手不自覺地按在腰間的劍柄上。

那陳剃頭的名號，在數年前，可不是一般的響亮，此人是如假包換的將門之後，號稱文武雙全。

至正三年，唐大二、蔣仁五兩位豪傑在道州起義，半年間連下數縣，震動整個西南。就是此人帶領漢軍將起義鎮壓了下去，並且將唐、蔣兩個義軍領袖押送到了大都城，當街碎屍萬段。

也許是因為殺孽太重，這位陳剃頭在唐、蔣兩位義軍首領被處死之後不久，在回家途中掉下馬背，生生摔斷了脖子一命嗚呼。緊跟著，他的兩個兒子也先後病死，如今家中只剩下幾房夫人，守著一個空蕩蕩的宅院淒清度日。

江湖中一直傳言，是唐大二和蔣仁五兩個死後冤魂不散，找陳剃頭尋了仇。誰料到，**已經死去七八年的陳家兩個兒子之一居然還活在世上，並且成了一位聲名鵲起的江湖殺手！**

「常兄不必如此小心，陳某這輩子與韃子朝廷不共戴天！」察覺到常三石的緊張，陳至善嘆了口氣，「陳某的父親，就是死在韃子的湖廣平章鞏卜班之手。陳某的哥哥，也是去官府詢問父親落馬的經過時，喝了一杯茶，回家後便毒發身亡。要不是陳某見機快，找了個忠心的家丁換了衣服，自己偷偷逃出了城外，陳家就真如傳說中的那樣，再無一個男丁了，卻不是被唐大二和蔣仁五的冤魂索命，而是被湖廣平章鞏卜班給殺絕了種！」

「啊！怎麼會這樣？令尊有什麼地方得罪了鞏卜班麼？還是在征討唐、蔣兩位豪傑時，得到了什麼了不得的贓物沒及時上繳？」常三石雖說是見多識廣，也沒聽說過如此離奇之事，忍不住看著陳至善愣愣地問。

「要是真的如此，家父死得也不算冤枉！」陳至善悲愴地說：「家父是漢軍萬戶，那鞏卜班卻是蒙古平章，平素拍姓鞏的馬屁還來不及，怎麼有膽子得罪他?!至於繳獲的東西，每次從義軍手裡收復一個州縣，繳獲物都讓蒙古兵挑完了，剩下的才歸漢軍，家父的手裡又怎麼會有鞏卜班看上眼的東西！」

「那他為什麼要下如此毒手？」常三石瞪圓了眼睛，無論如何都想不出陳剃頭到底做了什麼，居然令鞏卜班要將陳家斬草除根。

要知道，漢軍萬戶可是堂堂正三品武官，已經是漢人能做到的最高級別了。隨隨便便就讓一個漢軍萬戶家破人亡，那鞏卜班也冒了相當大的風險，至少韃子朝廷問起來，需要花很大力氣才能遮掩過去。

誰料陳至善對此也是滿頭霧水，咬牙切齒地道：「正是因為不知道姓鞏的為何要下此毒手，陳某這輩子才一定要報此血海深仇！」

「恐怕我能猜到一二！」

就在此時，一直默默傾聽的朱八十一突然開口。

「都督知道？」陳至善滿臉難以置信。

常三石臉上也充滿了困惑，**當事人之子和老江湖都猜不到陳剃頭為何而死？對外界俗務生疏的朱八十一居然能猜出一二**，這情況的確有些出人意料。

他們兩個怎麼會知道朱八十一體內有一半的靈魂來自後世！

不待二人發問，朱八十一自行解釋道：「我當年跟著師父學殺豬殺牛，如果接了一批大活，當日幹不完，就一定要把牲畜裡頭最強壯的那頭豬或是牛先拉出來，當著所有待宰畜生的面一刀捅死！其他牲畜認了命，再也生不起逃走或者反抗的心思了！」

「對不住，陳兄，這個比方不好聽。」他看了滿臉羞憤的陳至善一眼，抱歉地說：「卻是事實。在蒙元朝廷眼裡，令尊恐怕就是那頭最強壯的牲口，他越是驍勇善戰，越是要想方設法早點兒弄死他！」

「啊！這，這不是真的，不可能！……」

陳至善聽了，臉色由赤紅轉向黑紫，雙手在胸前擺動著，身體不停地後退，口中連聲說道：「不可能，我父親替朝廷平定了道、賀兩州，朝廷剛剛下旨嘉獎過他，還把我哥哥封了千戶。這不可能，你騙我，你說的不是真的！」

這些年來，他為了父親的慘死，到處查訪當年跟著父親一道征戰的故人，想從他們嘴裡探聽出些線索，以便有朝一日報了仇之後公諸於眾，讓父親死得明明白白。

但是那些父親生前交好的漢軍將領，要麼偷偷給些財帛，打發他儘早離開；要麼乾脆就帶了士兵出來，試圖替聲卜班殺人滅口，卻是誰也不肯告訴他父親送命的真正原因，也不肯幫忙向蒙元朝廷遞一份奏摺，請求韃子皇帝派人徹查此事。

上述種種作為，陳至善看在眼裡，還以為是聲卜班在湖廣一手遮天，那些漢軍將領不敢得罪於他。到了今天他才明白，**父親的死純粹是自找的。韃子皇帝和湖廣平章聲卜班需要的是一頭獵狗，萬一這頭獵狗長成了豹子，讓主人覺得難以控制，就立刻要下湯鍋！**

如此殘酷的事實，讓先前還執著刺殺聲卜班給全家報仇的陳至善如何能夠接受得了?!他寧願相信是聲卜班想獨佔平定道、賀兩州的功勞，才謀害了自己的父親，也不願相信朱八十一所說的話！

朱八十一卻不想再讓他繼續自欺欺人，繼續說道：

「你不相信，我也不能強迫你相信，大抬槍我不能借給你，那種可以炸死人的手雷，我卻可以給你幾枚。你如果只恨聲卜班一人的話，綁在腰上點燃了，然

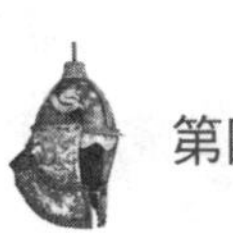

後衝到他身邊就是。只要你能衝到他五步之內，保證能跟他同歸於盡。只是，你確定當日想殺你父親的，真的是翟卜班一個麼？如果是的話，你現在就可以領了手雷離開，朱某在這裡提前祝你大仇得報之喜！」

說完，便命徐洪三帶陳至善去拿手雷。

那陳至善站在原地，雙腿僵直，再也無法移動分毫。待徐洪三催了又催，忽然仰起頭，發出一聲淒厲的尖叫：「啊——！」隨即身體晃了晃，噴出一口鮮血，仰面便倒。

「陳兄！」常三石手疾眼快，縱身衝上去，搶在他後腦勺著地之前，用胳膊將陳至善牢牢托住。

再看那陳至善，臉色黃得像草紙一般，領口、前胸、大腿等處，都是殷紅色的血跡。額頭和嘴角仍有鮮血不住汩汩地往外冒。

「先抬下去吧！將他安排在傷兵營裡，找郎中細心調養，該用什麼藥就用什麼藥，別缺了他的！」朱八十一知道他吐血是情緒過於激動引起的反應，通常不會致命，因而吩咐徐洪三等人。

「都督！」常三石不滿地抗議了一聲，卻終是不好當著太多人的面讓朱八十一下不來台，忿忿地將懷中的陳至善交給親兵們抬下去，找郎中救治了。

「他的傷不妨事！」

難得能遇上一個性子跟自己合得來，還能平等論交的，朱八十一也不願引起什麼誤會，待親兵們抬著陳至善走出了院子，主動向常三石解釋道：

「讓他繼續逃避下去才是大麻煩，從他剛才的行止上，常兄還沒看出來麼？此人在家族突遭大難之前，是個如假包換的公子哥，根本沒經歷過什麼磨礪！今天要是不讓他把心中的鬱鬱之氣一次全發洩乾淨了，以後不知道會出什麼問題！」

「草民知道都督是想解開他的心結，只是……」

常三石是個老江湖，在陳至善被抬走前，已經隱約猜出了**朱八十一是想將此人收歸己用，所以才下了一劑猛藥**，只是他有點接受不了，藥的分量竟猛烈如斯，在朱八十一心裡，好像根本不在乎後者的死活一般。

這與昨天他認識的那個朱八十一有很大的不同，他不知道哪個才是對方的真實模樣，覺得很不適應，猶豫再三道：「他的武藝比草民強得多，只是剛才急於取勝，所以才被草民逼了個平手。都督日後如果想用他，應避免把他逼得太緊，那樣的話，恐怕只會適得其反。」

「那是自然！」朱八十一點點頭。

他知道自己的手段的確激烈了些，但蒙元朝廷的傾國之兵說不定什麼時候就打到徐州城，他沒有時間慢慢去開導陳至善，慢慢為他打開心結。況且，他絕不會放任他再去做一個刺客，哪怕他想要刺殺的目標是湖廣平章政事鞏卜班。

畢竟鞏卜班只是湖廣一省的平章政事，而類似的行省，蒙元治下有十一個，可以隨時拉出來填補平章政事空缺的官員，更是車載斗量。

「如此，就是常某多嘴了！」見朱八十一好像根本沒聽進去自己的提醒，常三石在心中嘆了口氣，起身告辭。「都督還有正事要忙，草民就不多打擾了，日後有用到船幫和草民本人的地方，都督儘管派人送信到附近的碼頭上……」

「常兄還要回去？」朱八十一原以為常三石會留下來跟自己一起打拚，不禁詫異地問。

「草民可是船幫的三當家！」常三石也裝出一副錯愕的模樣。

臨來之前，他心裡的確有留在軍中的衝動，但看到陳至善被刺激得吐血的瞬間，這種衝動就淡了下去。

他不知道自己這樣選擇，將來會不會後悔；但至少現在，他確信自己更適合做一個江湖人，而不是朱都督麾下的一個將軍。

「那倒是我想差了！」朱八十一哪裡知道常三石肚子裡竟然轉了這麼多曲曲

彎彎，他只道以自己目前的實力和魅力，的確還沒到讓天下英雄一見之後納頭便拜的地步，於是釋懷道：「忙倒不忙，只是眼前的事千頭萬緒，有些不知該從哪著手的感覺。算了，以後再去想它。既然常兄急著離開，我就送送常兄！」

說罷，吩咐親兵去給自己牽馬。

常三石聽了，自然要推辭一番。終究拗不過朱八十一的熱情，只好任由對方將自己送出了莊園。

「有幾件事，常兄能不能幫忙探聽一下？」走出幾步之後，朱八十一開口道。

「常某只要做得到，一定會盡全力！」雖然暫時不打算為朱八十一效力，但常三石對此人依舊欣賞有加。

「常兄經常在運河上往來，消息應該比較靈通，所以朱某想請常兄幫忙探聽一下，**這大元帝國眼下到底有多少蒙古人？其中當兵的是多少？全國上下還有多少探馬赤軍，多少漢軍**？自打去年追隨李總管以來，朱某一直想弄清楚這些，但麾下的斥候走不了那麼遠，眼界也不似常兄這麼開闊。」

「多少蒙古人？」常三石登時被問愣了，眉頭皺成一個川字。

朱八十一的志向不小，這一點他昨天就看得非常清楚，但現在就開始關注天底下有多少蒙古人，是不是太早了些？

「怎麼？弄清楚這些，對常兄來說很困難麼？」見常三石半晌沒有回應，朱八十一問。

「難倒是不難，但可能需要多花點時間。」常三石從沉思中回轉心神，笑道：「朱都督想必也清楚，這大元朝廷懶惰得很，很少清點丁口，即便清點，也不會把數目傳播給民間知曉！」

「不急，只要常兄能給我個答案就好！」對方跟自己沒有隸屬關係，朱八十一當然也沒理由逼人家儘快做到。

「朱都督儘管放心，三個月內，我一定能夠給你個差不多的答案！」常三石承諾。

兩人隨口聊了幾句題外話，常三石便揮手告辭。目送常三石的背影去遠，朱八十一惋惜地收回目光，撥轉坐騎，在親兵的保護下返回莊園。

讓一個性情練達、視野寬闊，又精通武藝的人才從自己眼皮底下溜走，要說心中不遺憾，純屬自欺欺人；然而他畢竟只是朱八十一，即使性格已經在不知不覺中變化了許多，依舊想不起那句「**人才不為我用，則必為我殺**」的狗屁道理來，所以遺憾歸遺憾，還是很希望跟常三當家今後能像普通朋友那樣繼續交往下去，而不是從此視為陌路或者寇仇。

正鬱鬱寡歡的時候，冷不防對面跑來一個高大的身影，隔著老遠就肅立抱拳，道：「報告都督，參軍伊萬諾夫有事向您彙報！」

朱八十一露出和氣的笑臉，「有事就說，別裝模作樣的！」

老兵痞雖然貪財怕死，能力也不過是千夫長之資，卻是整個徐州軍中見識最為廣博的人，總能給他帶來意想不到的驚喜，所以朱八十一雖然不太看好此人的才能，仍是對其信任有加。

果然，這次老伊萬一開口，就又讓他刮目相看。

「都督，剛才末將奉命在大門口招參謀，總計只有三個人報名，其中一個還是濫竽充數的，被吳良謀那小子隨便問了幾句，就紅著臉自己走了！」

「嗯！」朱八十一已經看到伊萬諾夫身邊空蕩蕩的情景，所以不覺得有什麼奇怪，點點頭，示意對方繼續說下去。

「是！」老兵痞學著中原人的樣子，拱了下手，一臉正經地說：「末將就想，既然都督連末將都能用，為何不從俘虜裡再挑一挑，說不定能找出幾個可以當參謀的來，然後末將就去俘虜營裡走了一圈，還真發現個合適的人選！」

「哦？他願意為咱們徐州軍效力麼？」朱八十一眼睛一亮，笑著問。

「是一個叫阿斯蘭的傢伙，曾經做過被您打跑的那名敵將的親兵隊長。據吳良謀說，他親眼看到此人去救援敵將時，卻被敵將一把扯下馬背，搶走了坐騎自行逃走，反而讓他被俘虜了來！」伊萬諾夫撓撓自己的後腦勺，「至於他願不願意替都督效力，就由不得他了，末將願意花一千文將他買下來，從此以後，他就是末將的奴隸，而末將又跟都督有十年的契約，細算下來，他等於是都督的奴隸的奴隸，敢不用心做事，末將就拿鞭子抽死他！」

「讓一個心懷恨意的人進參謀部，我看你才真欠拿鞭子抽！」朱八十一被老兵痞的話逗得展顏而笑，心中一絲遺憾也一掃而空。

笑過之後，他很認真地說：「伊萬，說老實話，我從沒拿你當奴隸看！不光是我，整個徐州左軍上下，也沒人拿你當作奴隸看！」

「能遇到主人，是上帝對伊萬的恩典！」伊萬諾夫在額頭與胸前畫了個十字，虔誠地回道。

他對「奴隸」兩個字，倒不像朱八十一這般敏感，非但他的故鄉金帳汗國蓄養奴隸是一種很常見的現象，他曾經遊歷過的歐洲，也是蓄奴成風，歐洲人從就近的埃及一帶大肆抓捕黑人做奴隸，大街上因為欠債和賭博而甘願賣身的白種人亦隨處可見。

「當奴隸，為主人做任何事都是應該的，你卻有軍餉可拿，我跟你的關係更像掌櫃和夥計，我出錢雇了你，你替我幹活，如此而已！」見伊萬諾夫根本沒把自己的解釋當一回事，朱八十一不禁又道。

受來自二十一世紀那部分靈魂的影響，他對人和人之間互相奴役有一種本能的反感，所以即便明知道徒勞，也要試圖矯正這種觀念。

「噢！」伊萬諾夫眨巴了幾下眼睛，聽得似懂非懂。但很快，老傢伙的思維就順勢來個三級跳，看著朱八十一，涎著臉問：「那我可以隨時辭職不幹嗎？」

「滾！」朱八十一在馬背上作勢欲踢。

猛然間看到老兵痞隱藏在眼裡的渴望，想了想說：

「五年！五年之內不准辭職。五年之後，你隨時都可以離開！如果你五年內想走的話，就照你現在俸祿的雙倍和剩下的年頭賠給我違約金就是了，只要交割清楚，我立刻准許你離開！」

「真的?!」老兵痞簡直不敢相信自己的耳朵，激動地伸出十根手指，計算著自己要賠償都督多少錢。

然而他的算數水準實在不怎麼靈光，十根手指都用上了，也沒算清楚。

「甭算了，把你身上全部的金子都拿出來也未必夠！」

徐洪三在旁邊看不下去，抬腳在老兵痞的屁股下踢了一下，呵斥道：「走，走，就想著走！你個餵不熟的白眼狼，都督哪點對不住你？你這麼急著想離開?!」

老兵痞伊萬被踢了個趔趄，一邊揉著屁股，一邊嚷嚷道：「我只是算算，又沒說現在就走！都督，為什麼是五年？五年內，您就有把握打敗蒙古人麼？」

「為什麼是五年？」朱八十一剛才只是順口一說，哪裡解釋得清楚為什麼是五年，此刻聽老兵痞問得認真，沉思片刻道：「能不能在五年內打敗蒙古人我沒把握，但五年後，形勢肯定比現在要明朗得多，到時候，說不定我拿鞭子抽你，你都哭著喊著不肯離開呢！」

「怎麼可能！」老兵痞現在兜裡有了幾個錢，歸心似箭，根本不相信自己會留戀在徐州軍的日子。

他是心裡怎麼想，嘴裡就怎麼說，卻惹得徐洪三等親兵著了惱，一個個圍攏過來，用手指朝著老兵痞的頭盔上猛敲，喝罵道：

「怎麼不可能？你說怎麼不可能?!都督帶著咱們，連兩倍的阿速人都給打跑了，假以時日，怎麼不可能打敗韃子?!」

「我不是那個意思，不是那個意思！」老兵痞最怕的人就是徐洪三，不敢還手，抱著腦袋解釋：「我的意思是，我怎麼會喜歡待在這裡！不是，不是，我的意思是，就算我喜歡這裡，有了錢之後，也一定要回家炫耀一番，否則錢都白賺了！真的，我剛才真的就是這個意思，我發誓！」

「算你改口得快！」徐洪三等人這才停止敲打，卻又帶著幾分期盼向朱八十一求證：「五年之內，咱們一定能打敗韃子朝廷。都督，您說是吧？」

「我不確定！」朱八十一努力回憶著僅有的歷史知識，卻怎麼也想不出此刻距離大明建立還有多少年。但是不忍心讓徐洪三等人失望，他信誓旦旦地說：

「不過，我可以確定，蒙古人一定會被趕走！即便五年之內做不到，十年，或者十五年，也一定可以！」

「威武！都督威武！」徐洪三等人立刻興奮地大叫起來，一個個手舞足蹈。

伊萬諾夫卻因為在蒙元軍中服過役，深知這個帝國的強大。偷偷把頭扭到一邊去，以免被徐洪三等人看到自己眼裡的懷疑，再次屈打成招。

「其實道理很簡單！」朱八十一敏銳地看到了伊萬諾夫的反應，向所有人解釋，「蒙古人佔領中原這麼多年，卻**沒有一天把自己真正當作是這個國家的主人**，除了沒完沒了的盤剝之外，幾乎沒幹過任何一件讓老百姓得到好處的事。所以，除了他們的同族之外，其他人對這個朝廷的忠心恐怕都不太多！」

「那倒是！」伊萬諾夫對蒙元朝廷就沒任何忠誠度可言，推己及人，痛快地點頭承認。

「很多人屈服於他們，是迫於他們的武力，現在，咱們也跟蒙古人正正經經地交過兩次手了，你們說，**蒙古人的實力真的如傳說般那樣強大麼？**」朱八十一的目光從眾人臉上掃過。

這些話，有一部分是他在後世網路上看到的，還有很大一部分，是他根據自己半年多來的觀察與實戰總結出來的，因此很容易被人接受，非但徐洪三等親兵聽了頻頻點頭，就連原本對徐州軍前途不太看好的伊萬諾夫，也收起懷疑的眼光，盯著不遠處的臨時營地，若有所思。

所謂蒙古人的強悍，大多是來自於祖先的記憶。當年兩萬多蒙古人趕著牛羊，橫掃了大半個歐亞；羅剎人的祖先以十倍的兵力迎戰，卻連三天都沒堅持住，就被殺了個屍橫遍野，因而到現在，住在城堡裡的蒙古老爺隨便傳出一道命令來，整個羅剎草原都莫敢不從。

至於蒙古人的後代是否還和他們的祖先一樣善戰，整個羅剎草原卻從沒人認真考慮過，也不敢去考慮，唯恐再次遭受當年一樣的滅頂之災。

在四個多月前的那場徐州攻防戰中，老伊萬卻親眼看到平素威風不可一世的蒙古騎兵，在發現主帥兀剌不花被炸死之後，像受了驚的綿羊一樣四散奔逃。崩潰的速度比他們這些羅剎兵快了兩倍，並且在逃命的同時，唯恐頭盔和武器影響他們的速度，連吃飯的傢伙都丟下了。

彷彿有一座山，在他面前慢慢裂開了一條縫隙，朱八十一的聲音像閃電般，一下又一下的劈在這座山上，將縫隙劈得越來越大，越來越大。

「蒙古人早就不像他們的祖先那樣強悍了，之所以沒那麼多人起來反抗，是因為發現這件事的人眼下還太少！如果咱們能一次又一次像昨天那樣打敗朝廷派來的兵馬，不管來的是阿速人、蒙古人，還是別的什麼人，早晚，大夥就都能看出蒙古人虛弱。**到那時，天下到處都會是像咱們一樣的起義者**，蒙元朝廷根本就剿滅不過來！」

伊萬諾夫身體晃了晃，瞬間哆嗦得猶如篩糠。恍惚間，他聽見徐洪三問：

「都督，到那時您就會帶著大夥北伐，一直打到大都城裡去麼？您會把韃子皇帝也抓起來，當豬一樣賣掉麼？」

「絕對有人會帶著大夥北伐，但是不是我，我也不敢說！」朱八十一也被自己所描繪的前景燒得熱血澎湃。

他記不清正史上，明軍是哪一年北伐的，但是他清楚地知道北伐檄文中最激勵人心的一句：「**逐胡虜，除暴亂，雪中國之恥**。」深深地為其感到激動和自豪。

「一定是都督！」徐洪三等人激動地說：「除了都督，天底下誰也沒有這個資格！」

「對，除了都督，天底下誰還有這個資格?!」

「我們就服都督一人，別人都不服！」

親兵們紛紛叫嚷起來。

伊萬諾夫的反應，總是與他人不合拍，就見他從恍惚中回過神來後，愣愣地看著朱八十一，好像後者頭上頂著一圈聖光一般，突然鬼使神差地冒出了一句：

「都督，到時候，您會當皇帝麼？」

「廢話，都督不當皇上，誰來當皇上！」徐洪三立刻瞪起三角眼，喝道。

「就是！除了咱們都督之外，哪個配當皇上！」幾個親兵四下看了看伊萬諾夫，也一臉鄙夷。

沒想到朱八十一十分自然地回道：「扯那麼遠幹什麼！要當，也是李總管來當，別亂嚼舌根子！」

無論是上輩子的朱大鵬，還是這輩子的朱老蔫，都不是一個胸懷大志的主兒，這樣的兩個靈魂融合之後，能立刻就脫胎換骨，生出問鼎逐鹿的壯志才怪！所以在徐州保衛戰之前，朱八十一想得最多的，就是找機會偷偷溜走，去抱朱元璋這個歷史上最後勝利者的大粗腿。

隨著接連兩次惡戰的獲勝，他的野心稍稍變大了一些，對徐州軍的感情也日益加深，但是關於未來的構想，也不過是在驅逐蒙元的戰爭中多盡一些力，不讓自己和徐州軍這個整體一道默默地消失於歷史長河中而已。

至於將來如何與朱元璋相處，是逼著對方給自己安全保證之後交出軍權，還是像傳說中虯髯客那樣駕駛扁舟出走海外，卻是還沒來得及去想。

他沒來得及仔細規劃未來，卻不代表手底下人都不去想，特別是昨天以只有對方半數的兵力擊潰了阿速左軍之後，軍中幾個核心將領對未來的期待像春筍拔節一樣快速上漲，只是大夥都摸不透他的心思，誰也不敢像老兵痞這樣口無遮攔而已。

「李大總管好固然是好，但跟我等的距離畢竟遠了些！」徐洪三想了想，小聲說道：「況且李總管給末將等的感覺，與其他人差不多，但是都督卻與所有人都不一樣！」

這大概就是**穿越帶來的「福利」**了！兩個靈魂融合之後，朱八十一自己都弄不清楚，自己到底該叫朱老蔫還是叫朱大鵬？

但有一點是確鑿無疑的，那就是朱大鵬的靈魂中，那種對所有人都平等相待的特質一天比一天明顯。就像他剛才不想讓讓伊萬諾夫和某個不知名的俘虜做自己的奴隸一樣，他自己也不想做任何人的奴隸。

受他的影響，徐州左軍上下也養成一群驕兵悍將，平素走在路上，見到比自己官職高出幾級的其他紅巾軍將領，能裝看不見就裝作看不見。實在沒法裝了，也不過是肅立抱拳，施個軍禮而已。

如果哪個敢給官架子看，則立刻把眼睛一瞪，大聲回道：「我家都督都不要我等下跪，你算哪根蔥，敢受我等的大禮？」

因此，朱八十一麾下的左軍成為一夥另類。雖然他並未刻意標新立異，但是在不知不覺中，**這支隊伍的風格與做派已經與周圍的環境格格不入**。

這也是蘇明哲、于常林等人總想勸朱八十一另立山頭的原因之一。既然與其他隊伍漸行漸遠，還不如早點離開，那樣好過某一天彼此都無法忍受下去了，拔出兵器來自相殘殺！

不過，這一次，徐洪三的煽風點火舉動，顯然又以失敗告終。

聽說自己跟芝麻李等人不一樣，朱八十一先是發了會兒愣，然後回道：「人和人當然不可能完全一樣，龍生九子還各有不同呢，更何況我跟李總管他們以前根本就不認識！」

說罷，見徐洪三還想囉嗦，便呵斥道：「行了，飯沒等煮熟呢，就先為了搶分飯的勺子打起來。你們不嫌丟人，我還嫌丟人呢。有那功夫，跟徐達學學，自己去多認幾個字，免得下次我升帳議事時，連個做記錄的人都找不到！」

「是！」徐洪三臉色一紅，怏怏地閉上了嘴巴。

今天早晨在中軍議事時，大夥可是窘態百出。因為此番出戰，蘇長史和于司倉兩個沒跟過來，劉子雲的手臂又在戰鬥中受了傷。結果二十幾名千戶、百戶，連個能把大夥商議的結果記錄在案的人都沒有。

不得已，朱八十一只好派人將吳良謀臨時喊了進去，委以記室參軍之職，才總算解了燃眉之急。

「我不是為難你等！」不得已揭了屬下們的短，朱八十一心裡有點兒過意不去，安撫道：「咱們左軍不可能一直是這四五千人規模，你們這些最早跟在我身邊的，早晚有要獨當一方的那天。到那時，連我發給你們的軍令都不會讀，打了勝仗也不懂得向我彙報，讓我在後方怎麼能做出正確判斷？回去之後，傳我的命令：要求在非戰時，所有百夫長以上，每天晚上都必須抽出一個時辰來學習認字和算帳，讓……」

他想了下，做出決定：「認字的事讓吳良謀教你們，算帳我親自來教，以後人多了，我再給你們指派別的先生。今晚就開始執行，從戌時到亥時，百夫長以上，不當值的都必須來聽；定期考試，三次考試不過者，官降一級！」

「是！末將遵命！」徐洪三先是愁眉苦臉，但是很快，臉上的愁苦表情就被狂喜所取代。都督居然要親自教導大夥！都督這是開始**正式培養自己的嫡系班底**了！臨行前蘇長史反覆交代給自己的事情，終於有了點眉目，回去後見了他老人家，再也不會像以前那樣，每次都被他罵得灰溜溜貼著牆根兒走了。

「回去後，讓蘇先生立刻想辦法到揚州和蘇杭一帶，禮聘些讀書人過來。不要學問太深，能說會道就行。請他們在軍中開一個學校，讓所有牌子頭每天也都輪流去學一個時辰。」

朱八十一不知道自己突發奇想的舉動，又引起了徐洪三等人的誤會，兀自吩咐著：「等讀書人請來之後，就在軍中制定出一個標準，牌子頭必須學會一百個字，百夫長一千個，千夫長三千個；達不到標準，無論立多大戰功，官職都不能繼續往上升。普通參軍的標準等同於千夫長，中兵、諮議、司功、明法和司倉這些有職位的參軍，年內至少要認夠五千！」

「啊——！」老伊萬先前還像事不關己一樣，在旁邊樂呵呵地聽著，突然聽到自己必須認滿五千個漢字，汗水瞬間從頭盔邊緣淌了下來。

「你不用著急，我先教你個絕招，只要你肯下力氣照著做，一年認五千個漢字很輕鬆！其實秘訣只有四個字：**聽**、**說**、**讀**、**寫**而已！」朱八十一回想起上一世苦念英文的日子，心裡湧起一股報復的快感。

說話間，眾人進了作為臨時軍營的莊園。朱八十一跳下坐騎，把韁繩交給親兵，舉步朝關押俘虜的糧倉走去。

被俘虜的阿速兵卒，早已從看守他們的紅巾軍將士口中，得知自己會被當地鄉紳們花錢贖回去交給地方官府。因此也不願多生事端，一個個安分地在糧倉裡邊蹲著，靜待官府前來領人。

所有百夫長以上的被俘阿速軍官，則被與普通兵卒分隔開，關在附近的另外一座糧倉內。

聽到門口有腳步聲傳來，眾人立刻滿懷希望地將目光投了過去。待看清楚來的人是紅巾軍的主將朱八十一，則趕緊以最快速度將頭垂下，眼睛看著地面，大氣也不敢多出。

就是門口這個滿臉橫肉的黑胖子，昨天居然帶著千把步卒，朝一倍於己的阿速騎兵發起了反衝鋒。雖然說是借助了山勢和武器之利，但此人的身手和膽色，也令大夥說不出什麼多餘的廢話來！

唯一不願意低頭的，只有親兵百夫長阿斯蘭。

只見此人岔開雙腿，滿臉倨傲地箕坐於地，衝著門口撇嘴道：

「哼！要殺就殺，何必玩什麼貓捉老鼠那一套！利索點，要是皺一下眉毛，爺爺就隨了你的姓！」

他昨天被自家捨命保護的主將拉下戰馬，進而成了一群莊丁的俘虜，受到的打擊不可謂不重，因此心如死灰，根本不在乎惹惱了朱八一後會落得什麼結果。

然而其他被俘的幾名百夫長卻捨不得陪他一起去死，不等親兵們動手，就一擁而上，將此人按翻在地上，老拳伺候，邊破口大罵道：

「你這個不知道好歹的東西！朱都督在戰場上抓住了咱們，一不打，二不罵，還答應儘快放咱們回去。這是何等的大仁大義！你不知道感恩也就罷了，居然還敢對他老人家瞎叫喚！打死你，打死你這個缺心眼的東西！」

罵夠了，又齊齊轉過身來，向朱八十一躬身施禮道：

「仁慈的朱將軍，阿速人將永遠記得您的寬宏。我等對著聖經發誓，回去後，再也不會與您為敵！」

「我等發誓，今後如果再敢跟都督做對，就叫我等被火雷炸成八塊！」

「我等發誓，即便朝廷拿刀子逼著，也再不敢到南邊來了！」

……

第五章

騎兵教頭

組建三支騎兵百人隊和一個斥候百人隊足夠了，
所差的，只剩下一個合格的騎兵教頭而已。
讓阿斯蘭去做騎兵教頭，讓老兵痞去做刀盾兵教頭！
天可憐見，組建整整七個月之後，
左軍終於把白刃戰的教頭找全了！

誓言這東西如果能信的話，人類早就進入大同社會了。

朱八十一聽了，笑著點點頭，走到被打得滿臉是血的阿斯蘭面前，和顏悅色地問道：「你這廝好生奇怪！不過是個區區百夫長而已，怎麼把自己看得這麼高？這間倉庫裡還關著一個千戶，三個副千戶呢，有那個興趣，我去捉弄他們一番豈不是更開心，何必把精力花在你這個小小的兵頭將尾身上！」

「你！」阿斯蘭氣得火冒三丈，一個骨碌爬起來，就要跟朱八十一拼命。結果還沒等他將身體站直，幾個百夫長又撲了上去，再度將其按在地上拳打腳踢。

「好了，別打了，打壞了就沒法跟貨主交代了！」朱八十一冷冷地喊了聲，故意裝作對阿斯蘭不屑一顧的模樣，扭頭走向角落裡幾個手腳上鎖著鐵鍊的阿速高級將領，「你們幾個，誰官最大，站起來跟我說話！」

「嘩啦，嘩啦……」角落裡立刻響起一陣鐵鍊撞擊聲，幾個被俘的副千戶都盡力將身體朝後縮去，只留出右翼千夫長鮑里廝。

鮑里廝原本就不是個硬骨頭，昨天先是差點被達魯花赤赫廝給砍了腦袋，隨後又因為率部迂迴得太遠，來不及逃走，被打瘋了的紅巾軍硬給從馬背上拖下來揍了個半死。醒來之後，一肚子雄心壯志早就灰飛煙滅了。

此刻見避無可避，重重地在地上磕了個頭，結結巴巴地說：「敗將鮑里廝

『掰』見朱都督！昨天輸在都督的手裡，罪將心服口服！」

「服氣也罷，不服氣也罷，反正你成了我的俘虜了，想翻盤恐怕再也沒有機會！」朱八十一看著此人奴顏婢膝的模樣覺得有點噁心，冷冷回道。

「敗將不敢！都督虎威，敗將這輩子都不敢再來犯了！」鮑里廝的臉瞬間羞得幾乎滴出血來，嘴裡卻繼續大拍朱八十一馬屁，只希望能借此打動對方，將自己和其他人一樣當驢子賣掉。

「朱某把你的手下都賣給了當地鄉紳，你可知道？」朱八十一懶得在他身上浪費太多精力，問。

「知道，知道！都督大人是真正的聖徒，上帝會見證您的仁慈！」

雖然不知道朱八十一為什麼要問自己這個問題，但鮑里廝卻相信說好話肯定不會挨打，因此毫不猶豫地把聖徒的稱號獻給對方。

「那你可知道我給他們每個人的定價是多少？」

「知道，知道！」鮑里廝再度行俯首拜禮，帶動手腳上的鐵鍊嘩嘩作響。「都督慈悲，給每個人都定了能夠支付得起的價錢。他們回去之後，必定會感念都督的善舉，從此再也不願拿起武器前來冒犯！」

「沒骨頭的傢伙，你怎麼不把屁眼直接撅起來?!」百夫長阿斯蘭被自家長官的奴顏婢膝舉止羞得無地自容，撲上前，一把將鮑里廝推了個趔趄。

「蠢貨！你自己想死別拖累別人！」其他百夫長再度上前，和角落裡的三個副千戶一道將阿斯蘭牢牢按住，再也不准他移動分毫。

「榮譽——！鮑里廝，請記住咱們阿速人祖先的榮譽！」阿斯蘭揚起滿是血水和泥漿的臉，喊得聲嘶力竭。

「閉嘴！我是千夫長，你算什麼東西，居然敢對我大喊大叫！」鮑里廝一口吐沫吐在他的臉上，呵斥道：「你自己想死，別拉著其他弟兄，那可是三百多條命呢，咱們阿速族一共才有多少男丁！」

「他把咱們當驢子賣了！」阿斯蘭仰著頭，淚水和著血水從臉上滾滾滑下。眾千戶和百戶們將頭側到一邊，誰都不願意接他的話。

看守倉庫的紅巾軍士卒得知自家都督把阿速人定價等同於驢子之後，立刻就當做一種羞辱手段說給了俘虜們聽，所以倉庫裡的每個阿速軍官都對此事清清楚楚！

然而，這種羞辱再令人難堪，比起直接砍了腦袋示眾，手段還是寬厚得多。所以一眾阿速軍官雖然羞惱，心裡卻依舊願意接受這種結果，不想任何人去惹惱了朱屠戶，以免後者突然反悔。

誰料一件糟糕的事情發生後，肯定會朝最糟糕方向發展。眾俘虜不想惹惱朱八十一，後者卻突然變了臉色，將頭轉向阿斯蘭，惡狠狠地問道：「怎麼，你對這個價格不滿意？」

「滿意，滿意！」鮑里廝立刻用手堵住阿斯蘭的嘴巴，然後仰起頭回道：「都督，您老別跟他一般見識，他昨天剛從馬背上摔下來過，這裡，這裡摔壞了！」

他用手指點向自己的腦袋，表示阿斯蘭被摔成了傻子，不值得朱八十一跟他計較。

「本來你們這幾個千戶，朱某也打算找個合適價錢讓人贖走的！」朱八十一說道：「既然這位百夫長覺得價錢太低了，是一種侮辱，這事還真不好辦了！」

「阿斯蘭，你個蠢豬。老子即便下地獄，也一定會在裡邊詛咒你！」三個副千戶聞聽，立刻亂了方寸。舉起手上的鐵鍊，衝著阿斯蘭的頭上猛砸。

「住手！」朱八十一見狀，大聲喝止，「他是本都督的俘虜，打死了，你們賠得起麼？」

「嘩啦！」幾串高舉起來的鐵鍊同時停在了半空中，眾俘虜們看著阿斯蘭，目光裡充滿了怨毒。

「他媽的好人做不得！」朱八十一悻悻地罵了句，繼續挑撥離間，「伊萬，出去跟鄉紳們說一聲，所有百夫長的價格漲十倍，否則對不起他們的身分。至於這幾個千戶和副千戶，韃子官府願意出多少錢，老子都不准許他們贖回去了，免得他們覺得又受了侮辱！」

「是！」老兵痞伊萬答應一聲。

反正鄉紳們給的錢和糧食，遠遠超過了俘虜的身價，即便幾個百夫長都賣到百貫以上，還綽綽有餘，所以漲十倍就漲十倍，除了聽起來響亮一點兒之外，沒任何實際意義。

「都督慈悲！」被俘的百夫長哪裡知道得這麼清楚，立刻撲到地上，哭泣著懇求：「我等都沒有覺得被都督侮辱啊，我等願意被都督侮辱，真的，我等可以把手按在聖經上發誓！」

每個百夫長原來的定價是兩千文銅錢，漲了十倍後，就是兩萬，已經夠普通人家攢上十年的了，誰也不敢保證鄉紳們在低價贖回了所有被俘士兵之後，還肯再花這突然多出來的一大筆！

「都督慈悲！」幾個副千戶顧不得再找阿斯蘭麻煩，同時趴在地上，用頭去碰朱八十一的靴子。「都督，我等可以自己贖回自己，只要都督肯開價，我等立刻寫了信回家中，讓他們湊錢來贖人，無論多少錢都願意出！」

「罪將願意出一萬貫！不，都督說多少錢就是多少錢，罪將不敢還價。罪將原本一文不值，但不出一筆錢，不足以表達罪將對傷害紅巾軍弟兄們的歉疚！」

到底是做了千夫長的人，鮑里廝反應最靈敏，爬過去雙手抱住朱八十一的靴子，央求道。

一時間，再也沒人去顧得上按百夫長阿斯蘭了，更沒人記得去堵他的嘴巴，但是百夫長阿斯蘭卻愣愣地趴在那裡，渾身上下不停地顫抖，就像秋風中的殘荷。

「不賣了，不賣了，好心沒好報。朱某何必跟自己過不去！」朱八十一厭惡地將鮑里廝等人用腳踢開，轉身欲走。

「都督慈悲！」百夫長阿斯蘭見狀，再也撐不下去，抬起頭，哭求著：「是小人心思糊塗，誤解了都督的好意。一切都是小人的錯！請都督務必給我等一個贖罪的機會！」

「怎麼著，你想明白啦？」朱八十一忽然笑得像個惡魔，蹲在阿斯蘭面前。

阿斯蘭恨不得立刻跳起來，將眼前這個滿臉橫肉的屠夫幹掉，然而想到身後和其他穀倉裡關押著的那些袍澤，只好忍氣吞聲地說：「罪將想明白了，是罪將不識好歹，求都督大發慈悲！」

「想明白了就好，你可願意為剛才的魯莽謝罪？」朱八十一問。

「快點！阿斯蘭，趕緊向都督謝罪！」千夫長鮑里廝、副千戶史丁，還有其他副千戶和百夫長們齊齊看向阿斯蘭，目光銳利如刀。

如果繼續硬扛的話，阿斯蘭可以保證等朱屠戶一走，自己將立刻死在幾個百戶和副千戶手中！他只好嘆了口氣，忍氣吞聲地道：「罪將願意接受任何處置，只求都督放過其他人！」

「你這又是何苦來呢！」朱八十一獰笑著站起身，轉頭向徐洪三吩咐，「去，把伊萬追回來，告訴他，除了此人之外，其他幾位百夫長的贖身價格都不漲了！至於這幾個副千戶……」

他看著幾個副千戶惶恐的眼神，頓了頓，說：「好歹是當官的，作價太低就侮辱了人家，每位就一千貫銅錢吧，讓單縣官府拿著錢來領人。」

「都督慈悲！」幾位副千戶又驚又喜，拜倒下去，連連叩首。不經意間掃向阿斯蘭的目光卻充滿了怨恨。

一千貫銅錢不是個小數目，一個從五品的千戶，十年的俸祿加在一起也就是這個數，如果不是阿斯蘭先前嫌朱屠戶給大夥的身價定得太低，侮辱了人格的話，按照最初那個標準，最多五貫錢就能解決問題。

將五貫錢的贖身費給推漲了兩百倍，雖然這筆錢用不著幾個副千戶自己出，可眾人依舊把肇事者恨到了骨頭裡。

百夫長阿斯蘭也知道自己這回把同僚們都得罪遍了，將頭扎在地上一言不發。

朱八十一當然不會就此放過他，衝親兵們命令：「至於這廝，既然他不知好歹就不賣了，老子要關他一輩子。來人，給我拖出去綁在樹上，給外邊所有人看看，這就是不知好歹的下場！」

「是！」親兵們強忍住笑，上前架起百夫長阿斯蘭的胳膊。

此刻，阿斯蘭已經徹底失去了掙扎的勇氣，閉上眼睛，像屍體一樣任由朱八十一的親兵們將自己拖走。

「還有你！」朱八十一看了眼滿臉期待的千夫長鮑里廝，「你的身價是一萬貫銅錢或者等價金子，讓他們捎信給你家裡，或者給韃子朝廷，什麼時候把贖金送到徐州，什麼時候就會放你離開。在此期間，只要你不自己找死，我保證沒人會砍你的腦袋！」

「謝大都督！」千夫長鮑里廝趕緊跪下磕頭，心中卻把賬全算到了阿斯蘭頭上。「蠢貨，你最好被朱屠戶關一輩子，否則，今後只要讓老子見到你，立刻碎屍萬段！」

朱八十一沒功夫理睬這些人怎麼想，與老伊萬一樣，一大堆被俘的阿速軍官當中，除了百夫長阿斯蘭之外，其他軟骨頭都不入他的法眼。

他轉身出了倉庫，跟親兵們吩咐，「把那個臭嘴巴的百夫長給我拖下去，洗乾淨了再換身衣服，然後帶到中軍來見我！」

「是，都督！」親兵們笑呵呵地答應著，快速去執行命令。

不多時，便將阿斯蘭收拾停當，押到了臨時充當中軍的地主宅院內。

朱八十一正捧著杯熱茶跟兵書死磕，聽到親兵們的報告聲，將書本倒扣在案上，「進來吧，給阿斯蘭將軍也去倒杯茶來！」

阿斯蘭在被親兵們押著去洗澡換衣服的時候，就已經感覺到今天的事好像不太對勁，此刻又聽朱屠戶叫自己將軍，愈發堅信了先前了判斷。

他從親兵手裡接過茶水，咕咚咕咚先灌了幾口，然後用手抹了把鬍子上的水漬，瞪圓了眼睛問道：「都督到底想做什麼？儘管說出來吧，但想要某家效忠於你的話，就不必提了，某家寧死也不受這種侮辱！」

「你這廝好生奇怪！」朱八十一微微一笑，立刻讓阿斯蘭心臟打了個哆嗦，「口口聲聲說朱某侮辱你，朱某到底怎麼侮辱你了？你倒是說出來聽聽！」

「你……」阿斯蘭突然語塞。

「說不出來了吧？」朱八十一一臉玩味之色，「你先前嫌朱某給你們定的價格低，朱某立刻就答應漲價了，結果又反悔，要求朱某把價格變會原來的模樣，朱某也給了你們這個面子，絲毫沒有為難你們。都做到這個份上了，你這廝居然還不知道感激！還覺得受了侮辱！難道非要逼著朱某大開殺戒你才覺得滿意麼？」

「你……都督慈悲！」阿斯蘭終於明白自己今天是落進了一個魔鬼手裡，「噗通」一聲跪倒，連連叩頭。

「行了，朱某既然說過要放了他們，就不會食言而肥！」朱八十一冷笑道：「至於你效忠不效忠，朱某也不勉強。你自己好好琢磨琢磨，如果朱某現在放了你，你有本事繼續活下去麼？」

「我……」阿斯蘭微微一愣，隨即眼淚淌了滿臉。

活下去，怎麼可能?!且不說自己今天的行為已經讓幾個千夫長和百夫長們恨到了骨頭裡，就是為了掩蓋搶馬逃命的醜行，達魯花赤赫廝也會讓自己以最快速度消失掉。可以說，目前這種情況，自己留在紅巾軍中反而是最安全的選擇。

一想到天下之大竟然無處容身！阿斯蘭的眼淚愈發停不住。先給朱八十一磕了個頭，然後猛的站起來，縱身朝著牆壁上撞了過去。

「你給我站住！」朱八十一早就在觀察著他的一舉一動。見此人將頭轉向牆壁，立刻探出一隻胳膊，像拉豬一樣將此人硬給拉了回來。

「正教當中允許自殺麼？朱某怎麼沒聽說過。」

「這，嗚嗚——」阿斯蘭掙扎了幾下，然後捂著臉，無力地蹲了下去。

阿速人信奉的是東正教，而自殺在東正教的教義裡是十惡不赦的罪行。非但財產要被沒收，屍體還要被拋棄到荒野中，任由野獸撕咬踐踏，以贖死者瀆神之罪。

看到他這副模樣，朱八十一知道此人不會再去自殺了，奚落他：

「你說你這個人，莫非真的從馬背上掉下來把腦袋摔壞了？先前本都督說讓鄉紳們將你贖回去，你嫌價錢低，如今好吃好喝招待著，你又要去撞牆。你到底想幹什麼，就不能坐下來好好說話？」

「嗚嗚，嗚嗚……」此時此刻，除了放聲大哭之外，阿斯蘭根本說不出任何話來。回家的路子斷了，自殺的路子也走不通；而投降紅巾軍，則侮辱了阿速人祖輩留下來的尊嚴……

「行了，差不多就行了，大姑娘出嫁也沒你這麼嚎的！」朱八十一又奚落了一句，然後說：「我這裡缺個騎兵教頭，每月薪水五吊，管吃管住，你願意不願意幹？願意幹的話，就趕緊答應一聲！」

「你，你侮辱……」阿斯蘭的哭聲立刻戛然而止，瞪著朱八十一，滿臉憤怒。「都督還是儘早殺了某家，某家寧死，也不會玷污阿速人的榮譽！」說罷，站起來，把雙手背在身後，隨時等著被推出門去斬首示眾。

「你們的教義不准許自殺，所以就到我這裡來找死了是嗎？我又不欠你的，憑什麼幫你這個忙！」朱八十一撇了撇嘴，斷然拒絕。

「某家不是，某家，某家是……」阿斯蘭又鬧了個大紅臉，不知道該怎麼辯解才好。「某家不能玷污阿速人的榮譽！阿速人祖祖輩輩，就沒出過一個向敵人投降的懦夫！」

「這話有意思！」朱八十一的臉上寫滿了笑意，看著阿斯蘭的眼睛說道：「那我問你一句，你們阿速人怎麼成了蒙古人的部下的？你別告訴我，你們這種黃頭髮綠眼睛的原本跟蒙古人就是一家子！」

「這，這……」阿斯蘭的臉變得更紅。

阿速人祖輩是被蒙古人打敗了，所以才舉族投降了對方，從此成為對方旗幟下的一群獵犬。這都是阿速人的族譜裡寫得很清楚的，他卻說阿速人的祖祖輩輩沒出過一個向敵人投降的懦夫，真的是自己在抽自己的大嘴巴！

正尷尬得無地自容的時候，又聽見朱八十一惡魔般大笑了幾聲，蠱惑道：「至於玷污榮譽，好像還輪不到你一個小小的百夫長來做。朱某看不出來搶了自己親兵的戰馬，棄軍逃走的那個傢伙有什麼榮譽可言；朱某也沒看出來，剛才為了活命，恨不得將自家袍澤當場打死的那幾個副千戶把你們阿速人的榮譽放在了什麼地方?!」

這幾句話，簡直字字誅心。百夫長阿斯蘭忽然發現，**自己一直所堅持的那些信條，全都變成了非常可笑的東西。榮譽，這東西阿速人的祖先們真的有過麼？如果從不向敵人屈服的話，他們又怎麼會變成了蒙古人爪牙？**怎麼會不遠萬里來到中國？如果阿速人真的有榮譽可言的話，也早就被赫廝、鮑里廝那些傢伙給敗光了，自己區區一個百夫長去堅守，能守得住什麼？還有這個必要麼？

心神激蕩之下，**他眼裡再也沒有淚水可淌，臉色也從朱紅變成了死灰，只覺得天地間一片黑暗，自己成了黑暗中的一片枯葉，被風吹著，飄飄蕩蕩無處可落！**

見阿斯蘭失魂落魄的模樣，朱八十一知道火候差不多了，倒了杯熱茶，親手遞到了他手裡，誠摯地說：「我這裡缺個騎兵教頭，你再考慮考慮，不用急著答覆我！如果你要走的話，我也不會強留你，今後不要在戰場上讓我再碰到就是！」

「某家……」阿斯蘭麻木地接過熱茶，嘴唇濡囁了半天，自己都不知道自己究竟在說些什麼。

「至於幫你自殺就算了，你應該清楚，我這個人不喜歡殺人，雖然把你那些被俘的族人定了驢子價，卻總比砍了他們的腦袋要好！」

朱八十一補充道：「至於為什麼要定成驢子價，是因為在蒙古法裡，漢人的命價就等同於驢子。我這個人講究禮尚往來，**你們把我當驢子看，就別指望我會把你們當成人**！大家都一樣，誰也不比誰高多少！」

「都督說得是！」阿斯蘭的身體晃了晃，無奈地承認。

在被俘之前，他的確未曾把中原的漢人當作同類。不光是他，整個蒙元帝國的蒙古人和色目人，也從沒把治下的漢人當作可平等交往的夥伴看待過。雖然後者中，有些機靈者已經進入了朝堂，名義上的官職比他們高出許多。

「好了，你先下去休息吧。是走是留，明天早晨跟伊萬說一聲就行！來人，帶他去傷兵營那邊上藥！」朱八十一揮揮手，吩咐親兵們帶著阿斯蘭離開。

「是！」徐洪三在外邊答應一聲，走進來，示意阿斯蘭跟著自己去找郎中。

後者彷彿沒看到他的示意一般，手握著滾燙的茶碗，雙腿遲遲不肯挪動。

直到徐洪三等不及了，用手去推他的肩膀，他才如大夢初醒般，帶著期盼的神色問向朱八十一：

「都督如果將來打贏了朝廷，會拿我們這些阿速人怎麼樣？全部趕走，還是會像蒙古人對待漢人那樣，拿我等當驢子？」

「我這個人不喜歡欺負別人，也不喜歡被欺負。」朱八十一深吸了口氣，「大家都是一個鼻子兩個眼睛，何必非要分什麼高低貴賤？如果哪天打敗了韃子，我希望在這片土地上，**無論漢人、色目人、蒙古人，還是什麼苗人、契丹、女直人，都遵守同樣的法律，享受同樣的待遇。一個人獲得尊敬，不是依賴於他的模樣和眼睛顏色，而是取決於他本人的能力和努力情況**。我這麼說，你能明白麼?!」

「這……」這個理念，即便二十一世紀也有很多人接受不了，更何況阿斯蘭一個十四世紀的騎兵頭目！他眨巴著眼睛想了半天，也想不出各民族一律平等相待會是什麼模樣。唯獨可以肯定的就是，他的族人，待遇並沒有因為蒙古人被擊敗而降低分毫。

於是，阿斯蘭便不再猶豫，躬身朝朱八十一拜了下去，誠摯地道：「罪將阿斯蘭，願做都督掌中之劍！從此之後，都督指向哪裡，阿斯蘭就會砍向哪裡。此誓，上帝可以聽見！」

「好！」朱八十一接受了阿斯蘭的躬身禮，然後雙手托住對方胳膊，「我不敬鬼神，所以也不立什麼誓言，只能在這裡許諾你，只要你為我效力，你的功勞就不會被別人吞沒。此外，不到萬不得已，我不會命令你向你的族人舉刀。此諾，天地為證！」

「謝都督！」聽到最後兩句話，阿斯蘭的眼睛立刻又紅了起來，再度躬身下拜。

「起來，起來！」朱八十一將他攙扶起來。「沒什麼好謝的，己所不欲勿施於人，我們中國人老祖宗就這樣教誨過！一會下去後，去找伊萬，就是那個羅剎大個子。讓他把紅巾軍的規矩跟你仔細說一說，你們都是色目人，相互間交流也許會方便些！」

「是！」阿斯蘭規矩答應了一聲，跟著徐洪三去找伊萬諾夫請教去了。

「這人天生是塊好兵料子！」朱八十一目送二人離開，在心中默默想著：「不知道把騎兵交給他訓練，最後會訓練出個什麼結果來？」

他之所以在阿斯蘭身上花這麼多力氣，皆因為昨天的戰鬥中，阿速人騎著戰馬，一波一波衝過來的模樣，給他留下了極為深刻的印象。

說實話，如果不是關鍵時刻對方的主將被徐達嚇跑的話，再糾纏一段時間，朱八十一真的不敢保證此戰最後的勝利究竟屬於哪一方！所以吃一塹長一智，用純步兵與騎兵對抗的事，短時間內，朱八十一是絕對不肯再來第二回了。

這年頭，在沒有岳飛、戚繼光那種絕世名將的情況下，想要克制敵軍的騎兵，恐怕最佳選擇還是自己這邊也擁有一定數量的騎兵。

而昨天阿速人在潰退時，把所有備用戰馬都丟下了，再加上那些失去主人的坐騎，最後被徐州左軍收攏起來的，總數竟然有四千多匹。就算上繳一大半給芝痲李重新分配，朱八十一手裡最後也能落下千匹以上。組建三支騎兵百人隊和一個斥候百人隊足夠了，所差的，只剩下一個合格的騎兵教頭而已。

讓阿斯蘭去做騎兵教頭，讓老兵痞去做刀盾兵教頭，讓陳德去教導長槍兵！天可憐見，組建整整七個月之後，左軍終於把白刃戰的教頭找全了！

至於剩下的火銃兵、擲彈兵和原始炮兵，朱八十一只能硬著頭皮自己去訓練。反正後三個兵種對這個時代來說，眼下還屬於全新的事物，即使外邊請教頭來，也不可能比他本人高明太多！

想到自己費盡九牛二虎之力，終於把麾下的隊伍塑造出一個基本輪廓，朱八十一心中難免有些暗自得意。

朱元璋也好，常遇春也罷，即便他們都是天縱之才，總不會比自己還瞭解這世界軍隊武器的發展方向吧？雖然咱老人家也是一知半解，但照著葫蘆去畫瓢，總比連個參照物都沒有畫得更快一些！

正自我得意地想著，忽然間，門外又傳來了徐洪三的聲音：

「啟稟都督，斥候彙報，他們看到李大總管和趙長史兩個親自帶著大軍來接應您了，人馬停在五里之外，正帶著親兵朝營地這邊趕！」

「啊！趕緊備馬，通知所有不當值的千戶，跟著我一道去迎接李總管！」朱八十一聞聽，顧不上得意了，大步流星往院子外走。

徐洪三在彙報前，已經分派人手去備馬，並通知左軍的幾個核心將領。此刻聽到朱八十一的命令，立刻追上前，回道：

「都督的坐騎立刻就能牽過來！吳千戶、徐千戶、王千戶、伊萬和黃老歪也都通知到了。擲彈兵千夫長劉子雲今天當值……」

「派個人去通知他，讓他留下來整隊，一會兒帶領所有將士在營門口恭迎李總管！」朱八十一丟下一句話，接過親兵遞過來的韁繩，飛身跳上坐騎。

身體還沒等在馬鞍上停穩，耳畔便傳來一陣馬蹄聲。吳二十二、徐達、王大胖、伊萬諾夫和黃老歪已經全身披掛，騎著剛剛分配到各自手裡的良駒趕到。

「上馬！跟上都督！」徐洪三大喝一聲，帶領親兵們跳上坐騎，從營門口疾馳而出。行進間，自動分成左右兩隊，將朱八十一和吳二十二等人，牢牢護衛在中央。

總計四十餘人，身上穿著新的板甲，手裡拿著新打造的兵器，再加上胯下新繳獲的，百裡挑一的良駒。整個隊伍就像一條剛剛從峽谷裡飛出來的幼龍一般，漂浮在金燦燦的油菜花海中，搖頭擺尾，麟爪飛揚！

「嗚嗚嗚嗚——」

營地裡的號角聲響了，宛若虎嘯龍吟。整個天空陡然一亮，樹木、山川，雲朵，好像全都活了起來，全都被這聲最新，最稚嫩的龍吟喚醒，抖擻精神，去見證一個全新的時代！

不多時，前方便看到了芝麻李的帥旗。

朱八十一立刻跳下戰馬，帶領幾個核心將領和眾親兵們站成一排，衝著旌旗到來的方向抱拳施禮。

「末將朱八十一，參見大總管！」

「自家兄弟，這麼客氣幹什麼?!」

芝麻李大笑著飛身下馬，目光在朱八十一臉上身上來回打量。

「又受傷了？傷得重不重？我昨天傍晚聽斥候跑回來彙報，說北邊大批的百姓朝黃河岸邊逃了過來，心裡就知道壞了，莫非是朱兄弟遇到韃子了？趕緊點齊兵馬，與軍師一道出來接你。後來在半路上碰到你派回來報捷的親兵，才知道老子白擔心了一回！狗日的幾千韃子，怎麼能奈何得了我家兄弟！」

一番話雖然說得粗俗不堪，但臉上的關切卻是不可能裝得出來的。朱八十一聽得心裡發暖，回道：「多謝大總管關心，末將的傷口不妨事！昨天韃子來得突然，全賴總管虎威，將士用命，才勉強擊敗了他們！」

「仗是你帶著弟兄們拼了命才打贏的，關我虎威屁事！」芝麻李白了他一眼，「咱們兄弟別整這一套！沒勁！昨天傷亡如何？軍中的草藥還夠用麼？」

「當場陣亡的和昨夜重傷不治的，有二百七十五人，今天上午還有四十三人因為傷重不治也過去了。此外，還有二十幾個勉強挺過來的，估計今後即便養好了傷，也上不了戰場了！」

說起弟兄們的傷亡情況，朱八十一的神情立刻變得有些黯然。

在這個除了濃鹽水之外沒有任何消毒手段的時代，重傷的意思基本上和死亡

差不多。雖然吳良謀從家裡拿來了大量的秘製金創藥，依舊阻止不了那些傷勢過重的弟兄，一個接一個地在痛苦中死去。

「啊，這麼慘！」芝麻李也愣了愣，臉上的笑容迅速消失不見，「光是戰沒和重傷，都快到三成了，真不知道你們昨天是怎麼撐下來的?!這事兒都怪我，讓你帶了這麼少的兵馬，就來北岸催繳糧餉！」

朱八十一沒有將責任推給別人的習慣，用力搖了搖頭，低聲請罪，「是末將的斥候派得太近了，本該更早地……」

「是我的錯！不關你的事情！」芝麻李卻不肯接受他的檢討，擺了幾下手，大聲打斷，「是我太大意了。明知道北岸是韃子的地盤，還只派了你一支兵馬！這樣吧，無論傷亡多少，等會兒都從我手下撥出人馬給你補齊了。放心，保證都是按照你的秘法訓練的戰兵，雖然比不上你麾下原來的那些，至少旗鼓、號令都分得清楚！」

朱八十一聞聽，立刻出言拒絕。「不可，大總管不可！屬下回去再從輔兵抽調就是，不能削弱你麾下中軍的實力！」

「削弱個屁，秘法是你給我的，仗也都歸你們打，我的中軍留那麼多精銳幹什麼！就這麼定了，老何，你這就回營給我挑人，湊起了五百，給朱都督送過來！」

「是！」被喚作老何的親兵百夫長答應一聲，撥轉馬頭就準備去執行命令。

朱八十一見狀，趕緊阻止道：「大總管且慢！大總管的好意，末將心領，但是真的不用，今天附近個莊子為了表示忠心，給我送來了好幾百莊丁；臨近也有不少綠林好漢，帶著麾下嘍囉前來投奔，末將現在麾下的兵馬，至少比昨天還要多出三成，已經不需要再從您的中軍調人了！」

「莊丁？他們送莊丁給你？」芝麻李又是微微一愣，旋即明白周圍的地主豪強是見到朱八十一打贏了朝廷的兵馬，所以才主動上門攀交情。

這種情況，對徐州軍整體而言沒任何壞處。故而他笑了笑道：「莊丁雖然比流民強一些，但一時半會兒也做不了戰兵。這樣吧，我撥二百精銳給你。不准推辭，再推辭我就生氣了！」

「我也給朱兄弟一百精銳，聊表心意！」沒等朱八十一想好該怎麼拒絕，趙君用也湊上前，笑著說道。

「我也出一百！朱兄弟的練兵秘法的確好用，我正愁沒辦法答謝他呢，這回就算兩清了！」毛貴不甘落後，也笑呵呵說道。

「那我也出一百吧！你們都出了，我怎麼著也不能太小氣！」彭大笑呵呵地上前，跟大夥一道湊份子。

「我出一百！」

「我出五十！」

轉眼間，左軍昨天的損失，就被大夥齊心協力給補充齊整了，並且還比原來還多出不少。

朱八十一沒法再拒絕，只覺得心裡頭一陣陣滾燙，向大夥施禮，感激地道：「那，那朱某就多謝大總管，多謝趙長史和幾位哥哥了。朱某無以為報，昨天繳獲的戰馬和軍械，除了上繳給大總管入庫的之外，剩下的部分，諸位哥哥儘管挑著拿就是！」

「你小子不說，我們也不會跟你客氣！」前軍都督毛貴攬著他的肩膀嚷嚷。「怎麼著，聽報捷的斥候說，你打贏了雙倍的敵人！還都是騎兵？怎麼做到的，能不能跟哥哥說說！」

「是啊，你小子怎麼變得這麼厲害了，趕緊跟我們說，是怎麼打贏的？老子從昨天半夜琢磨到現在，心裡都快長出小樹來了！」

彭大和毛貴向來是秤不離砣，只要前者做的事情，他肯定要跟著攙和一番。

「兩位哥哥客氣了，小弟在此戰中收穫頗多，正要跟大總管、長史還有幾位哥哥彙報一番！不如回到營中，給幾位哥哥倒上茶，邊喝邊聽。大總管，長史，還有幾位哥哥意下如何？」

「那就去你那兒！」芝麻李揮了下胳膊，大聲道：「都上馬，別在野地裡站著了。朱兄弟身上還帶著傷呢，被風吹多了沒什麼好處！」

說罷，自己帶頭先跳上了坐騎。趙君用、毛貴、彭大等人聽了大總管的決定，也紛紛認鐙上馬。在朱八十一和左軍幾個將領的簇擁下，緩緩走向臨時充作營地的地主莊園。

留守在莊園內的擲彈兵千夫長劉子雲早已整理出五百精銳，按照朱八十一的吩咐，在大門口列隊相迎。

因為剛剛打了一場勝仗的緣故，這些弟兄們臉上的都帶著自豪，腰桿挺得一個比一個直。

趙君用見了，立刻大讚道：「好兵，真的是好兵。原本以為得了朱兄弟的秘法，趙某也能訓練出一等一的精銳來。此刻親眼看到了，才明白距離真正的精銳究竟差了有多遠！」

「左軍這些弟兄都是剛剛在戰場上見過血的，當然比咱們麾下那些沒見過血的要強一些！」毛貴聽了，笑著在一旁接話。

「這倒是！」趙君用扭頭瞟了毛貴一眼，「見過血的與沒見過血的肯定不一樣，反正這河也過了，要不然，咱們改天也帶著弟兄們去見見血？借著朱兄弟的大勝之威，附近幾個縣城勢必一鼓而下！大總管，你意下如何？」

「這附近無險可憑，打下來咱們也守不住，白白讓老百姓遭罪！」芝麻李搖頭，「再說，咱們目前的主要發展方向還是西南。老趙，你要是手癢了，乾脆回去後就跟我一道去把宿州給拔了，免得劉福通劉大帥那邊整日派人來催！」

趙君用沒得到支持，只好笑了笑，輕輕拱手，「大總管說得極是，是末將見識短了！咱們徐州紅巾，眼下主要目標還是去跟劉元帥會合！」

「這些事，咱們進去說！天馬上就要黑了，別讓弟兄們在風裡站著！」芝麻李也不想讓任何人難堪，揮了下胳膊，策馬率先進去軍營內。

趙君用等人尾隨而入，進了門後，入眼則又是一番俐落景象，糧草、輜重、戰馬，還有一輛輛裝滿著銅錠和鐵錠的雞公車，都按照事先規劃好的區域擺放得整整齊齊。

每個區域之間都留出了寬敞的通道，有當值的士兵，扛著長矛，背著弓箭，邁著整齊的步伐，沿著通道來回巡視。沒有主將的命令，其他人連根劈柴都無法從各區域裡偷走。

倉促之間，沒有足夠的麻布遮蓋。因此被夕陽一照，那些露在外邊的銅錠和鐵錠表面，都反射出非常迷人的光澤。趙君用見到，立刻又想起了徐州軍眼下日漸乾癟的庫房來。

他跳下馬，在一輛雞公車翻了翻，大笑著說道：

「哈，沒想到一個小小的吳家莊，居然富到如此地步，去年咱們在徐州城的府庫裡也沒找到這麼多銅錠，這要是都鑄成銅錢的話，咱們徐州軍下半年的開銷估計就不用再發愁了！」

「一共有三萬斤紅銅，五萬斤熟鐵。」朱八十一原本就是想把這批物資如數上繳，所以也不隱瞞，如數家珍般向芝麻李彙報。

「但是，末將卻不建議將這批銅料全都鑄了錢，末將這次戰鬥中，發現手雷的問題很多，威力也不像原來想得那麼大，而銅炮，就是末將出發前曾經跟大總管介紹過的那種大型火銃，卻起到了非常關鍵的作用！」

「是麼？比手雷還好用？怎麼個好用法？」芝麻李聞聽，興趣立刻被勾了起來，將目光從雞公車上移開。

「大總管、長史，還有幾位哥哥，請隨我來！」

朱八十一打了個手勢，將眾人帶到了一個乾淨的稻草棚子旁，指著裡邊的三

門青銅火炮，賣力地推銷道：「這東西，如果用實心鉛彈的話，五百步內，無論對手穿多厚的鎧甲，砸上就是個死。五十步左右，則可換成板栗大小的鉛彈，每次裝三十發，一炮轟出去，連人帶甲都能打個稀爛！」

「嘶！」芝麻李聞聽，立刻倒吸了口冷氣，問趙君用：「軍師，咱們手裡那種投彈機，能把二斤重的開花雷投出多遠？」

「最遠差不多也有五百步！」趙君用有些不甘心地回道：「但投彈車的規模可比這個銅鐘大得太多了，只是，這口鐘至少也得用五百斤銅料，鑄造的時候恐怕有點浪費……」

「鑄造時浪費的銅水，可以回收起來重新融化了煉銅！」朱八十一立刻補充：「你們再看看這個……」

他從銅炮旁的木頭箱子裡，取出幾件爛得不成樣子的精鋼札甲，一件一件挨個擺放在地上，一邊解說著：「這件，是被實心彈砸中過的，當初砸的是這個位置，所有甲片都折凹進去了，導致穿著這件甲衣的阿速人內臟全碎；這件，則是用小號鉛彈近距離噴射所致，上面全是窟窿，整個人當場成了篩子！還有這件，是鋼鏈編織的馬甲，鉛彈落地後，跳起來掃過側面……」

為了使徐州軍上下儘快接受火器，他命令親兵們去敵軍的屍體上收集鎧甲時，嚴禁擦掉上面的血跡和肉末。一天一夜之後，鎧甲的味道開始發臭，芝麻李被熏得一陣陣犯噁，卻堅持著把所有鎧甲都看完了，斷然道：

「好，就聽你的。回去後，這三萬斤熟銅，就交給你們左軍的作坊來造火炮。除了銅錠之外，還缺什麼，你儘管列個單子，派人找老趙去領。老趙，這件事咱們必須全力支持朱兄弟，畢竟，他是目前為止，咱們之中唯一跟韃子騎兵野戰過的。」

第六章

逆勢而上

這季節，黃河水依舊冷得厲害，
徐州和蕭縣一帶出生的子弟雖然個個都有一身好水性，
但此去泅渡，恐怕也有許多人要活活凍僵在黃河中，
所以只要有可能讓更多的弟兄們平安到達對岸，
朱八十一願意傾盡自己所有。

「是！」芝麻李已經做出了決定，趙君用當然不能跟他硬頂，只好點點頭答應，然而看向朱八十一的目光又變得冰冷起來。

專門用來投擲手雷的各種型號投彈車還沒在戰場上發揮作用，便馬上就要面臨被銅炮給取代的命運，這種結果讓他怎能接受！

況且隨著銅炮的裝備，原本在徐州軍中地位已經非常特殊的左軍，恐怕更要高出其他各營一頭。長遠來講，這對徐州軍，對芝麻李本人，都未必是一件好事！如果朱八十一永遠像現在這樣沒什麼野心也罷，萬一日後隨著實力的增長，此子野心越來越大……

正鬱鬱地想著，又聽見朱八十一說道：

「這批鐵料，末將也有一個建議。末將前段時間一直讓人琢磨用熟鐵打造火銃。臨出發前，已經得到了幾件樣品，只是射程有點短，操作起來也非常麻煩，所以才沒帶出來。這次跟阿速人相遇，末將發現他們的騎兵和弓箭兵都非常強悍，要想單純地用步卒與其對抗的話，恐怕長矛配合火銃才是最佳選擇。」

「射程短，短到什麼地步？」芝麻李早已習慣從朱八十一嘴裡聽到各種新鮮東西，笑著問。

「最遠能打到一百五十多步，但想要破開鐵甲的話，就得五十步以內才行。

準頭上，超過五十步便無法保證！」朱八十一回憶了一下出發前看到的情形，如實回道。

比起連老黑手中的青銅大抬槍，用鐵棍上鑽孔方式開發出來的火銃，絕對是一塊雞肋。朱八十一自己都一度想將此物拋棄掉。但經歷了昨天的實戰後，他突然意識到，必須以最快速度給麾下的戰兵們配備火槍，以免在防禦戰時，只能杵在那裡被對方的騎兵當靶子亂砸。

而裝備青銅大抬槍，造價實在有些超出了徐州軍目前的承受力。大抬槍需要兩個人才能操作的特性，也嚴重限制了此物的發展前途，所以，以現有的條件，就只能從垃圾堆裡將原始的鐵管火銃再撿出來！

「那還不如弓箭呢！」芝麻李聽了朱八十一的介紹，覺得有些失望。

「是啊，咱們有那麼多鐵，多造點箭簇不好麼？」趙君用立刻接過話頭，「你們左軍那個水錘我看過了，用它來打箭簇，一次可以成型十幾支！」

「訓練弓箭手，時間要比訓練火銃手長許多吧！」朱八十一無法跟對方說，他是瞭解到日後武器的發展趨勢，才提出了火槍取代弓箭的概念，只能含糊帶過。

「那可未必！」趙君用終於找到了可以打壓他的機會，反駁道：「朱兄弟，你這回可是真想差了。你那火銃我雖然沒有見過，但估計也跟韃子們用的那種差不多，每次都得裝藥、上膛、點火，然後才能瞄準。開一次火的時間，都足夠弓箭手射五箭出去了！並且弓箭手在戰場上大多數時間根本不需要瞄準，按照軍令，將羽箭拋射到指定區域就行了。你那個火銃卻只能平射，並且還很難瞄得準！」

「是啊！朱兄弟，我們使弓箭都習慣了，你那火銃還是跟火炮一樣，先自己家用熟了，再教給我們用吧！」毛貴也湊過來給趙君用幫腔。

「是啊，弓箭多好，容易學，還省料！」

「這次朱兄弟不又繳獲了一批弓箭麼？回去後大家分一分，多組幾支弓箭隊出來，加強訓練，不就成了麼！」

其他的高級將領們，心裡頭原本對火銃沒任何概念，聽毛貴和趙君用都不看好此物的前途，也跟著潑起了冷水。

芝麻李打圓場道：「這樣吧，還是老規矩。朱兄弟的左軍從現在開始配裝火銃，打造火銃所需要的鐵料，儘管到庫裡邊領，趙長史這邊敞開了供應。至於其他兄弟，暫時還是先用弓箭，等左軍什麼時候把火銃用熟了，總結出一個具體章程來，大夥兒再慢慢學也不遲！」

「是！」眾將躬身領命。

「好吧！」朱八十一無可奈何，只能接受這個折中辦法。反正鐵火銃目前產量也上不去，還得反覆實驗，確定裝藥量和彈丸大小，短時間內，能夠給左軍裝備幾個百人隊出來已經不錯了，的確無法敞開了向整個徐州軍供應。

見他的表情有點鬱悶，芝麻李四下看了看，岔開話題，「朱兄弟這座營地佈置得好生整齊，什麼東西擺在什麼地方都是一目瞭然，還不耽誤大夥在裡邊走路，不像我那兒，看起來總像個菜市場！」

「是啊，朱兄弟這又是什麼秘訣，能不能教教我們？」

「趕緊教教我們，不准藏私！」毛貴、彭大等人也大聲誇讚。

朱八十一卻不肯貪功，笑道：「這都是末將麾下那個伊萬諾夫想的辦法。他以前在朝廷做過百夫長，照著葫蘆畫瓢，就將一些好的方法搬了過來！」

「搬得好！韃子朝廷的規矩也不全是壞的，有些合用的規矩，咱們能學就跟著學一些，沒啥壞處！」芝麻李嘉許地看了老兵痞伊萬一眼。

「多謝大總管誇讚！末將一定竭盡所能輔佐都督，輔佐您，成就一番大業！」伊萬諾夫像吃了兩百斤蜂蜜一般，興奮地回應。

「你有這份心思就好，雖然長得和我們不太一樣，但只要跟大夥一條心，大夥也不會拿你當外人！」芝麻李鼓勵他。

「是啊，伊萬，你這法子能不能也教教我們？」毛貴、彭大等人對伊萬諾夫的印象不錯，異口同聲地說。

「行，只要我家都督說沒問題就行！」伊萬諾夫沒口地答應。

眾人談談說說，來到臨時充當中軍的大院內。

朱八十一命令親兵將大夥的戰馬牽去餵食喝水，將芝麻李等人迎進了正房。立刻有小兵打來洗臉水，伺候芝麻李等人除掉鎧甲，洗去臉上和手上的征塵。

一會兒，伙房將茶水和點心也送了上來。

芝麻李招呼大家落座，然後說道：「這支阿速騎兵來得很突然，看情形，應該是在前往汴梁途中聽到了朱兄弟正在附近的消息，所以想趁機過來撿個順手便宜！只是他們萬萬沒想到，便宜沒撈著，最後把自己反倒給賠了進去！」

「的確如此！」朱八十一接著話，「末將審問了幾個俘虜，他們都招認說，他們是從魚台縣那邊轉頭沿運河南下的。為了怕我跑掉，連輔兵和輜重都留在了附近的碼頭上。」

「那輔兵和輜重呢，可不能給阿速人重整旗鼓的機會！」趙君用聽了，急問道。

「輔兵早就逃光了。」朱八十一笑道：「我派徐洪三帶五十名弟兄去接收了輜重船，然後請船幫出馬，將輜重沿運河送往了徐州。徐洪三親自護送船隊到黃河邊上，然後自己騎馬連夜趕回來。」

「沒碰上，可能恰好走岔了！」趙君用搔了下頭。

「行了，長史，糧食輜重的事，您老回頭再去清點，咱們先聽聽朱兄弟是怎麼把這仗打下來的，我這邊都急得心裡長大樹了！」彭大聽趙君用在雜事上說個沒完，大聲打斷他。

「你個老彭，除了打仗，還關心過什麼！」趙君用數落了他一句，目光看向朱八十一，靜待後者的下文。

朱八十一整理了下思緒，說道：「當時敵軍來得突然，末將已經來不及仔細選戰場，所以根據吳家莊大公子的提議，就近找了個土丘把弟兄們拉了上去，將雞公車擺在前面和側面，阻擋戰馬的直接衝擊……」

他生動地描述當時的情景，弓箭漫射，破甲錐近距離平射，掩護步卒衝擊車牆；步卒攻擊失利，騎兵立刻跟上，一扣接一扣，宛若行雲流水。

芝麻李等人聽了，猶如身臨其境一般，從彼此眼中看到了深深的震驚。待聽到阿速人利用戰馬的速度朝左軍兄弟身上扔鏈錘，砸得弟兄們無法還手時，忍不住大罵道：「太可惡了，有本事下了馬來面對面廝殺，打了就跑，算什麼英雄！」

待聽到徐達主動請纓去偷襲敵軍主帥，又忍不住驚嘆他簡直是去送死！

「多虧吳良謀吸引走了赫廝的親兵，然後徐達趁機衝了上去，嚇得赫廝落荒而逃！」朱八十一不吝嗇地稱讚吳為謀。

「原來主將是個窩囊廢！可惜這群騎兵了！」眾人聞聽，開始大罵阿速軍主帥赫廝無恥，並且對因為主帥落荒而逃才全軍潰敗的阿速將士，表示了深切的同情。

其後，就是打掃戰場，清點繳獲，收容俘虜的事情了。

朱八十一簡單的一語帶過，又將自己把俘虜賣了個驢子價錢，和答應不讓千夫長鮑里廝死的事情，也如實報告給芝麻李知曉。

「人都是你抓來的，你看著處置就行！」芝麻李大氣地手一揮，道：「說不定那個鮑里廝哪天也會像伊萬一樣，能派上大用場呢！他是阿速人，不是韃子，沒必要趕盡殺絕。即便他是韃子，只要肯為咱們所用的話，放他一馬又如何？天底下這麼多蒙古人，總不能都殺光了！只要他肯遵守咱們的規矩，不再仗著身分欺負別人，老子才懶得管他是不是異族！」

「大總管寬宏！」沒等別人開口，伊萬諾夫搶先躬下身去，向芝麻李表示敬意。

「什麼寬宏不寬宏的！」芝麻李不肯受他的馬屁，搖頭道：「老子一開始起兵的時候，恨不得將天下韃子和二韃子還有你們色目人全都殺光，可是後來我仔細一琢磨，如果那樣幹了，豈不跟韃子一個德行了麼，那老子還起這個兵幹什麼？你們說，是不是這個道理?!」

「大總管說得是！」眾將都大笑著回應。

「好了，不說這些沒用的廢話！總之，咱們起兵，是為了給漢家兒郎爭條活路，不是為了殺人放火。」芝麻李總結道。

隨即，揉了一下自己的肚皮，問道：「朱兄弟，什麼時候能開飯？跑了一天一夜，哥哥我都快餓死了！」

「大總管先歇息片刻，末將這就下去讓人準備！」朱八十一躬了躬身子告退眾人，安排酒宴去了。

「諸位將軍累了的話，儘管到裡邊的房間去休息，都是剛剛打掃出來的，床榻上的被褥也專門換過！」千夫長劉子雲心細，見毛貴等人滿臉疲憊，立即說道。

「那我可就不客氣啦，諸位自己請便！」毛貴用目光向芝麻李請示了一下，然後先撩開門簾，三步兩步衝進了對面的臥房。

其他人也累得快散了架，便都跟芝麻李打了聲招呼，被劉子雲、伊萬諾夫等人帶著，分別到其他房間更衣洗漱。

看屋子裡沒有了左軍的弟兄，趙君用悄悄走到芝麻李身邊，低聲嗔怪道：「大總管對朱兄弟也太縱容了些！他凡事都自作主張……」

「老趙，你別總針對他行不行，」芝麻李白了他一眼，不耐地說道：「不就是三萬斤銅麼？全鑄成錢能花到幾時？可要是鑄成了他說的那種火炮，往徐州城的城牆上一擺，再來多少韃子都休想靠近城牆半步！」

「銅他想怎麼用，我不攔著，不過他問都不問就把俘虜全給放了，實在太過分了。那些阿速人，祖輩父輩都在軍中服役，放回去後，難免又會騎著馬殺過來！」趙君用數落道。

「那就再捉他們一次！」芝麻李毫不在乎地說道：「能捉他們一次，就能活捉他們第二次，我就不信第三次他們還有臉過來！」

芝麻李見趙君用老愛挑撥朱八十一的不是，忍不住說道：「老趙，你別總是盯著他不放，我欣賞他是有原因的。」

「因為他會造火器，還特別能打仗！」趙君用嘆了口氣，悻悻地說。

「不光是這些！」芝麻李搖頭：「老趙，你知道麼，**第一眼看到這小子，我就確信他不是什麼佛子，但這小子跟咱們所有人都不一樣**，破城那一夜，很多弟兄都殺紅了眼，忘了自己以前也是苦出身，和平頭百姓沒啥兩樣，**而他卻是為了活人**，包括現在，他之所以將阿速人賣了個驢子價錢，也不光是為了洩憤，主要原因還是不願意殺人。」

「婦人之仁！」趙君用撇了撇嘴，一副不屑的表情。

「是否是婦人之仁我不知道，我只知道，這年頭，**殺人很容易**。殺得越多，越有人怕你，越是拿你當英雄；**活人卻比殺人難得多，你和我，還有毛貴、彭大，咱們都是殺人的人，朱兄弟卻是咱們當中唯一一個能活人的人！**」

當天傍晚，朱八十一在莊園裡擺開宴席，與芝麻李、趙君用、毛貴等人喝了個痛快。

第二天一大早，則將充作中軍的院落騰了出來，請芝麻李入駐。

都是自家兄弟，芝麻李也不客氣，立刻命人在院子裡豎了根旗桿，將徐州紅巾的帥旗扯了起來。隨即傳下一道道將令，召集駐紮在五里之外的各哨人馬向左軍靠攏，以莊園為中心，重新建起一座連營。

他因為擔心朱八十一的安危，幾乎把徐州軍的家底都帶了出來，此時，戰兵、輔兵和各級將領的親兵加在一起，差不多有三萬餘眾。

這個規模看上去可就有些嚇人了，因此新營盤剛立好沒多久，就有一股趕著馬車，舉著白旗的傢伙連滾帶爬地走到營門附近，隔著幾百步遠就跪倒在地，一邊口稱死罪，一邊喊著向營門磕頭。

當值的百夫長路禮看得好生納悶，連忙帶著幾名機靈的紅巾軍士兵走上前去詢問究竟。

那群磕頭蟲當中，立刻爬出一個圓滾滾的肉球，雙手抱住路禮的靴子，大聲道：「軍爺饒命啊，並非我等有意怠慢，是城裡的色目主簿眼淺，捨不得些許錢糧，我等昨天已經一擁而上，將那色目主簿阿里抓了，丟進了大牢之中。就等朱都督一聲令下，便將其斬首示眾。今年的錢糧也已經裝在另外的馬車上，隨後就到，請軍爺一定稟告朱都督一聲，請他老人家開恩，開恩吶！」

「請軍爺一定替我等稟告朱都督，請他老人家開恩吶！」肉球身後的其他磕頭蟲也像事先排練過一樣，齊聲哭喊。

「等等，這到底是怎麼一回事？你們是從哪裡來的，到底是要求見朱都督，還是求見李大總管？」路禮聽得暈頭轉向，用腳踢了肉球一下，喝道。

「李大總管他老人家也在？」肉球向後打了個滾，瞪圓了眼問。

見路禮臉上一副信不信隨你的表情，立刻又爬了回來，繼續哭道：「軍爺開恩，李總管弔民伐罪，我等早就該贏糧影從，然而那豐縣城裡，權柄都由色目主簿把持，我等……」

「閉嘴！不准哭，有話說話！」路禮越聽越迷糊，又踢了肉球一腳，命令道。

「是，軍爺！」肉球的眼淚立刻像被堵住了水管一樣，消失得乾乾淨淨，跪直了身體，說道：「小的們都是豐縣的衙役，聽朱都督將令，說讓達魯花赤，不，讓韃子保柱派人將被他老人家活捉的阿速人領回去，就……」

這回，路禮總算弄明白了。原來這夥人是奉豐縣達魯花赤保柱的命令，前來接那些被鄉紳們購買的阿速俘虜的，馬車上裝的，全是豐縣鄉紳們臨時湊集出來回報朱都督「善意」的禮物。

在見到大軍的規模之後，這個胖球「深刻」地認識到馬車上的禮物遠遠不夠表達豐縣父老對紅巾軍的敬意。

特別是聽聞李大總管也到了黃河北岸，豐縣父老的敬意更是瞬間翻了數倍。

只是目前都存在縣城的倉庫中，需要點時間才能陸續送過來。只求李總管開恩，巡視豐縣之前通知他們一聲，以便他們提前打開城門迎接，避免有無知狂悖之徒冒犯了李大總管的虎威。

至於以前蓄意拖欠該送往徐州的錢糧，趕走徐州信使，以及射傷紅巾軍斥候的罪行，則都是色目主簿授意。如今豐縣的官員們，包括達魯花赤保柱在內，已經將一手遮天的色目主簿拿下，隨時準備砍頭云云。

路禮全當胖子在放屁！反正這年頭稍微像樣一點的城市裡面，市集肯定常年由色目人把持著。借紅巾軍的由頭將色目主簿抄了家，對地方官員來說，絕對是一樁有賺不賠的好買賣。

「你等著，我去向大總管彙報。至於他老人家有沒有空見你，那可不一定！」弄明白了對方的來意，路禮沒興趣看他們表演哭戲，丟下一句話，轉身回營。

「不敢，不敢！小的是什麼人啊，怎敢奢求李總管賜見，只求他老人家開口賞一句話，這豐縣他要不要？幾時要？就千恩萬謝了！」肉球趕緊又磕了個頭，衝著路禮的背影道。

芝麻李正在議事廳內和朱八十一等人探討給紅巾軍各級將領的鎧甲上添加標

記，以便戰時識別身分的統一指揮的問題，聽到路禮彙報，皺了皺眉，吩咐：

「讓他帶著俘虜滾蛋，老子沒工夫搭理他。至於豐縣，讓他們把色目主簿的腦袋砍掉後，連同他們認為合適的贖城物資儘快送到徐州，只要他們的誠意足，老子不在乎讓他們在目前的官位上多幹幾個月！」

「是！」路禮答應一聲，打發豐縣官吏去了。

不一會兒，又小跑著回來，「啟稟大總管，邳州和嶧州也派人來了，向您進獻勞軍物資！」

「老趙，你派人去把物資收了，人打發走！給得少的，就嚇唬他們一番，讓他們加倍繳納；給得差不多的，就讓他們儘管安心，說咱們眼下沒功夫去搭理他們！」芝麻李吩咐。

「行，我這就去！」趙君用不禁說道：「這群賤骨頭，巴掌不打在身上不知道疼。要我看啊，以後還得派朱兄弟經常過河去幾趟，像前天那樣的戰鬥再打贏幾次，咱們徐州軍明年的糧草就都不用發愁了！」

「哈哈哈哈哈……」在座眾將都開懷大笑。

前天那場遭遇戰雖然害得左軍傷筋動骨，卻著實打響了徐州紅巾的名頭。照今天這態勢，恐怕不用芝麻李再派人去威脅，周圍方圓幾百里內那些以前不肯向徐州軍表達「敬意」的州縣和塢堡，都會主動派人前來服軟。

果然，過沒多久，當值的百夫長路禮就第三次跑來彙報，稍遠的單州、碭山和虞城也有信使騎著快馬趕到，請求向李總管和朱都督送上禮物，表達敬意。

對於這些送上門來的禮物，芝麻李當然是來者不拒。但對於這些州縣的訓示，則不像先前那樣客氣了，僅僅命路禮出去通知對方，回去聽候處置。至於李總管會不會派人接管縣城，還有待考慮。

待路禮退出去後，芝麻李看了看滿臉迷惑的眾將，解釋道：「不是我小肚雞腸，非跟他們計較，而是此事涉及到咱們徐州軍的未來進軍方向，所以馬虎不得。來人，給我把輿圖取來！」

「是！」立刻有親兵答應一聲，從屋子裡取出一卷地圖，展開來掛在牆上。

芝麻李走到地圖旁，指著上面的幾處城池說道：「前日劉福通大帥派人送來捷報，他已經又拿下了汝寧，項城和郾城，不日即將領兵去光復汴梁，命令咱們務必早日南下，拔掉宿州、蒙城等地，將潁州紅巾和徐州紅巾的地盤連成一片。我昨夜酒醒之後琢磨，咱們徐州軍老是養在家中總不是個事，的確該讓弟兄們出去見見血了，所以我決定這次回去後，立刻領著大軍南下……」

「我去，大哥，您坐鎮徐州就行！」

「讓我去，我們前軍好久沒打仗了，正憋得難受！」

「我去，大哥，我們後軍照著朱兄弟的秘法已經練了三個半月了，剛好拉出去稱稱斤兩！」彭大、毛貴、魏子喜還有其他將領紛紛露胳膊挽袖子，爭相請纓。

「咱們徐州軍除了裡應外合拿下徐州那仗，從沒攻過城，所以這次南下，一定不能疏忽大意。」芝麻李擺擺手道：「因此，除了趙長史和朱兄弟兩個之外，其他的人都跟我一起去，至於趙長史和朱兄弟……」

他看了看有些驚詫的朱八十一，布署道：

「一個帶著本部兵馬留在徐州坐鎮，另外一個，把人手和糧草帶齊了，立刻向西北進發，去把碭山和虞城和下邑三座縣城拿下來，威逼睢陽，做出要與劉福通大帥一道南北夾擊汴梁的姿態，目的是讓韃子弄不清我徐州軍的真正動向，進退失據。另外，在新舊黃河之間拿下一塊地盤來，也能監督北岸的動靜，隨時給徐州城示警！」

一番安排井井有條，顯然是經過了深思熟慮。眾將聞聽，各個抱拳稱是。

唯獨朱八十一答應了一聲後，臉上的表情愈發迷茫起來。

他清楚地記得，就在差不多一個月之前，蘇長史和于參軍兩個還連袂鼓動自己向芝麻李請纓去攻打碭山、虞城和單州，然後脫離徐州軍單飛。自己立刻就表示了拒絕，誰料到今天芝麻李卻鬼使神差般，把一個極為相似的任務交給自己。

莫非是姓蘇的偷偷地在芝麻李身邊使了什麼方法？

對於自己麾下的那位蘇先生的本事，朱八十一可是非常清楚，甭看老傢伙整天沒個正經模樣，走起歪門邪道來卻一個頂倆。特別是在他自己認為正確的事上，絕對敢不擇手段，並且將所有人蒙在鼓裡。

正困惑間，又聽芝麻李說道：「我們大夥都往南邊去，把北路全都交給朱兄弟，這擔子對朱兄弟來說的確是重了些，但你剛剛打出自己的威名，周圍的貪官污吏都怕你怕得厲害。碭山、虞城和下邑三縣又都不是什麼易守難攻之地，應該擋不住你的全力一擊；至於睢陽，你擺出架勢來嚇唬他們一下就行。等我打完了蒙城，立刻會沿著渦水北上與你會合！」

接下來，大軍又在黃河北岸停留了五天，待俘虜們都被豐縣官府領了回去，周圍各州縣堡寨答應繳納的糧餉繳納得差不多齊了，便拔營起寨，掉頭返回徐州。

那吳家莊距離徐州城實際上只有一百里上下，返程時人手充足，又不用擔心半路遇到敵軍，因此隊伍走得極快。才一天功夫，黃河就已經遙遙在望。

芝麻李看看天色已晚，走浮橋難免會遇到危險，便命令弟兄們尋了個地勢稍高的位置紮下營盤，吃飯歇息，只待明天的太陽一出來，就全軍渡過黃河。

誰料才吃過晚飯，長史趙君用就拿著一份密報，急匆匆跑進了中軍帳。緊跟著，低沉的鼓聲就在帳外響了起來，「咚咚咚，咚咚咚，咚咚咚」，敲得人頭皮發麻。

朱八十一聽了，立刻放下手裡的兵書，命令道：「伊萬，你通知全體戰兵披甲待命，大總管點將，我先去他那兒，馬上就回來！」

說罷，帶著徐洪三等親兵來到中軍帳外。

只見門口人喊馬嘶擠成了一片，毛貴、彭大、魏子喜等人也急匆匆地趕了來，有的嘴巴上還帶著飯粒，有的明顯剛剛喝過酒，臉紅得像一隻醉蝦，互相用目光打著招呼，每個人眼裡都充滿了困惑。

「管他什麼事，先進去再說！」彭大在眾將中年齡最長，威望僅次於芝麻李，率先推開了帳門。

眾人緊隨其後，陸續入帳。

只見芝麻李手裡捏著一封信，一臉凝重。趙君用在旁邊則撇著個嘴，好像是誰偷了他家的牛一般，隨時會跳起來做跟人拼命狀。

芝麻李見眾將差不多都到齊了，將手裡的密信重重拍在帥案上，怒道：「有個姓逯的狗官，帶著三萬鹽丁，趁咱們不在家的時候殺向了徐州，今天早晨剛剛經過張家集市碼頭。如果不是有鄉紳給咱們報信，等明天咱們過河時，他剛好給咱們來個半渡而擊。」

「奶奶的，他找死！老子這就帶弟兄殺過河去，先把他的腦袋給大夥拎過來！」彭大第一個發聲。

「帶著一夥鹽丁居然敢打咱們徐州軍的主意！大總管，咱們連夜摸過河去，打他個措手不及！」魏子喜揮舞著胳膊，咬牙切齒道。

大夥兒皆是義憤填膺，唯獨朱八十一和他身邊的少數幾個，互相商量了一下，然後由毛貴站出來道：「大總管，這個消息確實麼？末將記得，就在五天前，邳州的達魯花赤還派信使向您輸誠，答應的糧草和錢財也是昨天剛剛送到。」

「核實過了，消息確鑿無疑！」趙君用想都沒想地說：「達魯花赤顯然早就知道鹽丁會來，之所以假意向咱們輸誠，圖的就是為了迷惑咱們，給姓逯的狗官製造偷襲徐州的機會！」

「鹽丁是不是乘船而來？」毛貴追問。

「半數乘船，另一半從南岸步行，糧草輜重也都裝在船上。」趙君用回道。這些都在密報中寫得清清楚楚，他素有過目不忘之才，因此聽到毛貴詢問，立即能絲毫不差地說出來。

毛貴聽了，思索道：「糧草輜重都用船拉的話，就要沿著黃河逆流而上，三萬人馬的消耗不是個小數目，以每人每天一斤糧食算，十天的糧食至少要三十萬斤。用那種載重三萬斤的大船拉，在黃河上逆流而行，一個時辰最多走十二里路。張家集離徐州渡口的水路大概是七十里，即便不停下來休息，拼命往前趕，姓逯的至少也得走上五六個時辰！」

「你是說，姓逯的狗官此刻還在半路上？」芝麻李的眼睛一亮，用手拍了一下桌案。

「末將不敢保證！」毛貴不敢妄言，推測說：「如果末將是姓逯的，得知大總管這幾天就要過河，肯定會先派一部分精銳，或者換輕舟，或者步行，以最快速度去埋伏在對岸橋頭處！」

「軍師，咱們下午派過河去的斥候還沒回來麼？」芝麻李聞聽，將頭轉向趙君用。

「沒有，前後派出了三波斥候過河，至今沒一個人趕回來！」趙君用搖頭。其他正在吵嚷的將領們，看向毛貴的目光不禁露出幾分欽佩之意。同樣都是帶兵打仗的，自己聽到有敵軍來襲，就只想到衝過河去跟對方拚命，看看人家毛兄弟，轉眼間就能推測出這麼多的事情來。這人和人，有時候還真沒法比啊。

毛貴被大夥看得有些不好意思，輕咳了幾聲，謙虛地道：「不是我一個人想到的，張兄弟還有周兄弟都想到了這一點。」

「誰想到的一會兒再說！」芝麻李將話頭拉回正題，「毛兄弟，你的意思是說，姓逯的狗官眼下應該已經到對岸了，正帶著一部分精銳埋伏在浮橋另外一端？」

「如果他懂得一些兵法的話，應該是這樣！」毛貴點點頭，「但人數不會太多，淮南那邊的鹽丁雖然個個都吃苦耐勞，但一天跑上六七十里路，還能拿得起刀槍來的，五個裡面頂多能挑出一個！所以末將大膽的估計，姓逯的狗官此刻身邊大概僅僅帶著五千精銳，再加上五六百可能騎著戰馬趕路的，六千部眾已經是頂天了！」

「六千，那也不能算少了！咱們這邊扣掉輔兵不算，所有人麾下的戰兵加在一起，也不過是一萬出頭！」芝麻李臉上隱隱帶著幾分擔憂。

眼下正是三月底、四月初的時候，黃河的水流頗急，真的被姓逯的狗官堵在北岸，大夥很難強攻過去。而眼下留在徐州城的，只有後軍都督潘癩子所帶的一萬多老弱。並且潘癩子本人在去年徐州保衛戰中身負重傷，至今還有一條胳膊不太聽使喚，根本無法像以往那樣親自帶隊衝在第一線。

萬一徐州城被姓逯的狗官給搶了去，被堵在北岸的這三萬多人，可就變成了一夥流寇了。到那時，甭說蒙元士兵會像聞到血腥味的狼一樣撲過來，就是以前那些已經輸誠的地方官吏和堡主寨主們，也會各自上前分一杯羹。

「六千的確不算少，但那得看誰領著！」見芝麻李臉色陰沉，前軍都督毛貴將頭抬高了幾分，自豪地說：「如果是大總管或者朱兄弟這樣的勇將領著，六千人足以將浮橋和渡口都堵得緊緊的，將咱們活活餓死在北岸這邊；可如果換了別人，呵呵……」

眾將聽了，心情頓時覺得一鬆。對啊，有一把寶刀在手，還得看主人是誰呢！姓逯的狗官大夥以前從沒聽說過，未必是個什麼了不起人物，憑什麼他往對岸一站，就讓大夥急成這般模樣?!大不了明天早晨先派人殺過河去稱稱他的斤兩！萬一他是個草包呢，大夥豈不白擔心了一回！

芝麻李聽了，也覺得情況未必如自己想的那樣嚴重，看向毛貴：「那你有什麼辦法麼？還是你們幾個已經商量出了辦法？」

「末將尚未有任何辦法！」毛貴老實地回道：「但是末將想，那姓逯的跑了一整天，眼下想必也累壞了，咱們如果派一支奇兵從上游找地方悄悄過河，未必不能殺他個措手不及！」

「怎麼過河？這方圓兩百里內可就這麼一座浮橋！」趙君用質疑道。

「半夜找個岸勢平緩的地方，脫了衣服游過去！」毛貴露出一口不算整齊的牙齒，笑道：「咱們蕭縣和徐州的兒郎從記事起，過的就是年年發大水的日子，要說不會游泳的，還真找不出幾個來！」

「半夜？」趙君用一驚。

「天亮就來不及了！」毛貴侃侃說道：「砍了木頭抱著，腰間用繩子互相串連起來，悄悄地過河。明天一大早，大總管和長史你們儘管繼續走浮橋，我估計姓逯的一定會玩什麼半渡而擊的勾當，只要他一露頭，我立刻帶著弟兄們去捅的他屁股！看他這隻傻黃雀兒能撲稜到幾時！」

半夜強渡，每人只抱著一段木頭桿子，這簡直就是九死一生的勾當。眾將領聞聽，立刻收起了臉上的笑容，看向毛貴的眼神裡再度充滿了欽佩。

那毛貴卻好像根本不知道危險是何物一般，繼續說道：「此事不需要人多，有我們前軍就足夠了，大總管和諸位哥哥今夜只管休息，明天咱們齊心協力，讓姓逯的狗官知道咱們徐州軍的厲害！」

「這……」芝麻李看著毛貴，嘴角上下抽動，好半晌才沉聲道：「好兄弟，你儘管去，做哥哥的明天在對岸等著你！」

「毛貴，需要什麼東西，你儘管說。只要我們能拿得出來的，全都給你！」彭大、魏子喜等人激動地說。

「諸位哥哥的好意，在下心領了！」毛貴拱起手，對眾人做了個揖。「既然是偷偷地渡河，東西帶多了反而是個累贅，這筆帳先記下來，等明日滅了那姓逯的狗官之後，毛某再派人登門向諸位哥哥討要！」

「你倒是不傻！」眾將哄笑，挨個走上前，或者在毛貴肩膀上捶兩下，或者張開雙臂跟他抱一抱，以壯行色。

「我軍中還有些酒水，全拿給你，臨下河前給弟兄們喝上一口，好歹能暖暖身子！」輪到朱八十一，他在毛貴胸口捶了一下，說道。

這季節雖然已經是春末，黃河水依舊冷得厲害，徐州和蕭縣一帶出生的子弟雖然個個都有一身好水性，但此去泗渡，恐怕也有許多人要活活凍僵在黃河中，所以只要有可能讓更多的弟兄們平安到達對岸，朱八十一願意傾盡自己所有。

毛貴在朱八十一肩膀上摟了一下，笑呵呵道：「那敢情好，我麾下許多弟兄就好這一口，回頭我就派人去拿，有多少我都包了！」

「我那也有！」

「我有茱萸和生薑！」

「不勞哥哥去取，回頭我找人給你送過去！」

眾將紛紛表態。

「你走的時候，跟大總管約個時間，差不多你那邊開始泅渡時，我派人在這裡發起佯攻。一則吸引逯某人的注意力，免得他發現了你；二來，也能疲他的兵，讓他的人分身乏術！」趙君用著手完善整個渡河計畫。

「我去，打勝仗俺老彭未必會，糊弄一下那姓逯的，總不至幹得太差！」右軍都督彭大自告奮勇。

「咱們風字營一直閒著，願意替毛都督分憂！」風字營新任統領魏子喜也走上前，主動請纓。

「都不用，趙某去，你們大夥休息！養精蓄銳！明天一早，跟姓逯的狗官決戰！」趙君用搖搖頭，決定親自動手佈置疑兵。

看眾人臉上寫滿了失望，他想了想，說道：「諸位要是有心，就把各自麾下最精銳的弟兄連夜挑出來。河上的浮橋太窄，所以明天第一波過河的人，必須是精銳中的精銳，一定要扛得住逯某人的狂攻，給後續的弟兄砍出一塊過河的空間。如此，才能與毛兄弟配合到一處，打姓逯的一個措手不及！」

芝麻李見了，大聲說道：「軍師說得對，咱們的力量要留在明天早上，馬上散了，回去挑人、睡覺。明天早晨辰時，每個人帶著五百精銳去浮橋集合。老子衝第一波，其他人，按照左軍，右軍，中軍和山、火、林、風這個次序，依次往對岸衝！」

「是！」眾將答應著，躬身領命，退下去做臨戰前的準備。每個人心中都暗暗發誓，決不讓前軍兄弟的性命白白犧牲。

第七章

二韃子

朱八十一將代表左軍的羊毛大纛高高地舉過了頭頂，
「跟著我，殺二韃子！」
「殺二韃子！」身後立刻湧起了一陣激烈的呼喝。
所有被選出來的戰兵，邁動雙腿，盔甲鏗鏘，
像一頭睡醒的猛獸般，緩緩走向了軍營大門。

朱八十一回到自家的左軍營地之後，命令戰兵立刻解散，各自回帳養精蓄銳，他自己卻躺在羊皮鋪成的臨時床榻上輾轉反側。

他有個兄弟叫毛貴，為了給大夥創造過橋機會，連夜帶領手下弟兄泅渡黃河去了；他有個兄弟叫芝麻李，明天過橋時，會帶領親兵衝在最前方；他還有個兄弟叫做彭大，平素話不多，卻願意為了朋友兩肋插刀；他還有個兄弟叫趙君用，小心眼，愛算計，今夜卻要帶著麾下弟兄在浮橋上折騰一整夜，只為讓大夥都能睡個安穩覺，明早打仗時能鼓足精神。

而他，**卻縱容自己的屬下悄悄地算計這些人，利用這些人！**

芝麻李派左軍在攻略碭山、虞城和下邑等地，明顯與蘇先生當日的建議有著驚人的巧合，要說蘇先生在這裡邊沒起到任何作用，朱八十一打死也不相信。雖然他到現在也沒琢磨明白，蘇先生是怎樣做到這一點的。

「上次我拒絕蘇先生的提議時，態度該更堅決一些！」

想到當日的情景，他心裡愈發覺得不舒服。

當日他沒有答應蘇先生和于司倉的提議，但若說他沒有動心，他自己都覺得臉紅。獨立門戶的誘惑是實在的，左軍與徐州紅巾這個大家庭的疏離感，也是實在的。

這種感覺，不光蘇先生、于司倉等人有，即便是朱八十一自己，也能清楚地感受到。

特別是在武器配備和軍容軍紀兩方面，雙方之間的距離一直在逐漸拉大，而不是慢慢縮短。就像兩列並頭而行的馬車，一個已經換上了全鋼的車輪和車軸，另外一個卻保持這木頭與鉚釘的古樸，這兩者之間，能長久地齊頭並進下去才怪。

他迷迷糊糊地想著，覺得自己從床榻上飄了起來，飄離開了營地，來到洶湧澎湃的黃河岸邊。看到毛貴精赤了上身，抓起盛酒的水袋灌了幾大口，然後將其拋給別人，將自己的鋼刀用繩子拴掛在脖子上，一縱身跳進黃河。

巨大的浪頭拍過來，毛貴的身影立刻消失不見。但其他弟兄卻像不知道「怕」字怎麼寫一般，一個接一個喝了酒，以與毛貴同樣的姿勢，撲進了滾滾濁流當中。

黑夜裡，沒人敢點起火把，只有頭頂上的星星照亮他們明澈的眼睛。那一雙雙眼睛在河水中瞪得老大，排成長長的一串，向著對岸移動，移動，緩緩移動。而遠處的河岸，卻像長了腿一般，不斷後退，後退，快速後退。

又一個巨浪拍過來，整條黃河都消失在長夜當中。

「咚咚咚，咚咚咚，咚咚咚……」

雄壯的鼓聲響起，將他的靈魂迅速從夢境裡拉回現實。

「都督，請貫甲！」徐洪三帶著幾名親兵跑進來，從床榻上拉起他，七手八腳將兩片板甲朝他身體上扣。

「天亮了？現在是什麼時候！」朱八十一晃了晃昏沉沉的腦袋，問。

「寅時三刻，大都督命令全體用餐，一刻鐘後，在浮橋前集合！」徐洪三答。

「去給我拿早飯！清淡些，不要肉食！」朱八十一掙扎著推開他，低聲命令，「其他瑣碎事情，我自己來！叫伊萬速去整隊，要一個刀盾兵百人隊，兩個長矛兵百人隊，再加一個弓箭手百人隊和一隊擲彈兵。火炮就先不用了，浮橋太窄，推著它們容易堵住橋面，再讓王大胖子去弄繩子和羊皮筏子，岸邊候命，隨時準備從河道裡頭撈人！」

「是！」徐洪三記性著實了得，將一連串顛三倒四的命令刻在心口上，大聲答應著跑出了帳篷。

「給我水！」朱八十一從另外一名親兵手裡搶過水袋，狠狠地灌了自己幾大口。

冰冷的泉水立刻順著喉嚨直抵肚臍。這下，他終於徹底醒了過來。在其他親兵的伺候下，迅速戴好頭盔，將上次戰鬥中繳獲來的寬刃大劍掛在腰間。然後快步走到帳篷門口。

早有人端來了他的戰飯，兩張餅和一碗熱氣騰騰的麵湯。朱八十一三口兩口把飯倒進肚子裡，然後跳上一匹黑色戰馬。聰明的阿拉伯馬平穩地邁開四蹄，帶著他朝左軍營地內最空曠處跑去。

那裡，接到命令的五百戰兵已經排成了長隊，每個人的面孔都被朝霞染成了金紅色。

太陽還沒出來，但天光已經大亮。略帶寒意的晨風中，無數旌旗在獵獵作響。右軍、中軍，還有隸屬於中軍的幾個二級營頭都已經集結完畢。

朱八十一策馬在自家兄弟面前兜了一個圈子，想說上幾句，半晌，卻發現此刻任何言辭都非常多餘，乾脆將代表左軍的羊毛大纛從親兵手裡搶了過來，高高地舉過了頭頂，「跟著我，殺二韃子！」

「殺二韃子！」

「殺二韃子！」

身後立刻湧起了一陣激烈的呼喝。所有被選出來的戰兵，邁動雙腿，盔甲鏗鏘，像一頭睡醒的猛獸般，緩緩走向了軍營大門。

「殺二韃子！」

「殺二韃子！」

不遠處，無數人扯開嗓子回應。各支參戰兵馬紛紛出動，按照芝麻李昨晚安排的進攻順序，依次跟在左軍之後。唯一選擇超越過去的，則是芝麻李本人和他的五百親兵，一個個挺胸抬頭，彷彿勝利唾手可得。

芝麻李本人，則走在了整個隊伍的最前方，騎著匹棗紅色的駿馬，身上穿著蘇先生特意為他鍛造的全身甲。

為了讓大夥在戰鬥中，更好地辨別出主將所在位置，工匠們特地在鎧甲的表面鍍了一層薄薄的純銅，此刻被雲彩縫隙裡透過來的霞光一照，人和馬都彷彿駕著火一樣，跳動起伏。

芝麻李麾下的親兵們，大多數都穿著從羅剎人手裡搜羅來的那批大葉子鐵甲，走起路來甲葉碰撞，發出震耳的鏗鏘聲。最靠近芝麻李和他的帥旗附近，則有二十多名親兵已經換上了新式板甲，都和徐洪三等人一樣，將甲面擦拭得一塵不染。倒映著清晨的霞光，令人耀眼生花。

趙君用麾下的弟兄，則逆著大夥往營門口走。在河邊折騰了整整一夜，每個人看上去都精疲力竭。但是，他們的臉上，卻都帶著得意的笑容。

「看你們的了，我們讓對岸那些熬鹽的傢伙，一宿沒敢合眼！」與大夥擦肩而過時，他們大聲炫耀。用這種方式，提醒剛剛醒來的袍澤，對岸的確有敵軍存在。同時握緊了拳頭，上下揮動，為大夥加油打氣。

「放心，不會讓你們白忙活！」有人在隊伍中大聲回應，包著鐵皮的靴子同時用力下跺。「轟轟，轟轟，轟轟！」無數人用同樣的方式附和，整個隊伍踏著步前進，將腳下的大地踩得搖搖晃晃。

沒有人出言呵斥，命令大夥珍惜體力。**狹路相逢，士氣才是最重要的**，體力只能退居其次。

就在這支「隆隆」前行的隊伍不遠處，有一道單薄的浮橋慢慢現出了身影，完全是用船隻和木板搭建的，最寬處只有半丈左右。僅僅夠三個人並肩而行。一些年久失修的地方，則只有三尺寬窄，斷裂的木板下面露出了滾滾濁流。

數不清的敵軍站在浮橋的另外一側，排成倒雁翅行隊列嚴陣以待。在靠近他們那邊的橋面上，則紮滿了密密麻麻的鵰翎羽箭。顯然是昨夜稀里糊塗浪費掉的，除了留在那裡供大夥嘲笑之外，沒有起到任何效果。

領軍的敵方主將則氣急敗壞，揮舞著一把寶劍，坐在滑竿上不定地嚷嚷。至於此人嚷嚷的是什麼，在河岸這一邊卻一個字也聽不見。滾滾而來的黃河水，將那些廢話全都吞了下去，轉眼間，就清洗得乾乾淨淨！

風大，浪急，波濤起伏間，水聲宛若奔雷。

逯魯曾今年已經五十二歲，昨天趕了一整天路，夜裡又被趙君用用疑兵之計耍弄了大半宿，嗓子早已沙啞。被隆隆的水聲一震，登時有些氣短。

朝陽恰恰這個時候從雲層裡跳出來，將一片耀眼的光芒照在北岸的紅巾軍將士身上。**整個紅巾軍的隊伍登時變成了一座鋼鐵叢林，明晃晃，亮堂堂，從內到外散發著冷硬與傲慢。**

「天哪！蟻賊居然每人穿了一件鐵甲！」南岸的鹽丁隊伍中，立刻響起了一陣嗡嗡的議論聲。

蟻賊每人一襲鐵甲，而他們這邊牌子頭以上才有一件皮甲護身，大部分人穿的都是布甲，甚至有人從頭到腳沒有任何甲冑。

那，**到底誰是蟻賊?誰才是官軍?!**

「振作，振作，皇上在看著……」淮南安撫使逯魯曾感覺到身後鹽丁們的士氣在快速下降，再度扯開已經出了血的嗓子，聲嘶力竭地叫喊。

他的話再度被吞沒在一片轟隆隆的雷聲當中，不是來自水面，而是長長的浮橋。

對岸一剎那的氣弱，對芝麻李來說已經足夠。只見他飛身跳下棗紅馬，順勢從馬背上抄起一面盾牌，一把鬼頭大刀，快步走上了橋面。

五百親兵緊隨其後，竟然在行進中自動排成了三列縱隊，像一頭初次躍出水面的銀龍一般，每一片鱗甲上都灑滿了朝霞的顏色。

緊跟在芝麻李和他麾下五百親兵身後的，則是朱八十一率領的左軍精銳。同樣每人身穿一襲鐵甲，在朝陽下泛著淡淡的紅光。

跟在左軍之後的是右軍，由彭大率領，同樣是五百甲士。

再往後，是中軍風字營，規模還是五百。

再往後，還有五百甲士。

再往後，還有……

一隊又一隊身穿鐵甲的紅巾軍將士，肩並肩走上浮橋。踏過滾滾水波，讓銀色的幼龍的軀體迅速長大，迅速成長為壯年，凌波飛渡，麟爪飛揚。

沒有人擊鼓，整個紅巾軍的陣地後，都變得靜悄悄的，一聲鼓角都沒有響。

但隆隆的水流聲，卻代替了戰鼓的節拍，陪伴著勇士的雙腿大步前進。轟轟，轟轟，轟轟，轟轟，宛若大地的心跳。

逯魯曾的身體頓時又是一僵，他想再喊幾句鼓舞士氣的話，卻發現自己的嘴巴張了張，發出的叫喊根本無法穿過滾滾水聲。

他想將手中的寶劍舉得高一些，讓身後的鹽丁們都看清自己必死之心，胳膊卻軟得使不上什麼力氣；他想回過頭，點起一群勇士上橋迎擊，卻不知道誰才配得上對面領兵者的身分。

愣了半晌，嗓子眼裡才最終憋出了一句：

「擂鼓，擂鼓示威！」

「擂鼓，擂鼓示威！」的確有人在扯開嗓子大喊，命令隊伍後的鼓手敲響巨大的牛皮戰鼓，振作全軍士氣。但命令卻不是發自逯魯曾之口，而是跟他一道前來觀摩紅巾軍狀況的丞相府管家李四。

緊跟著，十多面架在高臺上的戰鼓同時響了起來：

「咚咚咚，咚咚咚，咚咚咚……」

「咚咚咚，咚咚咚，咚咚咚……」鼓聲震耳欲聾，被河面上的風聲和水聲一帶，卻立刻變得無比單薄，彷彿一縷無根的晨霧，飄飄蕩蕩，隨時都可以消散在朝霞當中。

河道中的水流卻變得更急，「轟隆隆，轟隆隆」，驚濤翻捲，白霧蒸騰。不停地撞擊著人的眼睛和心臟。

「弩手準備！」鬼才李四強壓著心臟的狂跳，越俎代庖地發出第二道命令。

太瘋狂了，芝麻李真的太瘋狂了，居然沒做任何試探，就帶領大隊人馬順著橋面直接衝了過來，而浮橋的這一邊，淮南宣慰使逯魯曾卻帶著六千大軍嚴陣以待。

彷彿對岸是六千草偶木梗，芝麻李和他身後的弟兄們一手持刀，一手持盾，大步向前。一百五十丈的河面，轉眼間就被他們走過了一半，並且推進的速度越來越快，步履間不見絲毫的停頓。

芝麻李不只沒做任何試探，也沒有絲毫掩飾，甚至連戰敗後如何撤退的準備都沒做，就像一頭怒龍般，直接從河面上衝了過來，一去，就沒準備回頭。

他是個賣芝麻火燒的小販，沒讀過一本兵書，所識的字也非常有限；對面的敵軍主將，卻是進士及第，翰林院編修，太常博士，用學富五車來形容，一點兒也不為過。

雙方的學識和見識，都不在一個等級上，所以，**芝麻李的招數只有一個——親自帶隊，直搗逯魯曾帥旗。**

一力降十慧。跟聰明人過招，最簡單的辦法就是使用蠻力。無論對方使出多少招數，都是直奔帥旗衝過去，不做任何其他回應。

近了，近了，腳下的橋面承受的重量太大，已經開始左右搖擺；河面上的波濤亦被風聲所激，跳起來狠狠地拍向了人的戰靴；包著戰靴的雙腿卻絲毫不做遲疑，全速向前。再前一步，就是河岸。

「咚咚咚，咚咚咚，咚咚咚，咚咚咚！」

河岸上，牛皮大鼓被敲得地動山搖。芝麻李感覺自己的嗓子有一點點發甜，呼吸有一點發堵。

他揚起胳膊，舉起盾牌，將憋在胸口的氣團奮力吐了出去，嘴裡發出一聲怒喝：「殺——！」

「殺！」**凌波飛度的巨龍發出第一聲怒吼，登時令鼓聲為之一滯。**

然而很快，牛皮戰鼓就再度瘋狂地被敲響，回過神來的逯魯曾迅速從李四手裡搶回原本屬於他的指揮權，用顫抖的聲音發出第一道命令：

「蹶張弩，射！」

「嗡！」軍陣中立刻響起一陣輕微的嘶鳴，數百支白亮亮的弩箭從左右兩翼帶著日光飛向浮橋。

芝麻李手中的盾牌瞬間就被撞擊了四五下，令他不得不將身體先停下來，調整重心，以免被弩箭直接推進河道當中。身後緊跟著的親兵們立刻快速上前，豎起盾牌將他夾在浮橋中央，簇擁著他繼續大步前進。

更多的弩箭飛過來，如秋天曠野裡的蝗蟲，十幾名親兵頓時栽進了黃河中，被滾滾水流一捲，變成一串紅色的漣漪，瞬間漂向了遠方。

緊跟著，又是十幾名跌落。

狹窄的橋面上，根本沒有躲避的空間，只要盾牌沒能將疾飛而至的弩箭攔下，再結實的鐵甲也如同紙糊的一般，被鋒利的弩簇直穿而過，連同包裹在鐵甲中的人，一道推進滔滔滾滾的濁流當中。

黃色的河水瞬間變成了暗紅色，無處躲避的紅巾軍將士接二連三地掉落水中，身體打個旋就消失不見了，**傷口裡的血漿卻從水面下一團團湧上來，像一團團火焰，將河水燒得更紅！**

驟然的打擊下，衝在最前方的紅巾軍將士顯得有些慌亂，然而他們的腳步無法後退，因為第二波的左軍很快就追了上來，用盾牌推著那些遲疑者奮力前行。

「別停下，停下來就是活靶子！衝過去，衝上岸砍了他們。他們連鎧甲都穿不起！」

接連兩場勝利，讓紅巾軍上下養成了一股驕傲之氣，穿著鐵甲的他們，如果被一群穿著皮甲和布甲的雜兵打敗，那簡直就是奇恥大辱。當即，所有遲疑者再度邁開了雙腿，嘴裡發出憤怒的吶喊：

「啊──」

「啊──！」幾百人同時回應，彷彿怒龍在咆哮。

隊伍速度驟然加快，所有人互相推搡著，鼓勵著，邁動雙腿向前飛奔；叮叮噹噹的弩箭打在盾牌上，宛若歡宴上的鼓樂。

很多人衝著衝著，就一頭掉進了黃河中，變成一具冰冷的屍體，身後的人迅速補上他的位置，豎起盾牌盡力擋住身上的要害，繼續跟在芝麻李身後向岸邊猛撲。

「芝麻李真是個瘋子！」奉脫脫之命觀戰的李四看到此景，搖頭嘆道。

帶著幾百甲士冒死猛衝，這是瘋子才會幹的事情，且不說那道狹窄的浮橋註定會讓他們成為弩箭的活靶子，即便他最後能帶著一部分人衝到岸上，又怎麼可能擋得住六千條長矛的反擊?!

六千列陣相待的鹽丁從左右兩側擠過去，一次推進，就能將芝麻李和他麾下的紅巾賊硬生生推進黃河裡，然後堵在橋頭亂槍攢刺，橋面上無論衝下多少人，都是來一個死一個，來兩個死一雙！

芝麻李的確是個瘋子！他毫不遲疑地向前衝，身邊的侍衛一波換過一波，頭頂的戰旗也被弩箭射得千瘡百孔。然而他依舊穩穩地舉著盾牌，身上的鎧甲如火焰般照亮所有人的眼睛。

「那傢伙想找死麼？還是想故意吸引眾人的注意力？他不會在河岸這邊安排了一哨奇兵吧！」李四有如鬼使神差般地從嘴裡冒出了一句。

他被自己的想法嚇了一跳，驚愕地轉頭四下觀望。

就在這個瞬間，一面猩紅色的戰旗從他背後的樹林裡冒了出來，戰旗下，有位精赤著上身的漢子，鋼刀前指，口中喊道：

「殺二韃子——！」

「殺二韃子！」一千六百多名同樣精赤著上身的徐州軍將士跟在毛貴身後，嘴裡發出瘋狂的吶喊。

兩個千人隊夜半泅渡，最後上岸的只有一千六百五十七人，其餘三百多名弟兄就此長眠在滾滾黃河中。

但是，他們來了，他們沒有失約。

他們在弟兄們最需要的時刻，出現在敵軍身後。

他們來了，這輩子，他們永遠不會失約！

鹽丁們正在全神貫注對付前面浮橋上的**蛟龍**，身後不遠處卻突然又跳出了一頭**猛虎**，他們受到的壓力可想而知。

他們可不是後世的軍隊，早將紀律和榮譽滲透到了骨髓裡，他們只是一群剛剛武裝起來不到兩個月的黑社會打手，其中大部分還是被強征入夥，受盡了欺凌，能吃飽飯的次數伸出五根手指就能數得清清楚楚，該發到手的軍餉更是完全屬於傳說。

讓他們為了永遠拿不到的傳說酬勞去拼命，那是癡人說夢，當即便有弩手停止了射擊，東張西望地尋找逃命機會；也有些長矛手將矛尖垂向了地面，只待時候一到，便準備立刻丟下武器遠遁。

「不要慌，給我頂住！」逯魯曾鎮定了下心神，從滑竿上探下寶劍，先砍倒了兩個東張西望的牌子頭，然後又將血淋淋的劍尖指向從背後衝來的那群光膀子勇士，喝令道：

「趙指揮，帶領左翼頂上去，把他們攔住！」

「是！」

指揮使趙楚立刻撥轉馬頭，帶領麾下親兵，驅趕著雁翅陣左翼的三個千人隊亂哄哄的轉身，還有各種旗幟一通亂晃，隊伍沒等迎上去，自家人先將自家人撞了個東倒西歪。

「該死！這個逯魯曾是腦袋進水了嗎?!」鬼才李四見了此景，將拳頭攥得咯咯作響。

一千來個光著膀子的漢子，何必要調動整個左翼去堵截？隨便派出兩個千人隊就足夠將他們攔在河灘之外。而左翼這一動，射向芝麻李的弩箭立刻就少了一半。紅巾賊們需要防禦的側面也從雙向變成了單向，真是怕他們殺過來的還不夠快嘛?!

想到這兒，他趕緊策動戰馬，去提醒逯魯曾調整將令，然而，哪裡還來得及！沒等他追到逯魯曾的滑竿旁，浮橋上的芝麻李已經將奔跑的速度提高了一倍，三步兩步衝到距離橋頭四五尺遠的地方，嘴裡發出一聲斷喝：

「跳！」

「跳！」護衛在芝麻李身側和身後的親兵們齊聲重複，跟著自家主將，縱身從浮橋右側跳進了滾滾黃河。

正提著寶劍鼓舞士氣的逯魯曾看了不禁一愣，片刻間，芝麻李的身影突然又從浮橋右側的河水裡站了起來，一手擎刀，一手持盾，大步踏向河灘。

河水齊腰深，使得芝麻李和他身邊的親兵在水裡行進時不免搖搖晃晃的，然而，他們的雙腳宛若蛟龍的爪子般，牢牢地抓緊了河床，一步，兩步，三步，就在幾千雙眼睛的注視下，一步步走到了岸上！

「對準他們，射啊！趕緊跑過去，給我射！堵著河岸射！」坐在滑竿上的逯魯曾如夢方醒，衝著弩兵們大喊大叫。

然而，一切為時已晚，衝上岸的芝麻李立刻與親兵們彙聚在一起，在快速跑動中組成了一個小隊，刀光閃爍，直奔他的帥旗而來。

「擋住他們！」又有人越俎代庖，替逯魯曾做出了正確決斷。

兩個鹽丁百人隊手持長矛，衝著芝麻李等人亂槍攢刺，但芝麻李只用手中盾牌橫著一拍，就將擋在前方的三名鹽丁拍得倒飛了出去。緊跟著，鬼頭刀迅速掄起，「噗！」地一聲，砍飛了一顆帶血的頭顱。

更多的長槍刺了過去，卻奈何不了芝麻李分毫，身穿赤紅色鎧甲的他，宛若下凡的戰神，左衝右突，手下無一合之敵。

親兵們緊緊地跟在芝麻李身後，用盾牌隔開攢刺而來的長槍，短刀。刀刃橫掃，砍掉一雙雙手臂和大腿，兩支鹽丁百人隊轉眼就被衝了個對穿。

芝麻李渾身散發著紅光，將鬼頭刀高高地舉起，高喊道：

「四列縱隊，跟著我去殺二韃子！」

「四列縱隊，跟上大總管！」

離芝麻李最近的十餘名親兵舉起刀，將命令一遍遍重複。

不是什麼複雜的魚鱗、龍蟠、虎翼，徐州軍上下沒有懂得兵法的高人，所以他們只能從自己所接觸到、簡單且容易接受的東西去學習。而最最簡單的，就是朱八十一所交出的練兵秘笈中的四列縱隊。在上次徐州保衛戰後，各軍營內所進行的第一套訓練，就是此法！

從去年十一月末到今年四月初，整整四個月時間，即便一塊頑鐵也磨成繡花針了，更何況能充當主將親兵的，個個都是百裡挑一的人選！憑著骨子裡的本能反應，他們在芝麻李身後迅速集結成一條長長的四列縱隊，然後緊跟著芝麻李的腳步，一頭扎進正在發傻的元軍弩手當中。

刀光閃爍，十幾條胳膊整整齊齊被切下，受傷的弩手丟下蹶張弩，用另外一隻手捂住傷口，厲聲慘叫。

芝麻李卻根本沒有時間去追殺他們，帶著親兵們撲向另一個弩手百人隊，頃刻間就將這隊幾乎沒有任何防禦力的傢伙，殺了個抱頭鼠竄。

射向橋面的弩箭戛然而止，驟然受到打擊的弩手們顧不得再向紅巾軍將士放箭，拖著笨重的蹶張弩，跌跌撞撞地朝刀盾兵和長矛兵身後躲。

那些刀盾兵和長矛兵在驟然衝來的銀鱗巨龍面前，絲毫不比弩手們強多少，轉眼間就丟下兵器，落荒而逃。

更多的紅巾軍士兵從橋面或者水裡衝上了岸，或者揮動鋼刀，或者手擎長槍，向芝麻李身後聚集。原本只有三丈多長的銀甲巨龍，瞬間長到十幾丈。所過之處，蒙元士兵紛紛倒地，就像被怪獸碾壓過的莊稼般，一片狼藉。

「頂住，頂住！給我壓上去！王普，你這個廢物！劉葫蘆，你這個混蛋！」逯魯曾看到此景，眼睛變得一片血紅，滑下地面，瘋狂地調兵遣將。

「別敲了，讓開河灘，趕緊重新整隊！」追過來的鬼才李四氣得火冒三丈，狠狠地給了逯魯曾一記。

「你——！」逯魯曾被打得眼冒金星，舉起寶劍指向李四的鼻子。

然而，他卻沒有勇氣將此人一劍梟首。這李四老爺，可是右相脫脫的書僮出身，專程代表右相脫脫本人前來監軍的，殺了此人，縱使立下天大的功勞，也救不了他逯某人的性命。

「重新整隊，讓開河灘，別給芝麻李把隊伍徹底衝散的機會，否則，他殺散了弩手，下一個目標肯定是你！」鬼才李四一把將劍刃拍歪，氣急敗壞的說。

「整隊，傳老夫的將令……」逯魯曾趕緊照本宣科。

然而，沒等他把將令傳下去，芝麻李的目光已經轉向了他的帥旗，血淋淋的鬼頭刀朝前一指，「弟兄們，跟我去殺韃子頭！」

「殺韃子頭！」已經殺出士氣來的紅巾軍將士追隨著自家主帥腳步，朝向元軍主帥的大纛旗直奔而去。

「擋住，給我擋住啊！」逯魯曾見狀，嚇得眼淚都快淌了出來，揮舞著寶劍狂喊道。

有人試圖擋住芝麻李，其中以逯府的家丁居多，只是**他們的抵抗在呼嘯而來的銀甲巨龍面前，是那樣單薄無力**！芝麻李鬼頭刀一揮，就將一名家丁的腦袋連著肩膀一道劈了下來。

另一名家將持著長槍猛刺，被芝麻李用盾牌擋住，連人帶槍推歪向一旁。沒等他將身體的重心調整到位。兩把短刀同時從小腹側下方刺了過來，將他的皮甲像紙一樣撕破，連同皮甲下的肚子、內臟一併碎成了數片。

「啊！」家將慘叫著死去，其他家丁紛紛閃避，隊伍瞬間四分五裂。

芝麻李卻還嫌推進速度不夠快，舉起刀來，再度大聲斷喝：

「中軍跟著我，左軍去接應毛貴，右軍和其他各軍各自分頭前進，別跑了姓

逯的！」

「中軍跟上，左軍去接應毛都督。其他各軍各營分頭包抄！」親兵們扯開嗓子，再度將芝麻李的最新命令傳了出去。

銀甲巨龍突然分裂成數段，然後化作七八條一模一樣的小龍，張牙舞爪撲向各自的目標，所過之處，血流成河。

朱八十一所率領的左軍距離自己的目標最遠，任務也最沉重，為了及時給毛貴接應，避免前軍遭受更大的損失，他必須帶領戰兵們從亂哄哄的敵軍中穿過去，然後去擊潰另外三支看上去目前還算齊整的鹽丁千人隊。

沿途那些亂成一鍋粥的鹽丁們卻不知道他的目的，見到有身穿鐵甲的紅巾軍將士朝自己衝過來，立刻嚇得腿腳發軟，手中兵器在身前亂晃。

「讓開！」朱八十一不耐煩地用盾牌推倒了一個，然後又側轉劍刃，拍飛另外一個。

第三個鹽丁，年齡和他差不多大，眼裡全是恐懼，見到有個滿臉橫肉的傢伙衝到自己面前，雙腿一軟，立刻跪倒，「饒命——！」

「一邊跪著去！」朱八十一將此人撩飛到一邊，以免他被跟上來的弟兄們活活踩成肉醬。

「讓開，不想死的，就給我家都督讓開。」跟在他身旁的吳良謀大聲叫嚷，手中長槍猛抖，將兩名躲閃不及的鹽丁捅翻在地。

「讓開，不想死的讓開，我家都督是朱八十一！」

後半句話比先前所有叫喊都好使，擋在前面的鹽丁們「嘩啦」一聲，丟下刀槍，邊跑邊大聲哭嚎道：「朱屠戶來了！朱屠戶來摘人心肝了！」

「轟隆！」「轟隆！」數聲炸雷打斷了潰兵的哭喊。跟上來的李子魚揮動拋索，將點燃的手雷一個接一個向前投去。

經歷了上一場戰鬥之後，他的投彈技巧突飛猛進，甩出去的手雷竟然有一半以上是凌空爆炸，將來不及逃走和試圖頑抗的鹽丁們炸得屍橫遍地。

「掌心雷！」更多的尖叫聲在鹽丁當中響了起來。

經過趙君用和唐子豪兩人的刻意誇大，如今江淮各地，朱屠戶的惡名已經家喻戶曉，非但可以止嬰兒夜哭，那些蒙元地方官兵和差役，對喜歡生吃人心肝、雙手還能使掌心雷的朱屠戶，也是怕到了骨子裡。

現在聽到是朱屠戶來了，還有哪個鹽丁願意留在原地等死！紛紛棄了刀槍，讓開左軍的去路。轉眼間，朱八十一面前再無任何阻擋，雙目所及之處，正是另外一個鹽丁千人隊的後背。

那個鹽丁千人隊，正和另外兩個千人隊一道，與毛貴所統率的千軍兄弟做最後的糾纏，仗著人多勢眾，手中的兵器又略佔優勢，居然與毛貴和前軍兄弟們打了個平分秋色！

朱八十一看到一名光著上身的弟兄，被一名騎著馬的鹽丁頭目一刀砍掉了半邊肩膀；又看到另一名兄弟倒在鹽丁頭目的馬腿下生死不明，怒道：「給我殺了他！」

「是！」伊萬諾夫立刻答應一聲，從背後抽出一桿小標槍，助跑了幾步，奮力前擲。

「嗚——！」尖端包裹著精鋼的標槍在半空中畫出一道漂亮的弧線，一頭扎進那名鹽丁頭目胸口，將此人直接釘在了戰馬的背上！

「讓開，不想死的讓開，我家都督是朱八十一！」吳良謀趁機狐假虎威地大喝一聲。

正在與毛貴對峙的眾鹽丁們登時就是一亂，特別是擋在朱八十一正前方的那些，紛紛朝兩側閃避，唯恐躲得慢了，迎頭挨上一記掌心雷。

「妖人受死！」

正當朱八十一準備去與毛貴會合之際，耳畔忽然響起一聲斷喝，一名身穿皮甲的黑臉百夫長，帶著四十多名鹽丁，大步流星朝他奔了過來。

「弓箭手，阻敵！」千夫長徐達第一個發現事態不妙，搶先發出命令。

他身後的弓箭手百人隊立刻拉開步弓，朝來人射出一排羽箭。奈何雙方都是在跑動當中，箭射得又過於倉促，九十多支羽箭竟大半飛得不知去向，剩下的少數只將黑臉百夫長身後鹽丁射翻了四、五個，未能起到任何阻敵作用。

說時遲，那時快，前後不過是五、六息的功夫，黑臉大漢已經來到朱八十一眼前，手中鋼叉猛的一挺，直刺他的咽喉。

朱八十一全身汗毛根根倒豎，側身閃了半步，隨即將寬劍貼著鋼叉的鐵柄向前猛掃。

「嗤啦啦！」劍刃在鋼叉的鐵柄上蹭出了一流耀眼的火星，卻沒能如願切下對方的手指。

那名黑臉壯漢的反應比朱八十一以前遇到的任何一個對手都敏捷，叉柄只是奮力向外一推，就將劍刃隔了出去，隨即搶步轉身，三股叉尖彷彿三條毒蛇，再度刺向朱八十一小腹。

「噹！」朱八十一豎起寬劍擋了一下，被推著連連後退，完全靠著一股不服輸的勁頭撐著，才勉強沒有坐倒。

對方的力氣與他不相上下，但明顯是個練家子，招數變換宛若行雲流水。一刺不中，鋼叉迅速回抽，電光石火之間挑開吳良謀從側面捅過來的紅纓槍，隨即又是一個上步挑刺，叉尖再指朱八十一胸口。

朱八十一左右都是自家兄弟，躲無可躲，只能又豎起寬劍硬接了一記，頭皮如被電了一般酥酥發麻，兩眼之間的位置也熱得彷彿要冒出煙來。

超強度的腎上腺分泌，令他各種感覺提高了不止一倍。對手的每個動作都好像慢了起來，但每個動作都流暢無比。他左格、右擋、上挑、下壓，憑著直覺和求生的本能苦苦支撐，對手的鋼叉卻像毒蛇一樣死死纏著他，同時還能分出精力去應付吳良謀和伊萬諾夫兩人的左右夾擊。

「幹掉那些鹽丁，把他帶來的鹽丁先幹掉！」關鍵時刻，又是徐達扯開嗓子嚷嚷了一句。

周圍急得滿頭大汗卻根本插不上手的徐洪三等人如夢初醒，越過戰團，吶喊著衝向跟過來的鹽丁，如餓虎撲兔。

只穿了一件布甲遮擋流矢的鹽丁，卻沒有黑臉百夫長那樣的好身手。被徐洪三等人一衝，慘叫著紛紛倒地。

使鋼叉的黑臉壯漢聞聽，立刻棄了對朱八十一的追殺，轉頭去救自家袍澤。

「哪裡走！」親兵隊長徐洪三不依不饒，刀尖瞄著此人的後心。

那黑臉漢子卻彷彿後腦上生著眼睛一般，猛的來了個回馬叉。「噹！」地一聲，將徐洪三手中的鋼刀挑飛出去，隨即一叉刺向他的小腹。

「完了！」徐洪三根本來不及再做任何躲閃，本能地閉上了雙眼。

預料中的痛楚卻遲遲沒有傳來，耳畔卻響起了對方的怒吼聲，「背後偷襲，算什麼英雄！」

「兩軍陣前，誰跟你講究偷襲不偷襲！」長槍兵教頭陳德冷笑著回應，用一根丈八蛇矛，將壯漢刺向他的鋼叉盡數接下。

再看那黑臉壯漢，左肩膀上皮甲被挑飛了一片，紅鮮鮮的血肉從傷口處擠了出來，將半邊身體瞬間染了個通紅。

「哪裡走，看槍！」陳德厲聲大喝，再度挺槍猛刺。

他是漢軍將門之後，自幼請教頭傳授武藝，馬上步下兵器無一不精，然而對上黑臉漢子，依舊占不到絲毫上風。

吳良謀、伊萬諾夫見狀，也各自拎著一根長矛衝過來，圍著黑臉漢子亂捅。

三人各自刺了十幾槍，然而除了最初陳德偷襲得手那一下之外，竟然再也無法奈何黑臉漢子分毫。

「洪三，你帶著二十名親兵留在這裡幫忙，其他人跟我過去與毛都督會合！」朱八十一擦了把冷汗命令道。

兩軍陣前，他可沒興趣圍觀陳德、伊萬諾夫和吳良謀三人圍毆一名敵將，**勝負不是靠個人勇武分出來的**，只要前軍和左軍完成會合，眼前這兩千多名鹽丁就大勢已去。黑臉漢子即便再武藝高明，也挽回不了敗局。

被陳德等人圍住廝殺的黑臉壯漢，顯然也意識到了這一點，嘴裡不停地發出怒吼，左衝右突，打算將朱八十一再度擋住。然而陳德、伊萬諾夫和吳良謀三人豈肯讓他如願，三條長槍從三個方向不停地攢刺，就是不給此人退出突圍之機。

「老胡！」另外一名白臉的鹽丁頭目聽到黑臉漢子焦躁的怒吼，帶領同伴過來營救。

他的身手也非常矯健，沿途遇到三波左軍士卒的阻攔，都透陣而過，手中的鋼刀也砍捲了刃，豁得像支鋸子般，上面掛滿了血肉。

「該死！」朱八十一大怒，不得不又將腳步停下來，迎面堵住此人。借著前衝之力，朝來人頭上猛砍。

那名鹽丁頭目舉起鋸子擋了一下，迅速展開反擊。朱八十一側身避開他的橫掃，又一劍剁下去，「噹啷！」一聲，將此人手中的鋸子砍成了兩段。

「啊——！」來人微微一愣，將半截鋸子朝朱八十一臉上丟了過來。

朱八十一舉盾擋了一下，然後上步抬腿，狠狠撞在此人胸口上，「咚」地一聲，將此人撞翻在地，然後一個跪地下壓，用膝蓋頂住對方胸口；寬劍習慣性地舉過耳邊，直奔肩窩與脖頸相接處！

「啊——！」被壓住的白臉漢子嘴裡發出淒厲的慘嚎，用盡全身力氣將脖子歪了歪，讓斜捅過來的劍鋒刺在地上。饒是如此，他的肩膀處也被開了個大口子，鮮血瞬間飛濺起了半尺高。

「耿五！」不遠處被陳德等三人圍著的黑漢子也厲聲悲鳴，猛的將鋼叉舉過頭頂，朝著朱八十一後心擲了過來。

眾親兵迅速舉起盾牌，「噹啷」一聲，將鋼叉磕飛出去。再看那黑臉漢子，被陳德照著後心處狠狠抽了一矛桿，踉蹌幾步，一頭栽倒。

「投降，我不殺你！」朱八十一根本不知道自己身後發生了什麼，一刀沒能捅進對手肩窩，雙目中的殺機散去，將寬劍側過來壓在白臉漢子的脖子上，大聲命令。

「老胡，老胡——！」

那漢子瘋了般大叫，兩眼當中，血水和淚水一起往下淌。

朱八十一抬手一劍拍在這廝的臉上，將他抽昏了過去。然後迅速站起身，帶領弟兄們再度衝向毛貴。

毛貴此刻渾身都是血，根本分不清哪些是自己的，哪些是別人的。看到朱八十一距離自己越來越近，猛的一腳踢飛對手，然後舉起鋼刀來大叫：

「左軍來了，左軍來接應咱們了。弟兄們，加把勁！」

「加把勁！別讓朱都督把功勞全搶了去！」

已經殺瘋了的前軍將士大喊大叫，爭先恐後將兵器刺向對手，唯恐動作慢了，被前來接應的左軍袍澤看了笑話。

「擋住，擋住。回去後每人發雙餉！」帶隊的一名鹽丁千夫長不甘心失敗，騎著戰馬來回跑動。

正趕過來的徐達見此，彎弓搭箭，「嗖」地一聲將此人的太陽穴射了個對穿。

「柳千戶死了！」與毛貴等人面對面廝殺的那些鹽丁原本就已經是強弩之末，猛然間看到領兵的千戶慘死，頓時再也支撐不下去，紛紛丟了兵器，四散奔逃。

「跟著我，別跑了姓逯的狗官！」毛貴哈哈大笑，又一舉鋼刀，高聲命令。

「追啊，別跑了姓逯的狗官！」所有光膀子漢子從背後追上對手，一刀一個，將他們砍翻在地，然後雙腳從血泊上踏過去，跟在毛貴身後，衝向鹽丁主帥的大纛旗。

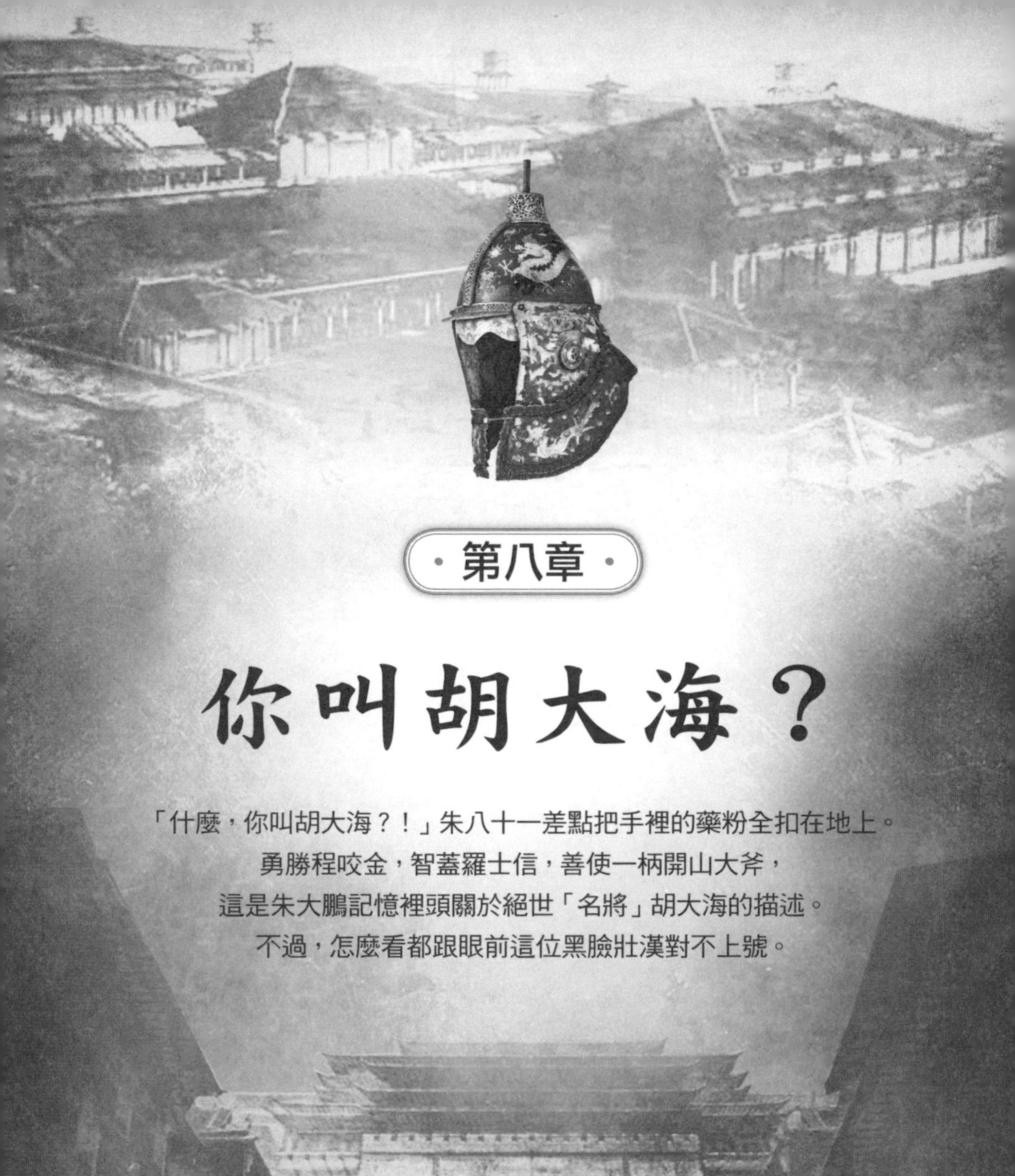

第八章

你叫胡大海？

「什麼，你叫胡大海？！」朱八十一差點把手裡的藥粉全扣在地上。
勇勝程咬金，智蓋羅士信，善使一柄開山大斧，
這是朱大鵬記憶裡頭關於絕世「名將」胡大海的描述。
不過，怎麼看都跟眼前這位黑臉壯漢對不上號。

大纛旗下，逯魯曾看到漫山遍野的潰兵，心中好生悲涼。舉起寶劍，橫在自家脖子上，右手微微一用力，卻覺得痛徹心扉，十幾年寒窗苦讀的日子瞬間湧上心頭！

「快走，留得青山在，不愁沒柴燒！」鬼才李四衝著逯魯曾大吼了一嗓子，調轉馬頭，率先逃命。

脖子上已經見了血的逯魯曾聞聽此言，寶劍再也抹不下去，嘆了口氣，衝著身下抬滑竿的僕人大聲喊道：「快，跟著李四爺的戰馬跑，老夫還有話要請他帶給脫脫丞相！」

「是！」幾個抬滑竿的僕人甚為忠心，見自家老爺死志已消，立刻撒開雙腿，跟著人流一起逃命。

奈何他們這個目標實在太過明顯，才跑出五六百步，毛貴、彭大和魏子喜三個，已經各自帶領一夥紅巾軍弟兄分三個方向圍了過來。

「狗官，投降免死！」

「狗官，你往哪裡逃！」

「狗官，趕緊下來給老子磕頭！」眾紅巾將士大聲斷喝，命令逯魯曾束手就擒。

逯魯曾豈肯向這些目不識丁的蟻賊投降？咬了咬牙，連滾帶爬地衝向了黃河。

「老爺——！」抬滑竿的僕人動作稍慢沒攔住，眼睜睜地看著他半邊身體沒入了河水裡。

逯魯曾一邊抬手抹著脖子上的血跡，一邊快步繼續往河道深處走去。一步，兩步，三步。冰冷的河水從腰間淌過，涼得他直吸冷氣。

「嘶嘶，嘶嘶，嘶嘶——」繼續走了幾步，吸氣聲忽然停了下來，變成放聲嚎啕，「萬歲爺，非老臣不肯盡忠，實在是水太涼了！啊！——哇！」**冷，真的好冷，比當年雪夜讀書，形單影隻時還冷上百倍。地獄裡的冰窖也不過如此吧！紅巾軍的刀鋒也不過如此吧！**左右是個死，何必死後還要被河水沖走，屍體凍得像一條死魚！

猛然間一個浪頭拍過，打得逯魯曾身體晃了晃，險些栽倒。趕緊停止哭泣。轉過頭，雙手掩面，以最快速度逃回了岸上。

「哈哈哈……」毛貴等人將逯魯曾的言行看在眼裡，一個個笑得前仰後合。

那些抬轎子的家僕，也覺得自家老爺的做派實在有些丟人，紅著臉從滑竿上取下大食細絨毛毯，一邊給逯魯曾裹在身上禦寒，一邊結結巴巴地辯稱：

「我們家老爺是讀書人，身子骨當然會單薄一些，可不是怕死！」

說著話，他自己也打起了冷戰，抖得如同篩糠。

「讀書人！讀書人就不拉屎麼？」幾名紅巾軍士兵被逯氏家丁的態度激怒，走上前，用刀背朝著幾人身上亂敲。

「行了，別難為他們！」前軍都督毛貴不願意跟這些狗腿子一般見識，大聲喝止道，然後快步上前，從地上扶起抖成一灘爛泥的逯魯曾，厲聲問道：

「狗官，你把老營紮在什麼地方？」

「老營，什麼是老營？」逯魯曾打了個寒顫，結巴地重複。見毛貴眼裡射出凶光，又哆哆嗦嗦地說：「老夫…老夫手下的弟兄……全在這裡了，要殺便殺！休想…休想從老夫手中得到任何東西！啊——」

「我再問一遍！」毛貴將血淋淋的刀刃在逯魯曾的臉上蹭了蹭，逼問道：「你的糧草輜重還有運送糧草的船隊，以及其他鹽丁都駐紮在哪裡？趕緊說，不然老子就先在你臉上畫幾刀，讓你死了以後連鬼都沒臉去見！」

「啊——，啊——！」逯魯曾閉上眼睛，大聲叫嚷。

接連喊了十幾嗓子，卻沒感覺到任何疼痛，他將眼睛睜開一條小縫，有氣無力地說：「老夫對朝廷忠心耿耿，豈能受你這反賊要脅！大隊人馬和兩船就停在三十里外的許家集，你要是敢對老夫無禮，待大軍殺到，必然死無葬身之地。」

「你個老潑皮！」毛貴氣得破口大罵。「老續，押著這老潑皮去見大總管，順便跟大總管說一聲，我去下游的許家集掏逯魯曾的老營，片刻就回。」

「是！」前軍右千戶續繼祖答應一聲，帶領十幾名壯漢上前扯起逯魯曾和此人的家僕，倒拖著去向芝麻李獻俘。

毛貴則快步跑向先前一直在旁邊抱著膀子看熱鬧的彭大和魏子喜，發出邀請，「彭大哥，魏統領，敢不敢跟我一道去掏逯魯曾的老營？」

「樂意至極！」右軍都督彭大和中軍風字營統領魏子喜兩個滿口答應，各自點起麾下的戰兵，與前軍將士合在一處，快步殺向下游三十里外的許家集。

此刻戰場的廝殺已經基本宣告結束，除了一部分騎著馬的二韃子將領正沿著河畔的土路瘋狂逃命之外，其餘的鹽丁，或者被砍翻，或者跪在地上祈求投降，再無一人敢做困獸之鬥。

而紅巾軍將士則驕傲地停止了對投降者的屠殺。在百夫長和牌子頭們的號召下，將俘虜們集合起來，成群結隊地押著去清理地面上的屍體。

見到大多數鹽丁們身上只有一件布甲或者根本沒有鎧甲，而押著他們的那些紅巾軍將士全個個一襲鐵衣，逯魯曾忍不住悲從心來，停下腳步，衝著北方再度哭訴道：「萬歲，老臣已經盡全力了！老臣奉旨南下以來，終日苦思竭慮，怎奈地方官員處處掣肘，各路屯軍……」

「嚎什麼嚎？老子此前哭了二十多年，你那個韃子皇帝都沒聽見。你站在這裡嚎上兩句，他就聽見了?!」續繼祖不能陪著毛貴去掏鹽丁的老營，正覺得沮喪，聽逯魯曾哭得可笑，狠狠推了此人一把，大聲呵斥。

「你以前不過是，是個草……」

逯魯曾踉蹌了幾步，試圖強調彼此間身分的差異，不小心看見續繼祖手裡血淋淋的刀鋒，趕緊將後半句話咽了下去。

「怎麼，就你們讀書人珍貴？草民就不是人麼?!」續繼祖又用力推了他一把，冷笑道：「沒有我們這些草民種地，你們讀書人都去吃屎！」

「呃！」逯魯曾一個趔趄，不敢再還嘴，將脖子縮進大食細絨毛毯裡，踉蹌著，將腳步加快了一倍。

替他抬滑竿的幾個家奴見狀，也趕緊加快速度，用脊背將他護在中間，以免自家老爺再遭到續繼祖這個粗人的羞辱。

一行人跌跌撞撞，才走了二十幾步，卻被續繼祖勒令停了下來。

「在這兒等著！我去問問此刻大總管去了什麼地方。土寶，看著他們！誰要是敢亂跑亂動，當場斬殺！」

續繼祖留下冷冰冰的一句話，小跑著迎向另外一支押送俘虜的隊伍，跟領頭者打聽：「徐三哥，您知道大總管在哪麼？我們家都督把姓逯的狗官抓到了！」

被問的，正是朱八十一的親兵徐洪三，他與續繼祖原本是老轎行的相識，聽說後者抓到了敵軍主帥，羨慕地說：

「大總管肩膀上受了點兒傷，回北岸上藥去了！現在打掃戰場的事，都歸我們家都督負責，他在前面那個樹林旁闢出了一片空地，專門用來看押那些大魚。你來得正好，跟我一起過去見他就是！」

「大總管受傷了？」續繼祖嚇了一跳，「重不重？誰傷了他，老子去將此人千刀萬剮！」

「剛才停下來分派任務時，被一個鹽丁抽冷子射了一箭，正扎在肩膀上！」徐洪三輕鬆地回道：「不妨事，大總管那身鎧甲，是我們蘇長史專門給他訂做的，弩箭只進去半寸就被卡住了，上點兒藥，估計兩三天就能收口！」

續繼祖目光下移，發覺徐洪三也受傷了，立即關心地問：「三哥，你左膀子怎麼了。這麼厚的鐵甲居然也被開了口子？」

「唉，甭提了！」徐洪三一臉懊惱，慚愧地說：「要不是這件鐵甲夠結實，我這條膀子就給人廢了！」

說罷，指著被五名士兵押著的一個被捆得像個粽子般的黑大個，「就是這廝，身手好生厲害！我們好幾個人聯手才終於把他給活捉了！」

「哦？竟然有這種事？」續繼祖眉頭挑了挑，對黑大個上下打量。只見此人身高足足有九尺開外，虎背熊腰，肩寬腿壯，一張臉被烈日曬得像鍋底般黑，兩隻眼睛卻亮得如同燈籠般，目光裡充滿不甘！

「通甫，德甫，是你們麼？你們兩個居然也沒逃得掉？」

還沒等續繼祖看仔細，身後突然傳來一聲絕望的聲音，回頭一看，就見逯魯曾一臉難以置信地用顫巍巍的手指著黑大個和他旁邊另外一個白面孔俘虜哭喊道。

聽到逯魯曾的呼喚，先前滿臉桀驁的黑大個和白面孔立刻垂下頭，雙雙向前掙扎了幾步，跪在地上俯首說道：「善公，我等無能，辜負您老厚愛了，知遇之恩，只能來世再報。」

逯魯曾聞聽此言，哭道：「通甫，德甫，是老夫無能，害了你們。本以為此番前來剿滅徐州紅巾，可以替你兩人謀個出身，誰料才第一次交手就全軍覆沒。嗚嗚，嗚嗚——」

黑大個聽逯魯曾哭得稀裡嘩啦，心裡愈發難受，安慰道：「善公莫哭，不過是個死而已！有我和德甫陪著您，到了閻王老子那邊，也沒人敢欺負您老！」

「嗚嗚，嗚嗚！」他不說這話還好，一說，逯魯曾哭得愈發傷心了，鼻涕眼淚順著花白的鬍子往下淌。

正悲憤莫名間，冷不防卻被徐洪三拿刀鞘抽了一記，大聲呵斥道：「你們三個有完沒完？什麼話留著以後慢慢說！我家都督抓了色目人都一個沒殺，吃飽了撐的，去殺你們這些傢伙。趕緊走，把你們幾個押過去之後，老子還得去押別的俘虜！」

「當真？」逯魯曾立刻人也不哆嗦，話也不結巴了，抬起頭，滿臉期盼地問。

「我說的是他們倆，他們是我們左軍俘虜的，怎麼處置，當然我們左軍說了算！」徐洪三厭惡地瞪了他一眼，嚇唬道：「至於你，你是毛都督俘虜的，最後怎麼處置是大總管和毛都督的事，我管不著！」

「嗯！噗！」逯魯曾驟然在絕望中看到了希望，然後又瞬間跌入絕望的深淵，一時無法適應，噴出一口老血，仰天而倒。

「善公！」黑大個和白臉漢子叫著逯魯曾的尊稱欲撲上前搶救，卻被身後的紅巾軍士兵牢牢地按在了地上。

「過來幾個人，幫他處理一下！」

續繼祖一邊替他捶胸撫背，一邊向徐洪三抱怨，「沒事你嚇唬他做什麼？這下好了，等我們家都督回來，看你怎麼跟他交代！」

徐洪三也沒想到逯魯曾居然如此不經嚇，訕訕地辯解：「我只是說了幾句實話而已，他自己想歪了，怎麼能怪到我頭上?!」

「放屁！你們家朱都督不喜歡殺人，我們家毛都督就是個屠夫不成?!」續繼祖白了他一眼，數落道：「這書呆子一看就是個貪生怕死之輩，剛才為了活命，將老營的位置都告訴了我家都督，你卻偏偏哪壺不開提哪壺……」

「放屁！善公怎麼是貪生怕死之人！」一句話沒等說完，黑大個掙扎著仰起頭，破口大罵，「惡賊，你要殺就殺便是，別汙了善公的清名！」

「你才放屁！他剛才招認的時候，幾百隻耳朵一起聽見的，你敢不敢去問？我跟你賭腦袋！」續繼祖恨黑大個不知好歹，惡狠狠地說道。

「賭就賭，老子落到你們這群賊人手裡，原本就沒想再活著回去！」明知道續繼祖說的話十有七八是真，卻不願意相信。

正亂得不可開交時，逯魯曾被折騰醒了，長長地噴出一口熱氣，放聲大哭，「通甫，德甫，老夫身後之事，就託付你們了！」

「行了，行了！嚎什麼嚎，你死不了的！只要你沒做過什麼傷天害理之事，哪個有興趣殺你這書呆子！」續繼祖瞪了他一眼，不屑地道：「狗官，你也別太害怕。就憑你剛才交代出老營位置的功勞，我家都督也不會殺你，頂多罰你出些錢糧，等你家人送過來，就會放你走！」

「老夫，老夫……」逯魯曾本想出言維護自家清譽，卻又怕惹惱了對方，什麼話都說不出口，只是搖著花白的頭髮，不斷落淚。

「直接抬到俘虜營那兒！」續繼祖被他哭得好生煩躁，揮揮手，示意逯府的家僕將滑竿抬起，早點將老進士送到俘虜營，也好眼不見為淨。

那黑大個和白臉漢子聽說逯魯曾還有活命的機會，便不再掙扎，任由親兵們將自己押往臨時俘虜營。只是看向逯魯曾的目光裡，再也找不到先前的崇拜，取而代之的，則是深深的困惑與迷茫。

俘虜營就設在距離戰場不遠處的一處乾淨的野地上，逯魯曾一行人走得雖然慢，半盞茶時間也蹭到地方了。

見到被抓的是敵軍主帥，朱八十一非常高興，趕緊命人在營地中央騰出一個地方，把老進士和他的家僕一道押了過去。然後又看了看徐洪三的肩膀，關心地問道：「傷得如何？上過金創藥沒有！我這邊上次用的還剩了一些，你儘管拿去用！」便轉身去找金創藥。

徐洪三聞聽，趕緊行了個禮，道：「多謝都督掛懷，傷口已經上過藥了，只是皮外傷，沒碰到骨頭！」

「那就好！」朱八十一慶幸地用手撫額，「還好你傷得不厲害！那個……」說到這兒，他的目光落到了黑大個身上，問道：「你叫什麼名字，可願意投降我？」

「休想！」黑大個立刻暴怒，扯開嗓子大喊道：「胡某忠義傳家，豈會跟你們這些反賊同流合污。要殺便殺，胡某……啊！」

幾個親兵氣憤不過，用刀柄在他肚子上狠狠捅了幾下。將他打翻在地上。

「行了，一個糊塗蛋而已，別跟他一般見識！」朱八十一擺擺手，示意親兵們不要再打。

受後世武俠小說的影響，他對這個能憑一己之力抵住陳德、伊萬諾夫和吳良謀三人圍攻的黑臉漢子非常感興趣，想了想，道：

「如果忠義傳家的話，七十多年前，令祖應該跟陸秀夫一起投了海。敢問這位胡兄，令祖是當年陸秀夫身邊哪一位英雄？」

這句話問得可是有點損了，黑大個蜷縮在地上，掙扎了好一陣兒也沒臉把頭抬起來，咬緊了槽牙，低聲道：「胡某祖上便是漢軍，跟南宋官家沒絲毫瓜葛！」

「那你祖上的祖上呢，既然占了個『漢』字，想必不是蒙古人吧？這個忠義傳家，是從什麼時候開始算出來的？」朱八十一追問。

「入夷則夷，入夏則夏！當年宋室氣運已盡，我等祖上自然要擇主而事！」白臉漢子顯然書讀得更多些，見黑大個被朱八十一給問倒，掙扎著上前，大聲抗辯。

「這話是誰說的？」朱八十一微微一愣，「我以前還真沒聽過。不過，你們把蒙古皇帝當中國人，他自己答應了麼？如果答應了，怎麼治下百姓還分為四等？對了，二位老兄是第幾等啊，不知道哪天被蒙古老爺當街打死了，會不會有人給你們償命？」

「這?!」白臉漢子雖然讀過不少書，卻無論如何解釋不清楚大元朝將百姓分為四等的理由。況且，他祖上雖然做過漢軍的將領，頂多也只能列到第三等百姓裡頭，跟蒙古老爺相差了還有整整兩層。哪天起了衝突被後者打死了，同樣也是賠一頭驢子錢。

「還有這個擇主而事！」白臉漢子正啞口無言時，又聽朱八十一冷笑道：「其實不就是誰刀子硬，你們就跟誰麼！現在老子的刀子比韃子硬，按照這道理，你們應該對老子納頭便拜才對！怎麼反而跟老子裝起了大尾巴鷹？」

大尾巴鷹是什麼東西，黑臉漢子和白臉漢子都不明白。但二人卻如何都接受不了良臣擇主而事，卻被朱八十一曲解成了抱大粗腿。愣了愣，紅著臉，結結巴巴地反駁道：「你，你胡攪蠻纏。擇主而事，說的是君主賢明有道。哪裡是說什麼刀子硬不硬！」

「噢，是這樣！」朱八十一做出一副恍然大悟的模樣，「那兩位老兄跟我說說，這個蒙古皇帝賢明在什麼地方？老百姓餓得都造了反，他卻還整天忙著給廟裡的泥像換金身；發下的鈔票一天一個價，他自己都不肯收，卻逼著百姓扛一麻袋鈔票去換一個燒餅，這又是什麼狗屁道理?!總不能他養了幾個所謂的大儒，就成了一代明君吧。莫非幾個文人的喝酒嫖妓勾當比幾千萬老百姓的小命還值錢麼？兩位看樣子都是明白人，但明白人算帳，不能總顧著自己的那點兒好處吧?!」

「你?!」黑大個和白臉漢子幾曾跟人打過這麼激烈的嘴仗？一時語塞。

朱八十一接著又道：「你們口口聲聲說老子是反賊，朱某倒是奇怪，**到底什**

麼人是賊？是帶著官帽刮地三尺，讓老百姓活活餓死的，還是像我徐州紅巾這樣把地分給百姓種，每年只繳賦兩成的？是打下一地，動輒屠城的？還是像我紅巾這樣，抓俘虜大多數放走，不濫殺無辜的？是把治下百姓分為四等，帶著一群大小頭目坐地分贓的，還是將所有百姓一視同仁，王子犯法與民同罪的？老子讀書少，你們兩個可別糊弄我。」

「你，你……」黑大個和白臉漢子恨恨地看著朱八十一，臉色漸漸開始發烏。對方今天所說的話，跟他們兩個先前讀過的所有書本，以及一向被灌輸的人生理念，幾乎沒有一處相同的地方，但偏偏**每一句都如巨雷落地，震得他們身外整個世界都搖晃起來，頭頂的天空隨時都可能崩塌**。

「算了，兩個利慾薰心的官迷罷了！」

不管對方服不服氣，朱八十一自己算是罵痛快了，擺擺手，示意徐洪三將二人帶走。

「押到姓逯的狗官身邊去，等著大總管處置。對了，二位既然願意替蒙元朝廷賣命，不妨順便問問逯狗官，當年湖廣漢軍萬戶陳守信，就是擊敗了道州唐大二的那位陳剃頭，到底怎麼死的?!」

徐洪三在旁邊聽得心裡這叫一個痛快，走上前，抽刀割斷了黑大個和白臉漢子身上的繩索，然後命令道：「走吧，二位！還等著我們抬你啊！」

黑大個和白臉漢子此刻像丟了三魂六魄般，耷拉著腦袋，任憑被押著向臨時俘虜營中走去，沒做任何反抗。

營地中央專門給逯魯曾騰出來的位置，此刻已經點起了一堆篝火。逯魯曾抱著毛毯，感覺身體漸漸有了幾分暖意，衝著垂頭喪氣的黑大個和白臉漢子安慰道：「通甫，德甫，你們兩個不要跟他們爭。且忍一時之辱，只要咱們能平安脫身，這筆賬，早晚有機會跟他們再算！」

「唉！」黑大個長嘆了口氣，盯著火堆，一言不發。

白臉漢子抬起頭，帶著幾分試探的語氣問道：「善公，我剛才聽他們提起湖廣漢軍萬戶陳守信。說他死得不明不白。善公，您老久在中樞，聽說過這件事情麼？」

「胡說，那陳守信當年是喝醉了酒，從戰馬上掉下來摔折了脖子！」逯魯曾立刻板起臉來，呵斥說：「你別聽賊人亂嚼舌頭，他們這些白蓮教妖人，最擅長蠱惑人心。」

「我只是隨便問問，不會輕易相信他們的挑撥的！」白臉漢子勉強笑了笑，將目光轉向了火堆。

身為武將，反應速度和對肢體的控制能力都遠超常人。即便喝得再多，也不太可能從馬背上掉下來，生生把脖子摔斷；況且那陳守信還是個手握重兵的萬戶，平素出入，身邊的親兵不可能少於二十個。即便他自己故意從馬背上往下掉，有四十多隻眼睛盯著，也不可能活活摔死！

那麼答案只可能有一個，這位陳萬戶是**得罪了什麼不該得罪的人**，被後者硬是給害死了，並且死得稀裡糊塗，連朝廷都寧願睜一隻眼，閉一隻眼。

「不過這事也許另有隱情！」逯魯曾也知道剛才的瞎話騙不了人，想了想，又說道：「但陳家一直沒有人上告，而陳守信麾下的幾個千戶，估計平素跟他的關係也很一般，竟沒有一個人替他喊冤，所以朝廷也沒怎麼注意這件事，否則陛下重瞳親照，什麼冤屈都能替他討回來！」

「嗯！善公說得極是！」白臉漢子隨口應付著，繼續看著火堆發呆。

他和黑大個，都是逯魯曾徵召來的漢軍將門之後，憑著各自的身手被委了百戶之職。但百戶只是個兵頭將尾，距離正三品萬戶差著何止十萬八千里遠！堂堂手握重兵的正三品萬戶，說被人殺了就殺了，朝廷都懶得管，他和胡通甫這種一沒背景二沒靠山的小角色，哪天被人捏死，還不像被捏死個臭蟲一般！

指望大都城的皇上重瞳親照？狗屁，皇上每天忙著拜佛還忙不過來呢，哪會顧得上理睬你一個漢人?!

「你們今日當面呵斥賊人的模樣，老夫都看在眼裡！」逯魯曾敏銳地感覺到周圍氣氛有異，絮絮地承諾，「如果此番能平安脫離險地，老夫一定會將你們兩個的事蹟上奏陛下知曉。陛下向來知人善任，下次對賊人用兵的時候……」

「善公，這些話等咱們離開後再說吧！」黑大個沒好氣地回道：「能不能脫身還不一定呢！」

「怎麼會呢？那個賊人分明說過，他們不會難為咱們！」逯魯曾又慌了神，陷入焦慮中。

「唉！」黑大個兒嘆氣說：「您都說過他們喜歡亂嚼舌頭了，怎麼還相信他們會輕易放咱們離開？算了，不說這些，走一步看一步吧！」

說罷，也不管逯魯曾，兀自扭過頭去。

此番從軍，他的確是抱著「學會文武藝，貨賣帝王家」的心思。作為淮南軍主帥的逯魯曾，對他和耿德甫也的確頗為倚重，但朱八十一剛才那番質問，卻令他對自己先前的志向發生了動搖。

這大元朝真的值得自己替它賣命嗎？一等蒙古人和二等色目人都不來打仗，自己一個三等北方漢人，替朝廷操的哪門子心?!

不論同不同族，遍地餓殍四個字說的也是事實。一個老百姓都吃不上飯了，**皇帝還大把大把往寺廟裡撒錢的朝廷，究竟還有幾年的氣數？**

還有那個陳守信，堂堂一個正三品萬戶，手握重兵，居然說死就死了。朝廷明知他死得蹊蹺，卻揣著明白裝糊塗！如此昏昧的朝廷，自己取了功名又有什麼用?!即便將來當了萬戶，做到了漢人武將的巔峰。也不過是另一個陳守信而已，隨時都可能死得不明不白！

他正鬱鬱地想著，耳畔傳來一個熟悉的聲音：

「喂，那個黑大個！火堆旁的那個，說你呢，別發傻了，這裡有鹽水和金創藥，自己過來把傷口處理一下。趕緊著，老子可沒功夫伺候你！」

「是你?!」黑大個轉過頭，詫異地發現送藥的居然是當初圍攻自己的紅巾軍將領之一。那個擅長使紅纓槍，經常像尾巴一樣跟在朱八十一身邊的年輕人。眉頭忍不住挑了挑，警惕起來。

「快點，這個水桶也先借你，一會兒用完了，麻煩自己將剩下的鹽水倒掉！」吳良謀丟下一個盛著鹽水的木桶、一片抹著藥膏的木板和一塊乾淨白布，帶領著麾下士兵去給其他俘虜分發鹽水去了。

白臉漢子耿德甫取下白布，先在鹽水裡洗乾淨了，然後幫黑大個兒胡通甫處理傷口。

「嘶——！」鹽水與傷口處的血肉一接觸，立刻疼得黑大個兒胡通甫直吸冷氣。

看到他如此難受的模樣，白臉漢子耿德甫用手指沾了些鹽水，放在舌頭上輕舔。

「呸，呸！」有股又鹹又苦的味道迅速順著舌尖鑽進嗓子眼裡。耿德甫用力吐了兩口，詫異地說道：「居然真放了鹽，紅巾軍夠下本錢的！」

「估計是為了拉攏你們兩個！」逯魯曾見狀，不陰不陽地丟了一句。「芝麻李果真是一代梟雄，為了收買人心，居然將本錢下到了如此地步！」

然而，後面還有大批的紅巾軍無甲輔兵，帶著沒受傷的鹽丁走過來，將盛滿了冷水的木桶和一個個鹽包分發下去，並且指點那些沒掛彩的鹽丁幫助身上掛了彩的鹽丁清洗傷口。

逯魯曾的話，明顯失去了說服力。

自漢代以來，鹽就是屬於國家專賣品，價格始終居高不下。即便是在浙東，淮東這些產鹽區，一斤粗鹽也要賣到兩百多個銅錢的地步。而紅巾軍卻把大包大包的粗鹽拿出來給被俘虜的鹽丁清洗傷口。這番舉動，即便單純是為了收買人心，其手筆之大也令人無法不佩服！

不單是逯魯曾被震驚得咋舌無語，那些受了傷的鹽丁，一個個也感動得眼睛發紅。命如草芥的他們，平素雖然天天跟鹽打交道，但是誰捨得拿這東西來當水糟蹋！即便是在自家營地裡，受傷後也未必享受得了如此待遇，而紅巾軍卻不計前嫌地拿他們當成人看！

立刻便有人趴在地上，對著分發鹽包的紅巾軍將領行大禮參拜，邊拜還邊流著淚道：「大人活命之恩，小人百死難報。請大人收下小的，小的願意替大人效犬馬之勞！」

「住口，朝廷待爾等不薄，爾等卻被賊人幾包鹽就收買了去，真是忘恩負義！」逯魯曾在旁邊聽得大怒，指著跪拜的一個鹽丁頭目呵斥。

「不薄？哈哈哈！」那個鹽丁頭目慘笑道：「大人，您是說八倍的鹽課麼？據說以後還要繼續漲！大人，您知道小的燒一鍋鹽，需要花多大力氣麼？到最後，卻連柴禾錢都賺不回來，還得替你們這些狗官打紅巾軍。小的犯賤，才會繼續替朝廷賣命！」

「是啊！人家好歹給了我們一個鹽包，大人，您答應的軍餉，我們見到了麼？」

「是啊！朝廷是待我等不薄，連鐵鍋都要給搬走！煮鹽的天天連鹽都吃不上！」

「這位將軍，姓逯的是朝廷的大官，這次來打徐州，就是他帶的頭，您可一定別放過他！」眾鹽丁七嘴八舌，對逯魯曾的說法嗤之以鼻。

「孽障，孽障，你們這群目不識丁的蠢貨！都被紅巾賊給騙了！跟著他們，爾等早晚死無葬身之地！」逯魯曾氣得頓著腳叫嚷。

然而這裡不是他的中軍帳，鹽丁們也不再拿他當一回事，只管圍攏過來，撇著嘴罵：「狗官，死到臨頭了你還看不起我們，也不撒泡尿照照，你自己現在什麼德行！」

「打死他，李總管不願意髒了手，咱們替大總管把這事兒做了！」有人趁機大聲鼓動，立刻將鹽丁們的氣焰煽到了最高。

好在吳良謀反應快，發現情況不妙，立刻命令麾下士兵將逯魯曾和周圍的鹽丁隔離開來，然後對著憤怒的鹽丁們訓斥道：

「都給我坐下！殺不殺他，自有大總管來決定，你們瞎嚷嚷什麼？再胡鬧下去，老子這就抬了鹽包走！」

「將軍，將軍，我等知錯了！」

「將軍說得是，我等不該胡鬧，這廝該怎麼處置，自有李大總管說了算！」

鹽丁們退散開來。

「不想死就別惹事！」吳良謀瞪了逯魯曾一眼，「枉你還考中了進士，居然連句人話都不會說！」

「你——！」逯魯曾被氣得吹鬍子瞪眼，卻不敢頂嘴。唯恐惹惱了眼前這位年輕的反賊將領，把自己丟給鹽丁們活活打成肉餅。

「唉！」看到他如此窩囊模樣，吳良謀不禁搖搖頭，帶著紅巾軍輔兵和被徵集來幫忙的鹽丁繼續向遠處走去。從此刻起，他對大元朝功名的熱衷，徹底熄滅。

那黑大個和白臉漢子將一切都看在眼裡，互相用目光交流了一下，站起身來，雙雙向逯魯曾行禮，拜別道：「善公，前段時間的相待之恩。我們兩個這廂謝過了！」

「通甫，德甫，你們這是什麼意思？」

逯魯曾的心臟打了個突，扯住黑大個和白臉漢子的衣袖，結巴地問：「你們兩個可都是良家子，豈能被紅巾賊幾句話就給騙倒？」

「善公！」黑大個胡通甫看著逯魯曾，沮喪地說：「**騙不騙，不是說出來的，而是做出來的**。」

「是啊，善公，您老捫心自問，紅巾軍說的都是騙人話麼？」耿德甫也說道。

「這，這……」逯魯曾被兩人的目光看得滿頭是汗，鬆開手，帶著幾分威脅說道：「你們可都有家人在南邊啊！不為自己，也得為家人想想。」

「如果您老不提，大元朝廷上下，誰會注意到我們兩個的家在何處？」白臉耿德甫反應極其迅速，立刻板起臉，冷笑道：「善公，即便朝廷追究，我想你一定會保全我們兩個的家人，是不是?!」

說罷，也不待逯魯曾答應，便與黑大個胡通甫一道，向吳良謀的背影追了過去。

「什麼，你叫胡大海?!」

朱八十一猛的一哆嗦，差點把手裡的藥粉全扣在地上。

這可是**朱元璋麾下的第一福將**，勇勝程咬金，智蓋羅士信，善使一柄開山大斧，三斧子劈完，撒腿就跑……

這是朱大鵬記憶裡頭關於絕世「名將」胡大海的描述。不過，怎麼看都跟眼前這位身高一米九幾的黑臉壯漢對不上號。

正驚異間，卻聽胡大海笑著道：「不敢隱瞞都督，罪將原名就是胡大海，上個月剛行過冠禮，逯安撫使給罪將賜了個表字，喚作通甫，所以弟兄們才一直叫罪將胡通甫。」

「罪將的表字德甫，也是逯安撫使賜下的，罪將敬他是個飽學的大儒，就拜領了，如果都督覺得不妥，罪將以後可以不用。」耿再成也趕緊解釋自己名字的由來。

他二人哪裡知道朱八十一記憶中還有另外一個胡大海！還以為對方是因為自己報上的名字和先前不同而奇怪，所以才小心地解釋一番，不料這番話被朱八十一聽在耳裡，腦袋登時又是一陣恍惚。

中國人二十稱弱冠，胡大海既有名字，又有表字，顯然不可能是朱大鵬記憶裡那個使斧子的莽夫。況且，眼前這個胡大海武藝相當精熟，若不是被他身邊的耿再成拖累，陳德、伊萬諾夫和吳良謀三個人聯手都未必制他得住。

先前一個不識字的徐達，這時再加上一個同名同姓的胡大海，朱八十一已經見怪不怪了，表情很快鎮定下來，淡然道：「不必，這兩個表字取得都挺好的，既然兩位都行過冠禮，想必都讀過書吧？兩位是將門之後麼？據我所知，精熟武藝同時還讀得起書的人可是不多。」

「都督猜得極是！」胡大海心中訝異朱八十一的明察秋毫，回道：「罪將和耿五兩個都是漢軍將門之後，家道雖然破敗，但仍送我們去私塾開了蒙，應付一般書信往來不成問題。」

耿再成怕話說得太滿，引起朱八十一的不快，自謙道：「小人讀得不多，勉強算識字而已。」

「能識字就好，我這邊最缺的就是讀過書的！」察覺到耿再成話裡的不安，朱八十一連忙安撫道，同時心中有幾十萬隻羊駝滾滾而過。

老天爺，你到底玩夠沒有？傳說中的胡大海是個文盲，到了我這兒，卻成了文武雙全的將門之後！這現實與傳說中的差距也太大了吧！

「胡大哥還沒上藥吧？我這裡有自家製的金創藥，比營裡郎中給的那種效果稍好一些，胡大哥不嫌棄的話，儘管拿去試試！」

見朱八十一的表現不太對勁，吳良謀趕緊替自家主人掩護。

「對，我手裡拿的，正是吳將軍家中秘製的金玉續斷粉，效果相當不錯！」朱八十一這才如夢初醒，趕緊把正在往身上塗的金創藥遞過來，推薦胡大海試用。

胡大海心中登時覺得暖融融的，朱八十一言行的失態，也瞬間被理解成是因失血過多而引發的恍神，趕緊將金玉續斷粉接過去，拜謝道：「謝都督賜藥，罪將是個粗鄙武夫，不會說話，日後但有差遣，風裡火裡，罪將絕不敢辭！」

「好說，好說，你趕緊上藥吧。我這邊醫療條件差，別耽擱了。你叫耿德甫是吧？你也別客氣，快過來幫幫他！」

朱八十一用手扶住額頭，做出一副頭暈的樣子，歉然道：

「不瞞二位，朱某前幾天剛經歷過一場惡戰，今天又廝殺了一早晨，實在有些撐不住了。二位將軍暫且安心住下，熟悉一下情況，之後朱某再根據二位的能力委以重任。真的很抱歉，朱某現在頭暈得很，就先失陪了。佑圖，俘虜營交給你。洪三，去把徐千戶請過來，讓他先替我陪著胡、耿兩位將軍去用午餐。」

說罷，向胡大海和耿再成兩個抱了下拳，逃命一般匆忙地離開了。

吳良謀和徐洪三趕緊答應一聲，四目相交間，都從彼此的眼神中看到了困惑之色。都督今天怎麼了？以前口口聲聲說喜歡武藝高強的人前來投奔，今天好不容易招攬到兩個真正的好手，怎麼又如此待慢人家？

徐洪三生怕冷了胡大海和耿再成的心，熱情地說：「在下吳佑圖，見過兩位英雄！」

「不敢！」胡大海和耿再成拱手還禮，「我們是待罪之身，豈敢在兩位將軍面前妄稱英雄！將軍真是折殺我倆了！」

「兩位不必客氣！方才在疆場上，兩位英雄的身手，吳某可是親自領教過，

吳某真心佩服！」

「吳兄弟的身手也不錯！」胡大海和耿再成二人果然吃這一套，立刻笑道：「還有這位徐將軍，當時可真殺得我們兩個手忙腳亂呢。」

「是啊，要不是兩位將軍後來手下留情，老胡跟我這條命早就交代了！」

「哪裡的話，要交代，也是我跟徐三哥先交代！」吳良謀也客套地說。「算了，咱們不提這些，俗話說得好，不打不相識，在下是黃河北面吳家莊人，賤名良謀，表字佑圖，今後戰場上，還請兩位哥哥多照應。」接著做出長揖狀。

「在下胡大海，字通甫！虹縣人！」

「在下耿再成，字德甫！鳳陽人！」

胡大海和耿再成見狀，也跟著自我介紹。

「吳兄弟還沒行冠禮吧，怎麼這麼早就有了表字？」

「家父原想讓小弟讀書考科舉，送我去紫陽書院讀了兩年，又早早請恩師賜了表字，只可惜小弟不是那塊料，一直沒讀出什麼名堂來。」

「怎麼會沒有名堂！若沒有名堂，朱都督豈肯將這俘虜營完全託付給你？但不知令師是哪位大賢，能教出吳兄弟這文武皆通的全才？」

「吳某的授業恩師乃是楓林先生，只是吳某學藝不精，不敢冒稱是他老人家弟子，令師門蒙羞……」

「原來是楓林先生門下，怪不得……」

三個將門之後，很容易找到許多共同話題。談談說說間，將彼此間的距離拉近了不少。

那胡大海貌似粗豪，實際上心思極其細膩，看看跟吳良謀混熟了，便向對方施了個禮，恭敬地道：「吳兄弟，哥哥初來乍到，不懂紅巾軍的規矩，很多事都兩眼一抹黑，往後若有什麼做得不妥當之處，還請吳兄弟指點一二！」

「胡大哥這是什麼話！」吳良謀趕忙道：「咱們一見如故，還用如此客氣麼？況且紅巾軍這邊，規矩其實簡單得很，歸結起來，大體上只有三條，不濫殺無辜，不劫掠婦女，不奪人財物。只要這三條不犯，其他都沒什麼關係。特別是咱們左軍，朱都督待人最寬厚不過，平素你跟他說幾句混話，或者偶然遇見了忘記給他行禮，他都不會跟你較真兒，更不會動不動抬出官架子跟你論什麼長幼尊卑！」

「不殺，不掠，不奪！想當年，高祖入咸陽後的約法三章也不外如此！」胡大海聽聞，感嘆道：「胡某也知道朱都督是個大度人，否則就憑我跟耿五今天試圖下手殺他，他早該砍了我們兩個的腦袋。」

「是啊！為了讓老胡安心，他還把自己剛剛塗過的藥粉交給老胡一起用，所謂解衣推食也不過如此！」

耿再成反應很快，察覺到胡大海是在套吳良謀的話，在一旁幫腔。

「這二位可是理解差了！」吳良謀搖搖頭，「朱都督把藥粉給胡大哥用，絕沒有刻意拉攏的意思，他這個人，大事上極為有眼光，小事上卻總是稀裡糊塗。他把藥粉遞給胡大哥，僅僅是覺得藥粉好用而已，並未想到其他事情，不信，以後你們可以悄悄找別人核實咱家都督是不是像我說的這樣。」

「胡兄，耿兄，你們真的別想太多！」見胡大海和耿再成一臉愕然的表情，吳良謀笑了笑，又道：「咱們家都督跟你以前見過的任何人都不一樣！你越是小心翼翼跟他相處，他越是拿你當外人；相反，你放得開一些，拿他當兄長對待，他保證也拿你當弟弟，絕不會橫挑鼻子豎挑眼。這一點我剛來時也很不習慣，但處得久了，才發現**越簡單越舒服**這個道理！」

他是怕胡大海和耿再成兩個因為朱八十一的失態而冷了心，所以盡力把自家都督的形象往好裡頭說。胡、耿二人雖然不完全盡信，但是從吳良謀全力維護自家都督的舉動上，得出了朱八十一素得麾下將士擁戴的結論。

一個能身先士卒又素得麾下弟兄擁戴的統帥，吃敗仗的機率肯定會大幅減小，作為將門後代，胡大海和耿再成對此堅信不移。這也意味著他們的選擇是對的！因而兩人原本有些忐忑的心情慢慢平復下來，開始打探有關紅巾軍的一些細節。

那吳良謀其實也只比胡、耿二將早加入左軍七、八天的樣子，對很多事都是一知半解，但是根據自己幾天的觀察，滔滔不絕地說了起來：

「好教兩位哥哥知曉，咱們徐州紅巾分為前、後、左、右、中五軍，各軍下面，又根據將主級別和偏好，下設若干營頭。其中人數最多的，就是大總管所領的中軍，下面設有風、火、林、山、雷、霆、雨、露八個營；其他各軍也有五到六個營頭不等。人數最少的，就是咱們左軍了，下面只設了親兵、戰兵、火器、輔兵和將作五個營，除了輔兵營有五千多人之外，其他各營都是幾百人規模，全部弟兄加起來，還不到八千人！」

「嗯，兵貴精不在多。」

「大都督這樣做，深得養兵之道！」胡大海和耿再成點點頭。

在他們各自的家學傳承裡，將麾下士卒分級對待，是再正常不過的事情。臨陣之時，能起到決定性作用的，也是各級將領手中的親兵和戰兵，輔兵們的用途通常只是替親兵和戰兵運送武器輜重，搖旗吶喊，以及戰後割敵人首級。多幾千少幾千，基本上沒什麼差別。

「不過，咱們左軍人數雖然單薄，論及戰力，在天下紅巾軍中卻是首屈一指！」吳良謀繼續得意地吹噓著。

「這個胡某絕對相信！」胡大海附和道：「我們原本已經取得了上風，結果都督帶著左軍一殺過來，形勢立刻逆轉！」

「可不是麼！」對胡大海的話，耿再成亦是贊同道：「我帶著一個百人隊去接應老胡，才走幾步，回頭一看，身邊就剩下四五個人了，其他都被都督手下那些親兵給殺得落荒而逃！」

哪知吳良謀聽了，卻連連搖頭：「那些不是親兵，都督這次只帶了四十多名親兵，穿的跟我一樣……」他用手朝身上指了指，「都是這種前後只分兩大片的鑌鐵板甲，那些穿著大葉子鐵甲的，都是戰兵；還有一些只用鐵甲護住上半身的，則是擲彈兵和弓箭兵。兩位哥哥如果有機會仔細看的話，就能分辨出來！」

「啊，居然是這樣，我們還真沒注意到！」胡大海愣了下，目光落在吳良謀的板甲上，「這是什麼？好像是一整片鐵打出來的，穿在身上不累麼？」

「不累，比常見的札甲還要輕呢！」吳良謀在胸前拍了幾下，發出「咚咚」聲，「聽，裡面是空的，還墊著一層水牛皮，比札甲結實多了！」

胡大海和耿再成艷羨地看著吳良謀身上的板甲，讚道：「這種鑌鐵板甲，是徐州軍自己打造的麼？造價高不高啊？我們兩個從來沒見過！」

「當然！」吳良謀臉上的表情愈發得意，「這是咱們左軍的匠作營打造的，全天下獨一份！其他人都得從咱們左軍買，或者拿來鐵料，求咱們的匠作營為他量身訂做！至於造價麼？外邊人要買的話，至少得花這個數！」

吳良謀豎起一根食指。

胡、耿咋舌道：「一百貫？這也太貴了些。怪不得軍中裝備如此之少！」

「一百貫是對外賣，咱們徐州軍內部，則是另外一個價錢！」吳良謀炫耀地說：「聽說等咱們回徐州後，大部分戰兵都能換上一身這樣的板甲，至於那種笨重的大葉子羅剎甲和札甲，以後只有輔兵才會穿！」

胡、耿聽了，禁不住又讚嘆出聲。

「咦！請教吳兄弟，你這兩塊護肩板怎麼是淡青色的，其他人，我看有的是黃色，有的卻是紅色！」耿再成裝作漫不經心的隨口問道。

即便他不問，以吳良謀的少年心性，肯定也會炫耀一番，因此將聲音提高了幾分：「你說這個啊，這也是我家都督獨創的，叫做什麼軍銜，就跟朝廷的勳職差不多，只不過沒有九轉十二級那麼複雜，牌子頭是白色，百夫長是黃色，千夫長是紅色，千夫長以上是紅色加星。像我這種青銅色則是參謀，是參軍專用顏色。」

「不愧是楓林先生的弟子，如此年輕就做了參軍，將來前途肯定不可限量！」耿再成有意跟吳良謀交好，大加稱讚。

參軍這個職務，屬於主將幕府專有，因為與主將關係近的緣故，通常上升的空間非常大。比如唐代的名將封常清，最初便是高仙芝的參軍，後來便在高仙芝的舉薦下做了安西節度使。而另一個被視作文官偶像的高適，則做過哥舒翰的參軍，後來憑著在軍中積累的人脈，出任山南道節度使，也成了一方諸侯。所以耿再成誇讚吳良謀前途似錦，也不算太過拍對方馬屁。

但是吳良謀卻立刻將頭搖得像撥浪鼓一般，否認道：「德甫兄有所不知。咱們大都督的幕府和以往的幕府不太一樣。參軍一職只借了這個名稱，具體管的事情卻大相徑庭。像兄弟我這個記事參軍，實際上只管替主將起草命令和議事時記錄相關內容，其他事情都不管，之前跟你們交手的那個大個子羅剎鬼，才是真正負責替都督出謀劃策的，在我們這裡叫做參謀長。」

「啊！」胡大海和耿再成都覺得讓一個羅剎鬼來擔任軍師之職，有些不可思議。

· 第九章 ·

奈何明月照溝渠

朝廷上下沒有人考慮過這兩件事背後的深層含義，
如今看來，卻是芝麻李和趙君用早就在向朝廷示好了，
奈何明月照溝渠，滿朝文武除了叫嚷著要將紅巾上下殺光之外，
誰也沒意識到芝麻李和趙君用兩個的良苦用心。

誰知那吳良謀卻一副理所當然的樣子說道：「咱們左軍有一個規矩，無戰功者不得擔任實職，所以很多新來的人，只要有本事，都會先從參軍開始做起，像早晨傷到通甫兄的那個陳至善，他就是戰訓參謀，負責統一安排士卒的訓練。還有前幾天才被都督抓來的一個阿速人，則是做了騎軍參謀，職務是訓練騎兵和斥候。如果我沒猜錯的話，你們兩位很有可能也會從參軍開始做起。至於具體是什麼參軍，我就猜不到了，反正咱們家都督肚子裡有的是稀奇古怪的名字！」

「噢，原來是這樣！」胡大海和耿再成終於聽到了自己想聽到的內容，微笑道：「我們初來乍到，寸功未立，能在都督帳下做個親兵就很滿足了，不敢奢望和吳兄弟比肩！」

「兩位哥哥不用謙虛，其實我也是……」他差一點說出自己也是剛入伍沒幾天，訕訕地笑了幾聲，趕緊轉移話題，「我也是仗著識得幾個字，才被都督破格留在身邊的。」

耿再成從他的話中聽出玄機，問道：「都督他老人家對讀書人很重視麼？傳說中，他之前只是個屠戶?!」

「瞎說，都督怎麼可能只是個尋常屠戶！」吳良謀立刻憤怒地說：「都督雖然從來沒說過，但是我敢肯定他一定是某位大賢的嫡傳弟子！尋常殺豬屠戶，哪個像他一樣識文斷字，並且天天手不釋卷的！況且咱們左軍的神兵利器，都是在都督的點撥下才打造出來的。你們說，如果是個目不識丁的屠戶，能做到這種地步麼?!」

「當然不能！」胡大海和耿再成這回倒是異口同聲地回道。

「所以說，傳言根本不足為信！」吳良謀繼續賣力地吹噓：「你們以後就知道了，咱們都督肚子裡的學問，絕對不比那些所謂的大儒來得少！都督還讓全軍將佐從現在開始都必須讀書識字！自古以來，你們聽說過哪個將軍曾經提出過如此要求?!」

「絕對沒有！」耿再成順著吳良謀的話道：「只是軍中有那麼多教書先生麼？同時教導幾百人識字，那可不是一件容易的事！」

「自然是沒有，但都督已經派人去尋了！」吳良謀沒有什麼城府，老實說道：「眼下只好由兄弟我和幾個讀過書的人先對付著教。都督說，等教書先生請到之後，連牌子頭都必須能識得字，讀得懂將令！」

「哦，那可是一件大功德！憑此，都督就足以流芳百世了！」耿再成滿臉嘆服。「其實教書先生根本不用遠處找，眼下就有個絕對合格的人選，那可是當世大儒崇天門下唱過名的！」

「德甫！」沒等吳良謀接話，胡大海已經大聲喝止：「逯大人雖然將大夥帶進了死地，但畢竟曾經對你我不薄！」

「老胡，我這也是為了逯大人好！」耿再成被說得臉色微紅，訕訕地解釋，「逯大人一介文職，卻稀裡糊塗被派到淮南來召集鹽丁討伐徐州，除了一個安撫使的頭銜，糧草、器械和領軍將佐，朝廷居然什麼都沒給他，明知羅剎軍和阿速軍都不是李總管的對手，還天天催促他早日進兵。這不明擺著是**借刀殺人**麼！他今天僥倖能跟徐州軍打個平手還好，誰料一下子就把三萬鹽丁全葬送了出去。消息傳出去後，朝廷能饒得了他?!我估計，等他回到高郵之日，就是朝廷要他老命之時。不信，你我等著瞧！」

與胡大海的慷慨豪邁不一樣，耿再成這個人恩怨極為分明。胡大海是他的朋友，所以在兩軍陣前，他寧可捨了命也不會丟下胡大海不顧；但逯魯曾竟敢拿他的家人來要脅他，那對不起，咱老耿即使不要你的命，也得拉著你一起做反賊！只是心裡的彎彎繞到了嘴巴上，變成了另一種說辭，看似有情有義，還用心良苦。

那胡大海明知他在睜著眼睛說瞎話，卻一個字也反駁不得。半晌，才說了句：「眼下逯大人的家眷都住在大都城裡，他要是留在此地不歸，朝廷豈不是會拿他全家做法！」

耿再成卻搖搖頭，非常自信地說道：「他要是留在徐州城內做了紅巾軍的官，朝廷自然不會放過他的家人；然而他要是被扣下成了囚徒，朝廷即便再不講道理，也得想想下次誰還肯帶兵過來吧?!」

說話時，不經意將眼神往吳良謀那邊瞟。

吳良謀好像突然變警覺了，回道：「假如姓逯的真的像他自己說的那樣，沒做過什麼傷天害理之事，我們徐州軍還真的不會傷害他。至於留不留下，得看他自己的意思，畢竟無緣無故把他扣在軍中，豈不是將天下讀書人都推到了朝廷那邊！」

大元朝以弓馬取天下，以屠刀治天下，對科舉原本就視為可有可無之物。一直到了統治中原四十多年後，才正式開了第一屆科舉，並且時斷時續，全然沒個固定章程，因此想要榜上留名，難度不是一般的大。久而久之，凡是能考中進士的，無不在儒林中留下了赫赫名頭。

逯魯曾，天曆二年的進士，名位左榜第七，隨即授翰林國史院編修之職，此後仕途一直平步青雲。如此既會讀書又會做官的全才，當然被儒家子弟們視為爭相效仿的楷模。無數人拜於門牆下，成為他的徒子徒孫。細算起來，吳良謀的授業恩師楓林先生見了此人都得自稱一聲晚輩，並且以師禮侍奉。

就這樣一個燙手山芋，在吳良謀看來，如果紅巾軍一開始就沒想殺他，不如儘快送走了事。勉強將其留在徐州才是自討苦吃。

且不說這老頭兒帶兵打仗的本事跟白癡差不多，留下來對紅巾軍也起不到任何幫助作用。萬一哪天老人住得不高興了，發上幾句牢騷，傳揚出去，在天下讀書人那張嘴裡頭，紅巾軍就真的成妖孽了，恐怕幾千年都洗不清。

想到此處，吳良謀向胡大海和耿再成獻上一招。「依我看，這位逯老夫子恐怕不是個輕易捨得死的人，二位不妨拿德甫兄剛才的話說給他聽，如果他願意留下來輔佐李總管，徐州軍也不會硬趕他走！」

胡大海和耿再成跟吳良謀告了假，便去找逯魯曾。

誰料剛剛把利害關係分析完畢，先前還怕死怕得不成模樣的逯魯曾，突然變得大義凜然，斥罵道：「一派胡言！你們兩個想自甘墮落儘管去，老夫只當最初看錯了人，不會攔著你們！可是想拖老夫跟爾等同流合污，卻是門都沒有！老夫受四代陛下知遇之恩，這條命早就不是自己的了，即便回去後被朝廷按律治罪，老夫也甘之如飴！」

「大人！——」一番好心全被當成了驢肝肺，胡大海氣得想掄起巴掌，把逯魯曾給打醒。

耿再成卻拉住他的衣袖，勸慰道：「正所謂人各有志，不能勉強，這樣的逯大人，才是你我先前所敬服的逯大人，若是像你我一樣見異思遷，反倒是失了本心了！」

「你休要拿話來激我！」逯魯曾看著兩人說道：「老夫回去後，朝廷不問則已，若問起來，會說麾下將領差不多都當場陣亡了。只望你們兩個今後在這裡好自為之，不要真的做了那害民之賊！否則，老夫即便做了鬼，也要日日纏著你們！」

「多謝大人成全！」胡大海和耿再成聞聽，趕緊躬身施禮。

逯魯曾卻懶得再看二人，從火堆裡抽了根一端燒焦的樹枝，在地上寫起狂草來。

不多時，徐洪三把千夫長徐達找了過來，便陪著胡大海、耿再成看著逯魯曾展示書法。端的是筆走龍蛇，翩若驚鴻。

只見逯魯曾越寫越流暢，越寫越自信，與先前那副貪生怕死的猥瑣模樣判若兩人。寫著寫著，竟旁若無人的大聲朗讀起來，用的是汴梁一帶的方言，徐達等人雖然一個字都沒聽懂，卻知道老夫子在吟詩言志，因此愈發不敢打擾他。

待言志詩吟唱完，老夫丟下木棍，倒背著手圍著自己的墨寶觀賞了一圈，有幾分得意地說道：「呵呵，老夫平生臨張長史的帖，總是得其形而不得其神，今日受此大挫，終於窺得其中門徑！」

說罷，又可惜手頭沒有紙張供自己繼續發揮。側轉頭，衝著徐達問道：「我記得你。你是徐州紅巾的頭目，箭射得頗準，你可識得老夫所寫的字？」

徐達做了軍官之後，一直以目不識丁為恥，所以最不喜歡聽別人問自己識不識字，但面對逯魯曾這個老進士，卻一點脾氣都發作不起來，認真地回道：「讓夫子見笑了！徐某幼時家貧，無錢讀書。最近這半年才請人開了蒙，所以您老寫的字，徐某只能認出其中三兩個！」

「家貧沒錢讀書？」逯魯曾愣了愣，彷彿第一次聽到居然有人窮到如此地步一般，「倒是可惜了，不過既然你已經做了武夫，怎麼又想起請人開蒙來？」

「回老先生的話！」徐達又施了個禮，坦誠道：「徐某之所以造反，是因為餓得活不下去了。但老天爺不可能一直眼睜睜地看著人餓死，天下早晚有安寧之日。到那時，卻不能用刀子來治國，也不能用刀子來教導自家的兒孫！」

「這……」

這回輪到逯魯曾語塞了。他瞪圓了眼睛，對著徐達看了又看，最後嘆了口氣，道：「可惜，老夫遇見你遇到得晚了，否則倒是可以將你收入門下。唉，現在說這些反倒是顯得逯某勢利，想借你之手活命了！罷了，罷了，紅巾軍中有你這等人物，老夫輸得也不算冤枉！」

隨即，又搖了幾下頭，伸出腳，將地面上的狂草擦了個乾乾淨淨。

胡大海和耿再成見狀，知道逯老夫子是真的拿定了主意，寧願去給大元朝廷做一個忠鬼，也不會投靠徐州紅巾，因此也不再囉嗦。

徐達敬重老夫子的名聲和學問，也不想勉強此人，於是叫過幾個熟悉的面孔，命令他們專門負責伺候逯老夫子，別讓老人家受到半點委屈。

此時，逯魯曾的心境與先前已經截然不同，向徐達道過謝之後，便安安心心做起孤忠楚囚來，從此再也不給任何人添任何麻煩。

又過了大約兩個多時辰，紅巾軍全體將士連同輜重都過了河。芝麻李派出一支精銳去接應毛貴、彭大和魏子喜，其他人則匆匆用了戰飯，再度邁動腳步，踏上返回徐州城的歸途。

留守徐州的潘癩子早已得知大軍得勝的消息，親自帶領城中的將士們迎出了五里之外，待把繳獲的輜重糧草入了庫，傷患都安頓好，天色已徹底發了黑。

在行軍長史趙君用的特別關照下，逯魯曾被安排進了一處色目人遺留的院落。除了不能隨意出入之外，其他一切由他自己說了算。吃穿用度，筆墨紙硯，徐州軍也一概供應無缺。

如此又過了兩日，毛貴和彭大、魏子喜三人取了淮南軍老營裡頭的糧草輜重返回，對俘虜的處理也提上了日程。

正如續繼祖等人所說，芝麻李對屠殺俘虜不感興趣，隨便訓了幾句後，就吩咐將被俘的鹽丁們全部釋放。願意留在徐州的，可以選擇從軍當輔兵，或者領一把鋤頭自行去開荒；不願留在徐州的，則每人發兩百個銅錢做路費，讓他們自行回家。

俘虜們聽了，立刻歡聲雷動。五千餘人，竟然有四千多人選擇留下，只有不到一千人因為家裡還有牽掛，才從司倉參軍李慕白手裡拿了銅錢，然後千恩萬謝的走了。

逯魯曾見此，心神愈發安寧，每日待在軟禁自己的宅院裡吟詩作畫，日子過得竟是當官以來最為悠閒的一段。

這天，正在窗下揣摩草聖張旭的神韻時，伺候他的四個家僕之一突然急匆匆地跑了進來，雙手捧起一個名帖，「老爺，紅巾軍二當家趙君用來訪，請問老爺您有沒有空見他一見？」

「趙君用？他來幹什麼？」逯魯曾詫異的問。

紅巾軍雖然把他軟禁在這所宅院中，對他麾下的四個抬滑竿的家僕，卻沒有做任何行動範圍上的限制，所以通過僕人，他已經將徐州紅巾軍的內部結構和造反以來的所作所為都打聽了個清清楚楚。知道趙君用乃是徐州紅巾的行軍長史，也是除了芝麻李外的第一號實權人物。

這樣一個手握重兵的二當家，不去操演兵馬繼續攻城掠地，跑到老夫這裡來做什麼！**演一齣禮賢下士的戲，騙老夫投降麼**？好，老夫就叫你知道什麼叫做當面斥賊，以衛臣節！

想到這兒，逯魯曾也沒心思繼續練他的狂草了，把毛筆朝硯臺上一放，吩咐下人道：「你去跟他說，且到正堂看茶。老夫腿腳不便，無法親自迎接，請他見諒！」

「老爺……，他可是……」家僕的嘴角動了動，卻不敢再勸，只好小心地去門房傳話。

那趙君用對逯老夫子的無禮舉動，卻是一點都不生氣，和顏說道：「那就有勞小兄弟你頭前領個路，逯老夫子是儒林長者，趙某可不敢讓他久等。」

不多時，來到了正堂，沒等家僕進去彙報，趙君用就清清嗓子，朗聲道：「末學後輩蕭縣趙生，拜見善公。久聞善公大名，今日得以當面聆聽教誨，實乃晚輩三生之幸！」

「你，你是讀書人？」逯魯曾聞聽，當即又是一愣。快步拉開屋門，問道。

「晚輩曾在縣學裡讀過三個月書，後來縣學裁撤，就自謀生路了！」趙君用帶著幾分遺憾回道。

逯魯曾嘆道：「逯某現在是階下之囚，教誨一詞就不要再提了。當年朝廷下令裁撤各地縣學，逯某也曾據理力爭過，但國庫空虛，四處需要用錢的事又耽擱不得，所以……」

說到後面，他自己都覺得臉上發燙。

為了讓治下百姓更好地明白「君臣之義」，大元朝廷曾經有一段時間甚至在個別地區還開辦了社學這一基層「教化」機構。然而像其他政令一樣，很快這項善政就無疾而終了。大多數縣學都關了門，甚至府、路兩級的學校規模也因為財政和出路等問題一撤再撤。

作為儒林的頭面人物之一，逯魯曾當然對朝廷裁撤學校的舉動表示了強烈的反對。不過蒙元朝廷要他們這些人存在的意義，只是做樣子給天下讀書人看，免得後者因為絕望而造反，所以反對意見每次都無任何效果，只能眼睜睜地看著學校越來越少，官辦的寺廟卻越來越多。

科舉時開時廢，學校也越辦越少，天下的讀書人找不到出路的情況下，自然對朝廷的怨氣越來越深。

想到此節，逯魯曾又長長地嘆了口氣，道：「前些年朝廷待讀書人的確輕慢了些，一些舉措也有失長遠，然而自打脫脫右相重訂以來，這種情況已經漸有改觀，只是有些改變不是一蹴而就的事，老夫亦不可能逼得太急！」

「晚輩在民間也曾聽聞善公多次為我儒家子弟仗義執言的壯舉，心中欽佩有加，因此一抽出空閒，立刻過來登門拜訪，不知善公可准許晚輩入內一敘，以成全晚輩多年傾慕之心？」趙君用恭維地提出自己的要求。

逯魯曾這才意識到自己還堵在門口，尷尬地做了個請的手勢。

「快進，這原本就是你們徐州紅巾的地方，逯某鵲巢鳩佔，哪有將主人擋在門外的道理！」

「如此，晚輩就多謝了！」趙君用做了個揖，然後小心翼翼地拎起長袍，邁過門檻。

逯魯曾見他言談舉止處處透著濃濃的儒林味道，一些傷和氣的話就愈發不好意思當面說出口了，便客套了幾句，接著問道：

「趙生既然入過縣學，想必也有表字吧？逯某是朝廷的淮南宣慰使，而你是徐州紅巾的長史，彼此招呼起來都彆扭，不如以表字相稱如何？」

「不敢，不敢，善公乃儒林前輩，後學無論如何不敢僭越！」趙君用聞聽，立刻站了起來。「晚輩的表字就是君用，原本有個名字叫士良，但已經很久沒人叫了，晚輩自己差一點兒都忘了。」

「士良？君用？」

逯魯曾嘴裡重複著對方的名和字，眼睛頓時開始發亮。這名字可是從裡到外透著對大元朝的忠心啊！非是逼不得已，怎麼會走到邪路上去？

正想著，又聽趙君用笑道：「當年晚輩也曾經想學得一身本事，有朝一日像善公那樣唱名崇天門下，怎奈造化弄人，稀裡糊塗間成了這徐州軍的二當家！」

逯魯曾聞聽此言，立即以長者的姿態教訓道：「崇天門下唱名，不過是我輩展示心中所學的一種手段，實際上沒什麼好羨慕的。倒是君用在這徐州紅巾能約束得了麾下眾人，讓他們少做殺孽，多行善舉，暗合我儒林所奉行的仁恕之道，令老夫甚感佩服！」

「不敢當善公盛讚！」趙君用連忙擺手，「不殺無辜，善待百姓，乃是我徐州紅巾上下起兵之初就奉行的圭臬。晚輩以為只有如此，我徐州義軍才當得起一個『義』字。日後史家提起我等所為，才不會將我等歸入盜拓，黃巢之流。」

「君用亦畏史家之言乎?!」逯魯曾眉頭微微上挑，眼裡迸發出兩道炙烈的光芒。

「史筆如刀，豈能不畏！晚輩此生已成蹉跎，怎敢身後再留下千秋罵名？」趙君用嘆息著回應。

這兩軍話說得雖然都極為短暫，卻將彼此的心態透露了個清清楚楚。逯魯曾覺得心臟一陣狂跳，努力壓制著，退回自己的座位，緩緩說道：「如此，君用今天肯定不是為了侮辱老夫而來！」

「善公身負盛名，君用豈敢做那無聊之事，與天下儒者為敵。」趙君用笑道：「況且善公又豈是那肯為威逼利誘所動之人？晚輩之所以拖到現在才來見善公，就是因為心中一直沒權衡清楚，不想早早地過來自討其辱而已。」

「如今，君用可權衡清楚了？」逯魯曾端起茶碗，試圖往嘴裡倒，卻發現自己的手抖得厲害，根本無法將茶水端平。

「善公何必明知故問！」趙君用的聲音非常平靜，好像為這一刻準備了很長時間一般。「晚輩非但自己權衡清楚了，並且說動了李總管，願意放下兵器，聽候朝廷處置！」

「嘩——啦！」逯魯曾手裡的茶杯終是沒有端住，大半杯水一下子倒到了自己懷裡。他卻絲毫不覺得燙，盯著趙君用的眼睛追問：「此話當真？」

「大人想必也知曉，我等原本就是因為不願成為餓殍，才做出此忤逆之事！」趙君用誠摯地說道：「如果朝廷肯給予寬大處置，我等願意交出兵器，回家務農！望前輩能如實上達天聽，趙某和徐州紅巾上下八萬子弟必將視前輩為再生父母，永不辜負活命大恩！」

「這，且容老夫想想。」逯魯曾再也顧不上裝大義凜然狀，圍著桌案不停地轉圈。

被俘之後，念及自己的家人大部分還住在大都，兩個兒子和孫子、孫女們也都生活在朝廷的統治範圍內，他想得最多的，就是寧願拼上一死，也不接受紅巾軍的招攬，以免禍及家人。但是在內心深處，求生的願望卻和當初從水裡爬出來時一樣的強烈，無論默念多少儒家典籍，寫多長的詩詞來表明必死之志，都無法將這個願望壓制得下！

如今，**一個兩全其美的選擇終於送上門了**！自己活著回去，並非是貪生怕死，而是欲替朝廷早日平定徐州紅巾；不但不會拖累家人，功過相抵，先前打了敗仗的事應該也不會受到任何懲處！

而打不贏就招安的事，朝廷不是沒有先例在。方谷子屢降屢叛，為禍東南多少年了？眼下朝廷不照樣要封他做領軍萬戶！芝麻李占的地盤比方谷子大，麾下部眾比方谷子多，授他一個漢軍指揮使做，又有何不可？倘若將這八萬雄兵抓在手中，什麼潁州劉福通，什麼蘄州徐壽輝，平定的時間指日可待！而自己因為替朝廷招安了一支勁旅的大功……

想到這兒，逯魯曾心裡一片火熱。

「若此事得成，日後這歸德路中，必然有你一個位置。事不宜遲，你快將徐州紅巾的要求寫下來，老夫定然全力替爾等玉成此事！」

「我徐州紅巾的要求其實很簡單！」趙君用恭敬地道：「只有招安、授官、過往之事一筆勾銷三條。因為這是大總管和晚輩等幾個人的決定，不敢讓更多弟兄知曉，所以也不敢落於紙面上，還請善公見諒！」

「理當如此，理當如此！」逯魯曾連連點頭。

如果趙君用想都不想就開始提筆寫清單，逯魯曾絕對會認為其中必定隱藏著什麼陰謀。而趙君用嘴上說得痛快，卻死活不肯將要求落在紙面上，在逯魯曾看來，恰恰說明他和芝麻李二人真的想如方國珍那樣，用手中的將士換一場個人富貴，招安之心反而確鑿無疑！

趙君用怕他自己的推脫舉動惹得逯魯曾起疑，又拱了拱手，信誓旦旦地說：「老大人有所不知，學生在起兵之初，就一直跟芝麻李說，一定不能把事情做絕，斷了自家後路，所以我徐州紅巾至今沒切斷運河水道，並且活動範圍僅僅限於黃河以南，上次為了救人，才提大軍到北岸走了一趟，也是去去就回，沒打算攻打任何州縣！」

「嗯，這點老夫自然會向萬歲當面說明！」逯魯曾向北拱了拱手，保證道。

的確與其他紅巾勢力急著四下攻城掠地不同，徐州紅巾造反到現在也有八個月了，勢力卻沒有迅速向周邊地區擴張，對近在咫尺的運河，也只是接管了原本就存在的關卡，照常收稅而已，根本沒試圖切斷南北航運。

以前朝廷上下沒有人考慮過這兩件事背後的深層含義，如今看來，卻是芝麻李和趙君用兩個早就在向朝廷示好了，奈何明月照溝渠，滿朝文武，除了天天叫嚷著要將徐州紅巾上下殺光之外，誰也沒意識到芝麻李和趙君用兩個的良苦用心。

正感慨間，又聽趙君用急切地道：「還有，半月前在黃河以北，我徐州紅巾悍將朱八十一，以少擊多，大敗途中偶遇的阿速左軍。最後卻把俘虜全都讓當地士紳花錢贖了回去，不曾亂殺一個。此番與大人會獵於南岸，所俘鹽丁只要願意離開的，徐州紅巾也將他們都盡數遣返，並且各自發給了川資，以免他們騷擾沿途百姓！大人，我等為何這樣做，難道您老還看不明白麼?!」

「明白，明白！君用，你儘管放心，一切都包在老夫身上！」逯魯曾眼前頓時出現一夥被逼上梁山，卻天天盼著替天子效力的義士形象，想都不想便大聲承諾。

此時民間雜劇中，出現得最多的人物，就是根據《大宋宣和遺事》所演繹出來的梁山一百零八條好漢。並且每一位好漢都懷著忠義之心，只是為奸臣所迫才落草為寇。最後則一道選擇受了招安，為朝廷四處征戰，百死不悔。

逯魯曾博聞強記，對民間這些喜聞樂見的折子戲，自然是了熟於心，平素跟那些蒙古、色目官員應酬，有限的幾項共同愛好裡邊，坐在一起聽戲便是其中之一，因此根本不用細想，便給芝麻李和趙君用等人定了位。

那英勇善戰的芝麻李，瞬間就化作了托塔天王晁蓋，而眼前苦苦哀求要自己向朝廷轉達善意的趙君用，不是及時雨宋江又是哪個?!

至於毛貴、彭大和朱八十一等，在逯魯曾眼裡，都與傳說中的燕青、李逵、盧俊義對上了號。包括剛剛投降徐州紅巾的胡通甫和耿德甫，也隱隱與索超、呼延灼等人暗合，只是未曾像後者那樣被朝廷重用而已。

他自己則成了如假包換的宿太尉。一百零八名忠義之士的引薦人，大宋徽宗皇帝身邊唯一一個忠直之士，貪官污吏和權臣的死對頭，名字日後必將隨著宋江、李逵等人的事跡一道傳唱千古。

「大人！除此之外，晚輩還有一個不情之請！」趙君用的話清晰地傳來，將逯魯曾從折子戲裡拉回現實。

「但說無妨！」逯魯曾不知不覺間用上了戲臺上的動作，左手胸前輕擺，右手捋著濕漉漉的鬍鬚說道。

「此番招安，只是李總管和晚輩兩個想為徐州紅巾上下八萬子弟尋一條出路，此番苦心未必能被所有弟兄們知曉。因此事成後，晚輩請求拜入老大人門下，以便日日聆聽教誨，如果能得償所願，晚輩將感激不盡！」

說罷，又是長揖及地。

逯魯曾聽了，心中怎能不一片滾燙！趕緊伸出手去，將趙君用拉起來，正色道：「好，好。事了拂衣去，恰是我輩君子所為，老夫應下了，老夫現在就可以收下你！」

「善公且慢！此刻招安之事未成，晚輩不敢以戴罪之身侮辱了師門！」趙君用卻掙扎著拜了下去，哽咽著說道。

「好，好！」感覺到對方的良苦用心，逯魯曾連連點頭，「就依你。為師這就起身，替你去大都城跑一趟，即便拼著被天下人誤會，也一定要將你徐州上下這八萬子弟重新引回正途！」

「白日出行恐怕會引起許多不必要的麻煩，晚輩與李總管商議過了，今夜亥時，親自送老大人去運河上。晚輩已經悄悄為大人買下一艘輕舟，船上的水手都是商販代為出面雇的，誰也不知道您老的真實身分。連夜出發的話，明日上午您老就能抵達濟州！」趙君用為逯魯曾細細說明。

「好，一切都依你！」此刻，逯魯曾已經完全被自己勾勒出來的景象佔據，根本無暇去思考趙君用所言的真偽，無論後者說什麼都連連的點頭。

趙君用則趁熱打鐵，把一些其他將領期望得到的官職也統統說了出來，並且提醒逯魯曾，其中哪幾個將領對招安之事抱著厚望，哪幾個其實認為招安可有可無，隨時都可能變卦。總之，事不宜遲，朝廷越早做出決定，越容易令徐州軍上下歸心，千萬別猶豫來猶豫去，導致將士們性子都變得野了，連自己這個長史都無法左右。

逯魯曾立刻將所有要求都謄寫在紙上。並且向趙君用表示，自己離開後，他和芝麻李依舊可以對外界擺出一副進攻姿態，只要不攻克宿州、濠州這些大城市，朝廷就不會追究，以免在朝廷考慮招安與否的這段時間內，被軍中的狂悖之徒鑽了空子。

對老夫子如此體貼的安排，趙君用當然滿懷感激的答應了下來。然後師徒二人又坐在一起說了許多貼心的話，看看天色已晚，才依依不捨拱手告別。

到了夜晚亥時，趙君用果然帶著一小隊士卒，拿著芝麻李的手令，將逯魯曾和他的家僕送出了徐州城外。

碼頭上，也果然有一艘小舟等在那裡。船艙內，床榻桌椅，筆墨紙硯，臉盆水壺，一應俱全。連同蚊帳被褥都是嶄新的，邊角上還縫著揚州某大商號的標記，一看就知道價值不菲。

除了生活用品外，趙君用還趁著家僕和隨從們誰都沒留意時，悄悄地塞給逯魯曾一把鑰匙。告訴他，床底下的箱子裡另有一些壓艙之物。等到了安全地點後，就可以取出來，作為在京為徐州軍上下奔走的開銷。如果不夠用的話，只要派遣一名心腹帶著信來徐州，自己立刻就會再送上一筆過去，絕對不會讓師門為此倒貼！

「君用太仔細了！」逯魯曾感動得眼睛發酸，拉著趙君用的手低聲致謝。

後者卻搖搖頭，用極低的聲音說道：「這些都是從貪官家裡抄來的不義之財，晚輩借善公之手歸還給朝廷，也算物有所用。此地不宜久留，善公速速動身為好，待事成後，晚輩再於徐州城中謝善公拯救之恩！」

說著話，快步走到船頭，將身體輕輕一縱，幽靈般落到碼頭上，隨即又向逯魯曾躬身施了禮，大步流星的去了。

「船家，快起錨！」

不待岸上的人影融入黑暗中，家僕已經大聲催促起來。

「哎，客官坐好了！開船嘍——！」隨著夥計們的答應聲，輕舟微微晃了晃，如同樹葉般從水面上向北滑了過去。轉眼間，就將徐州城遙遙地拋在了身後。

「啊！」逯魯曾狠狠咬了一下自己的手指，確信眼前一切不是做夢，立刻鋪開紙張，給朝廷寫起奏摺來。先為自己喪師辱國之舉狠狠地請了一番罪，然後又鼓動生花妙筆，將自己如何臨危不懼，舌戰徐州群雄，終於喚醒了對方的忠義之心決定接受招安的事一一奏明。

為了促成朝廷接受此事，在奏摺末尾還特地強調，徐州紅巾接受招安後，自已可以帶著他們去攻打劉福通、布王三、徐壽輝等賊人。五年之內，一定還朝廷一個四海清平，再不聞兵戈之聲！

一夜當中數易其稿，直到天光放亮，才終於滿意地放下筆，準備上床休息。誰料還沒等把外邊的長衫脫下來，腳下船板忽然猛的一頓，將他整個人甩到艙門口，登時摔了個七暈八素。

「怎麼開的船啊！哎呀，疼死老……」

逯魯曾大怒，揉著屁股跳起來，吹鬍子瞪眼。沒等一句話說完，耳畔忽然傳來一陣熟悉的號角聲，「嗚嗚，嗚嗚，嗚嗚嗚嗚——！」

他驚愕地抬起頭，看見有一支規模浩大的運輸船隊已經塞滿了正前方的河面。運河兩岸，旗號遮天蔽日，數不清的將士滾滾而來，直撲自己眼前。

兩面寫滿八思巴文的戰旗，高高地挑在右岸隊伍的正前方。戰旗下，有位渾身金甲的蒙古將軍騎著高頭大馬，威風不可一世。

那些蒙古將士極為兇悍，見到岸上來不及逃走的商販腳夫，立刻策馬圍攏上去，不由分說先捆到一邊；見到拉貨的馬車、牛車，也是立刻用長矛短刀在上面亂捅，登時間將運河兩岸禍害得血流滿地，哭聲震天。

河道中的大小船隻也全都被攔下來接受檢查。提著刀的高麗僕從兵們口口聲聲說是嚴防有紅巾軍細作向徐州報信，實際上，兩隻眼睛卻盯著船老大的荷包，凡是能拿出令官兵們滿意的買路錢者，一律當順民對待；那些掏錢稍微不爽利者，則一刀劈下水去，全船財貨都被當作賊贓充公。

逯魯曾親眼看到就在自己前方不到五十步遠的位置，有艘與自己所乘一模一樣的輕舟，被發了狂的蒙古兵掀了個底朝天。船上的乘客無論老幼，無一倖免。他扯開嗓子，衝著岸上大聲叫道：「滄海老弟，我是淮南宣慰使逯善止！滄海老弟，咱們三個月前還在一起吃過酒，難道你忘了麼？」

「我家大人是淮南宣慰使！與你家大帥是一起喝過酒！」幾個家僕嚇得魂飛魄散，也扯著嗓子吶喊。

那些乘著小舟「檢查」過往船隻的高麗僕兵聽不懂漢語，聽到有人大聲求救，立刻撲了過來。岸邊正在燒殺劫掠的蒙古馬隊也各自分出十幾名騎兵，對準停在運河中央的輕舟彎弓搭箭。

眼看自己就要糊塗地被亂箭穿身，逯魯曾忽然福靈心至，扯開嗓子，用不標準的蒙古語喊道：「月闊察兒，你個有娘沒爹的帶犢子！你有種今天就殺了老子，否則老子這輩子跟你沒完！」

這下子，那些正在彎弓搭箭的蒙古騎兵都傻了眼，不知道船上的白鬍子老頭到底仗了哪個的勢，居然敢當著上萬人的面罵月闊察兒是野種。

當即有名百夫長策馬跑到月闊察兒身邊，提醒他河面上出現了一個特殊的人物。

月闊察兒正看手下兵卒殺人放火看得熱鬧，聞聽百夫長的彙報，皺了皺眉頭，不屑地回道：「苦哈哈在河面上討生活的，怎麼可能是什麼了不得的大人物，怕是嚇瘋了順口亂嚷嚷吧！殺了，殺了，老子才沒功夫管他是什麼來頭！」

「是，大人！」百夫長響亮地回答了一聲，卻沒敢立刻去執行命令，只小心翼翼地提醒，「但是他會說咱們的話。還敢罵您！」

「敢罵我！活得不耐煩了！給我拉上岸來，綁到馬尾巴後拖死！」月闊察兒聽了，立刻火冒三丈。瞪圓了一雙肉眼泡，大聲令道。

「是！」百夫長答應了一聲，還是不敢輕舉妄動。

這年頭，漢人的命普遍不值錢，但某些特別的漢人，卻也不是隨隨便便就能殺掉的，對方既然敢在大庭廣眾之下罵月闊察兒，保不準是朝中另外一派高官的家奴，如果問都不問清楚就砍了他，少不得要給自己惹一堆麻煩。

「怎麼還不去！莫非你覺得他罵得不夠過癮麼?!」月闊察兒不理解手下的良

苦用心，舉起鞭子，厲聲質問。

話音未落，又有一個百夫長策馬跑了過來。遠遠地喊道：「報！平章大人，那老頭手裡有個金印，好像的確是個當大官的！」

「大官？乘一個巴掌大的小船趕路？咱們大元朝的官兒，什麼時候變得如此不堪了？」

月闊察兒愣了下，有些不相信手下人的彙報，鐵青著臉問：「你沒看錯嗎！他叫什麼？在哪裡任職？」

「啟稟平章大人，他會說咱們的話，自稱叫什麼轆轤，還說跟您在一起喝過酒！」後面趕來彙報的百夫長，心思明顯比第一個仔細，補充著說。

「轆轤?!」月闊察兒愣了愣，伸出胖胖的手掌在自己頭上猛的拍了一下，「嗨呀！我知道了，是逯魯曾這老頭！你們沒把他怎麼著吧？那老頭早就該死了，但是不該死在咱們手裡！」

說著話，滿臉的怒火瞬間消失無影無蹤，雙腳用力一點馬鐙，風馳電掣般衝到河岸邊，朝著正圍在逯魯曾坐船四周的高麗僕兵喊道：「奶奶的，全都給我住手，敢碰逯大人一根汗毛，老子將你們全都拖死！」

罵完了高麗僕兵，他又趕緊換了副笑臉，向已經嚇癱在船板上的逯魯曾喊道：「逯大人，恕小弟對手下約束不嚴，讓你受驚了！該打！」

「月闊察兒！」逯魯曾手扶著一名駕船的夥計，努力站了起來，向著岸上大聲咆哮，「縱兵劫掠，濫殺無辜，你以為沿岸的地方官和監察御史們都是聾子和瞎子麼？」

「縱兵劫掠？」月闊察兒將頭四下轉了轉，然後滿臉無辜地回道：「誰縱兵劫掠了？小弟剛剛殺退了一夥紅巾賊，幫助百姓將貨物從賊人手裡搶回來才是！逯大人您老眼昏花，恐怕是沒看清楚吧？」

「你——！」逯魯曾氣得兩眼冒火，卻拿對方無可奈何。

大元朝的監察御史聽起來位高權重，甚至可以將奏摺直接送到皇帝的手邊上，實際上卻純屬擺設，那些蒙古和色目大臣們無論如何貪贓枉法，欺凌百姓，只要後臺不倒，就根本不會受到任何懲罰。

然而一旦後臺倒了，或者在派系爭鬥中失敗，即使從沒受到過御史的彈劾，罪名也能一抓一大堆，反正這年頭，只要當了官的，就沒一個屁股底下是乾淨的，否則早就被踢出官員隊伍了，根本不可能爬到很高的位置。

「行了，我的逯老哥！」見對方氣得臉色發黑，月闊察兒拱拱手，做出一副討饒的樣子說道：「不就是幾個平頭百姓麼？誤殺了也就誤殺了，難道你還讓我手底下的將士們償命不成?!好了，好了，你別生氣，我會約束他們，讓他們別再胡鬧!來人，傳老夫的將令，把河道上的民船全放了，岸上剛抓到的那些苦力也都放了吧。我逯老哥生氣了，我得給他點兒面子！」

「是！」親兵們答應一聲，立刻策馬去四下傳令。

須臾之後，被軍船堵死的河道中央就讓開了一條狹窄的縫隙，所有被堵在水面上的民船、商船如蒙大赦，立刻篙槳並用，以最快速度逃了個無影無蹤。河岸上，被蒙古兵抓了準備做苦力的商販和百姓也僥倖逃過一劫。

看看命令執行得差不多了，月闊察兒跳下坐騎，來到岸邊，向逯魯曾抱拳道：「這下行了吧。老逯，兄弟我今天可是給足了你的面子，等會兒咱哥倆兒怎麼喝，你自己看著辦吧！」

對這樣一個無賴，逯魯曾只能乾生氣，卻一點兒辦法都沒有，咬咬牙，把一口老血咽回肚子裡，嘆道：「此處距離徐州不過五六十里的路程，你不思替朝廷收拾民心，卻如此縱容屬下，你還怕造反的人不夠多麼？」

「弟兄們趕路不是趕累了麼，總得讓他們找些樂子！」

在月闊察兒眼裡，運河兩岸的普通百姓根本不屬於自己的同類，所以對逯魯曾的指責嗤之以鼻。

「況且這些人能平安通過徐州紅巾的地盤，誰知道他們到底跟芝麻李有沒有勾結?!我派人隨便殺上幾刀，至少讓他們知道，往後不能跟紅巾軍走得太近！」

「你……」逯魯曾氣得眼前又是一黑，手指著月闊察兒，一句話都說不出來。

後者卻毫不為意地笑了笑，道：「對了，逯老哥。不是聽說你給紅巾軍抓去了麼？怎麼，他們竟然這麼快就把你給放了！是你許給了他們什麼特別的好處，還是你家裡人見機得早，提前就預備好了贖金？」

「你，休得胡說！」逯魯曾顧不上跟月闊察兒計較什麼縱兵殘害百姓之罪，瞪著眼嚷嚷道：「老夫能脫身，自然有老夫的理由！眼下不方便讓你知曉。倒是你，月滄海，你帶著這幾萬兵馬又要到什麼地方去亂搶亂殺？」

「什麼叫亂搶亂殺啊，我的逯老哥。你真是不識好人心！我這是趕著去徐州救你啊！」月闊察兒用力擺手。「本來我是奉命去汴梁，與也先帖木兒會師，然後跟他一道去征剿劉福通的。結果才走到半路上，就聽說你給徐州紅巾抓了去，接著就接到聖旨，叫我火速殺往徐州！剿了芝麻李，將老哥你給陛下帶回去！活要見人，死要見屍！」

「萬歲——！」逯魯曾噗通一聲跪在甲板上，面向北方，涕泗交流。「老臣無能，喪師辱國，還害得萬歲您為老臣擔心。老臣——嗚嗚——罪該萬死——嗚嗚——！」

月闊察兒先是一愣，然後忍不住調侃道：「行了，我說老逯！這裡離著大都城好幾千里地呢！你在這兒哭，皇上怎麼可能看得見。趕緊起來，河上風大，小心吹壞了身子！」

「嗚嗚——嗚嗚——嗚嗚——」逯魯曾根本不肯聽他的勸，只是長跪在甲板上放聲嚎啕，彷彿要把這些天來所受到的驚嚇和委屈，全都痛痛快快地哭出來。

「你們都是死人啊，趕緊把船撐到岸邊，把老爺子給我扶上來！」月闊察兒被他哭得心煩，乾脆把頭轉向船上的家僕和夥計，大聲喝令。

「是，這就划，這就划！」

夥計頭目陳小二嚇得一縮脖子，趕緊撐起竹篙，將逯魯曾的座舟給靠了岸。四個逯府的忠心家僕攙胳膊的攙胳膊，抬大腿的抬大腿。在撐船夥計們的幫助下，費了九牛二虎之力，總算將逯老夫子弄上了岸。抬到一匹臨時空出來的駿馬背上，讓他與月闊察兒並轡而行。

見逯魯曾依舊哭得上氣不接下氣，月闊察兒決定使出一記狠招。

「我說老逯啊，你就先別哭了！趕緊好好想想，怎麼把這一仗失敗的原因解釋清楚，我聽大都城裡的朋友說，眼下可是有不少人正在勸皇上砍你的頭呢！」

「啊！」像被堵了馬糞一般，逯魯曾的哭聲戛然而止。

蒙元皇帝下旨給月闊察兒，讓他一定把逯魯曾給帶回去，活要見人，死要見屍，可沒說過寬恕了他喪師辱國之罪；而光從損失軍隊的總數量上算，他此番戰敗之慘，遠遠超過了近十年來朝廷的任何一次失利，被判個抄家滅門都不為過！

唯一的解決辦法，就是促成徐州紅巾招安一事，將功抵過，而月闊察兒的大軍已經馬上就抵達黃河渡口了，即便走得再慢，距離徐州充其量也不過是一天半的路程，此刻想要讓他把大軍停下來，難度可比登天！

正呆呆地想著，又聽見月闊察兒嗤嗤地笑說：「老逯，不是我說你。你一個文官，攙和這剿匪的事情幹什麼啊？三萬鹽丁，聽起來人數的確不少，可那跟三萬隻羊有什麼區別?!帶著他們去征繳芝麻李那種大寇，從一開始你不就是找著送死麼?!」

「這——」逯魯曾痛苦地呻吟了一聲，心亂如麻。

一開始組建淮南軍的時候，他也覺得朝廷此舉有失考量，然而男兒何不帶吳鉤的雄心，又燒得他硬著頭皮將隊伍拉了起來，現在經月闊察兒一點撥，才赫然發現此事**恐怕另有蹊蹺**。

「你雖然是個文官，但兵馬未動，糧草先行的道理，總應該懂吧？那可是你們漢人寫在書裡的，不是我們蒙古人的說法！」

月闊察兒的聲音繼續從耳畔傳來，像毒蛇一樣吞噬著他的心。

「你去淮南徵召鹽丁成軍，糧草、輜重、軍餉這三樣，有人替你張羅麼？就淮南那個窮地方，朝廷不給你錢糧，你憑什麼讓鹽丁替你拼命?!人家也有老婆孩子，死了誰管啊！」

「這——」逯魯曾冷汗淋漓而下。連月闊察兒這個豬一樣的莽夫都能看出來的圈套，自己居然一頭就鑽了進去。

逯魯曾啊，逯魯曾，你一大把年紀活到狗身上了麼?!

「走吧！有些話，咱們哥倆紮營後再細說！」偷偷看了看逯魯曾的臉色，月闊察兒非常「體貼」地補充。

甭看他長得又矮又胖，言談舉止都像一頭蠢豬，實際上，此人心機深沉異常，自打見到逯魯曾第一眼開始，就已經想好了如何將後者綁在自己的馬尾巴上，所以說出來的每一句話都非無的放矢。

逯魯曾為什麼會被派去號召鹽丁？具體原因在蒙元頂級貴族的圈子裡，幾乎人人心知肚明！但並不是每個人都像脫脫一樣，巴不得逯魯曾早死，中書添設右丞哈麻、哈麻的弟弟雪雪，還有監察御史袁賽因不花等人，就暗中一直在蒙元皇帝妥歡帖木兒身邊遊說，勸其謹慎處置此事。

那妥歡帖木兒幼時親眼目睹自家母親死於權臣之手，繼位後又被伯顏操控多年，所以最忌憚大權旁落。而眼下脫脫兄弟，一人在中樞為相，一人在外統領大軍，隱隱有第二個伯顏家族的趨勢，因此妥歡帖木兒在倚重脫脫兄弟之餘，也在悄悄扶持哈麻、雪雪、月闊察兒等人，試圖讓後者與前者分庭抗禮。

所以本著「**政敵想要做的我一定要反對**」的原則，月闊察兒不願讓逯魯曾輕易地死掉。此外，逯魯曾這個漢臣雖然在朝堂中影響力有限，卻素負剛正敢言之名，把他拉到自己這邊，日後再想對付脫脫，此人就是**跳出來點火的不二之選**。

輸了對哈麻、雪雪、月闊察兒他們這一派來說不會傷筋動骨，萬一幸運地一口咬到了關鍵處，就可以一勞永逸地將脫脫、也先帖木兒兄弟打翻於地，永遠甭想再翻身！

第十章

巨龍咆哮

轟隆隆！黃河的水跟著發出了憤怒的咆哮，
驚濤拍上橋面，將更多的北元將士拍下去。巨龍發怒了。
這條被無數華夏人視為母親的巨龍，終於發出第一聲怒吼，
伴著火炮的轟鳴，將強盜和幫凶們一併掃進了滾滾洪流之中！

此刻逯魯曾心亂如麻，哪裡想得到月闊察兒正試圖將自己綁上他那一派的戰車！騎在馬上，失魂落魄的走著，邊走邊不斷地抹淚嘆氣，直到中午紮營吃飯的時候，才恢復幾分精神，試探地跟月闊察兒探討起招安徐州紅巾軍的可能性來！

月闊察兒正用刀子挑著一塊羊背肉大嚼，聽到逯魯曾的暗示，嚇得一哆嗦，差點把刀尖直接捅進自己的喉嚨裡！

「我說老逯，你沒被嚇糊塗了吧！紅巾賊抓了你，卻又可憐巴巴地請你幫他上奏朝廷，願意接受招安，這不是明擺著**利用你來行緩兵之計**麼！」

「不，不是緩兵之計！」逯魯曾臉一下子紅到耳根上，拼命搖頭否定，「他們用心頗誠，接連兩次大獲全勝，都主動把被俘的官軍釋放了，明顯是在給自己留後路。此外，當年方國珍擒了朵兒只班，不也是這樣做的麼？我記得朝廷當即就答允了他，並且原諒了他的背信！」

「方國珍是方國珍，芝麻李是芝麻李！」月闊察兒從羊肉上抽出刀子，用刀尖剔著牙說。

「有何不同？」此刻逯魯曾手中沒有一兵一卒，只能耐心地向對方求教。

「這不很明顯嘛，芝麻李手下的人太多，是方國珍的十幾倍！」月闊察兒白了他一眼，沒好氣的說：「方國珍再背信棄義，能波及的也不過是一縣之地，而芝麻李萬一翅膀硬起來的話，掃遍的就是半個河南江北行省！」

「呃——！」逯魯曾半晌無言以對。

芝麻李的勢力太大，即使被招安，朝廷也無法放心，不像方國珍，手下就幾千海賊，再怎麼折騰也成不了多大的氣候。

道理是這個道理，作為崇天門下唱過名的進士，逯魯曾一點都透，可如果不促成芝麻李的招安，他就無法洗清自己的罪責。再者說，如果能把徐州紅巾牢牢地抓於手中，今後漢臣在朝堂上，說話的底氣就要硬得多，無論是脫脫一派，還是哈麻一派，都不會再把他們當成擺設。

想到那個光明美好的未來，逯魯曾咬了咬牙，繼續做最後的努力。

「芝麻李麾下的長史趙君用答應老夫，如果朝廷像對待方國珍那樣招安他們，他們願意替朝廷去攻打潁州紅巾；另外，凡是替他們奔走的人，他們都會將半年來在徐州所得，分一半奉上，絕不讓大夥替他白做人情！」

月闊察兒一聽，眼神立刻亮了起來。徐州緊鄰著運河，且不說城破時從達魯花赤和其他官員府裡抄到的錢款，單單算半年來運河上設卡收費所得，就不會是太小的數目。

不過，只是短短一瞬之後，他的眼神就又黯淡下去，搖著頭說：「老逯，有這等好事，你怎麼不早點跟兄弟我說？眼下我都快到黃河邊上了，你再勸我把刀子插回鞘中，不是太晚了麼？」

「這個——」逯魯曾想了想，紅著臉說：「是稍微晚了些，但是如果能不戰而屈人之兵，不更顯得您智勇雙全、聲威蓋世麼？」

月闊察兒將刀子朝面前一甩，入案盈寸。

「實話跟你說吧，老逯，兄弟我真的沒法幫你這個忙，你換在我這個位置上想想，兵馬都到了黃河邊上，卻為了一個無法確定的招安之請頓足不前，萬一那芝麻李過後不認帳，錯失戰機這個責任，誰背負得起?!

「再說了，我現在手中兵強馬壯，弟兄們士氣如虹，那芝麻李卻接連打了兩仗，師老兵疲，明明再向前幾步就唾手可得的戰功，我為什麼要冒險等你回去弄什麼招安?!萬一朝廷不願意招安這幫紅巾賊，你一來一去至少小半個月，這半個月時間，芝麻李早緩過氣來了，我再過河去打他，哪還會像現在一樣贏得輕鬆?!」

一連串的問話，令逯魯曾面如死灰，再也說不出半個字來！

月闊察兒見此，推心置腹地說：「老逯，兄弟我知道你需要一場功勞自保，就憑咱們倆多年的交情，兄弟我也不能眼睜睜地看著你被別人害死。這樣吧，你就在我軍中住著，哪也別去，等打下了徐州，我就把功勞分你一份，說你用招安的手段麻痹住了芝麻李，所以我才能順利殺到徐州城下。你說，兄弟我夠不夠義氣?!」

想到趙君迫切的面孔，再想到自己被俘後受到的善待，逯魯曾心裡好生難過。然而，難過歸難過，作為朝廷的忠臣，他絕不可能派人去給徐州軍通風報信，讓後者趕緊做好迎戰準備，更不可能冒著得罪月闊察兒的風險，跟後者硬抗。

思前想後，終是發出一聲長嘆。把昨天趕了一夜的奏摺揉成了團，順手丟進了火堆中。

他失魂落魄地跟著月闊察兒向南開進。

傍晚酉時，再度抵達了黃河渡口。

那守衛渡口的徐州紅巾士兵顯然被打了個措手不及，稍稍抵抗一下，就放棄了浮橋，落荒而逃。

月闊察兒明白兵貴神速的道理，立刻派出一萬高麗僕從兵馬，冒著被徐州紅巾半渡而擊的風險，從浮橋上衝到了黃河南岸，建立起一個穩固的陣地。

隨即又將麾下一萬蒙古騎兵分為兩波，一波渡過河去，加強防禦，以免芝麻李趁夜來搶奪浮橋；另外一半，則與剩下的萬餘高麗僕從一起駐紮在黃河北岸，保護船上的糧草輜重。只待明天日出之後，就殺過橋去，向徐州城下推進。

待安排好一切，天色徹底黑了下來。月闊察兒在北岸的中軍帳裡擺下酒宴，替老朋友逯魯曾壓驚洗塵。

逯魯曾心裡覺得對不住徐州紅巾，只喝了兩巡，就醉成一團爛泥。酒宴何時結束的，自己又是如何離開中軍大帳的，一概不得而知。

黎明時分，他做了一個噩夢。夢見自己與脫脫、月闊察兒等人一道攻破了徐州城，將城中的八萬紅巾將士還有十多萬居民，不分男女老幼，殺了乾乾淨淨。

那又熱又濃的人血，順著城門淌了出來，一直淌進滾滾黃河之中。後來，整個黃河水都變成了血一般顏色，燃燒著，燒得天地之間一片耀眼的紅！

天庭失火了，神仙們忙得焦頭爛額，**人間的慘劇，他們顧不上管，也沒有能力管！**

那來自靈魂深處的火焰燒得極烈，就連現實中的逯魯曾，都隱約感覺到了它的炙熱。

正迷迷糊糊間，忽然感覺到一陣涼風，緊跟著，就聽見有人在自己耳邊驚慌地喊道：「大人，大人，快醒醒，走水了，走水了——！」

「燒吧！全都燒乾淨了才好！」逯魯曾緊閉著眼睛，於半夢半醒間心灰意冷地說道。

讀書、考功名、輔佐明君，建立太平盛世，年少時的夢想，到老來回頭再看，才發現根本就是個笑話！

在朝堂上當了一輩子擺設不算，眼睜睜地看著十餘萬百姓被屠殺殆盡，自己卻連個屁都沒敢放！那可是十幾萬活生生的人，與他有一樣的膚色，一樣的頭髮，操著一樣的語言，穿著一樣的衣服！活生生的十幾萬人，不是十幾萬棵野草！

雖然他們被稱作草民，但從他們軀體裡淌出來的是紅色的血，而不是綠色的汁液，十幾萬人的血，足夠匯成一條大河！

「大人，快醒醒！快醒醒啊！水寨起火了，糧食還有輜重全都被燒了！」家僕急得滿頭大汗，抱住逯魯曾的肩膀一通亂搖。

費了好大的勁兒，才把老夫子從噩夢中重新拉回現實，逯魯曾睜開眼，順著四敞大開的帳篷門口向外看了看，嘴裡登時發出一聲驚叫，「啊——！你說哪裡著火了？水寨怎麼會著火？大軍還沒殺進徐州城裡去嗎？」

「哎呀！我的大人啊，您昨天到底喝了多少酒啊！」家僕被問得一愣再愣，哭笑不得地說：「昨天晚上咱們在北岸紮的營，這天還沒亮呢，怎麼可能就殺進了徐州城裡頭？這回慘了，幾萬大軍的糧草輜重全都燒了，還去剿人家芝麻李呢，不被芝麻李剿了就不錯了！」

「什麼？你說糧草輜重都在船上？」逯魯曾晃了晃腦袋，迷迷糊糊地追問。不知道為何，他心裡突然覺得一陣輕鬆。

糧草輜重都燒了，月闊察兒便不可能餓著肚子去攻打徐州。等地方官把新的軍糧運送過來，他早已乘著輕舟到了大都，把芝麻李和趙君用的招安請求送到陛下案頭上。屆時，夢裡的徐州屠城就不會再發生，自己也不會背負上十幾萬人的血債，永世不得安寧！

「不在船上，還能放哪去！」忠心的家僕拿自己的糊塗老爺沒辦法，只好清清嗓子，耐心地解釋：「昨天到達渡口時，月闊察兒大人怕受到芝麻李的夜襲，就讓運送糧草和輜重的大船都停在北岸，還單獨立了一個水營，禁止任何人靠近，誰知道會發生這種事！剛才小的聽見外邊一片大亂，爬起來一看，水寨已經——」

「哎呀！壞了！」忠心的家僕突然一聲大叫，「大人，您的船也泊在水寨那邊，船上的箱子一個都沒卸下來！」

「我的船？」逯魯曾在地用力地晃動腦袋，花白的頭髮四處飛舞。

自打昨天遇到月闊察兒之後，他就一直有些魂不守舍，根本沒心思去管自己的船被後者安置到了什麼地方，更沒心思去管趙君用贈送給自己的財物到底該怎麼處理。

此刻被家僕一提，立刻追悔莫及，那可是整整大半船財物啊，除了床底下箱子裡的珠寶字畫，下面壓艙的還有不少金銀和銅錢。原本打算帶回大都城，替趙君用上下打點，這下，全都跟著月闊察兒的軍糧一起燒了個精光！

正懊惱得眼前陣陣發黑的時候，耳畔卻又傳來其他家僕惋惜的聲音：「哎呀！陳小二他們幾個也都睡在船上呢！這回完了，整個水寨都燒了，他們連跑都沒地方跑！」

「夥計們也在船上?!」逯魯曾瞪圓了眼睛追問，滿臉愕然。

軍營重地，肯定不能隨便放身分不明的人進入，可他逯魯曾麾下的家僕和船夫除外，畢竟他是大元朝堂堂淮南宣慰使，月闊察兒即便再瞧不起人，沒有聖旨的情況下，也不會公開去搜查他的船、拷問他的僕從！

猛然間，一股寒意從腳底板處直湧上來，竄入逯魯曾心窩。

沒有外人能夠出入軍營，蒙古騎兵不喜歡乘船，運送糧草輜重的貨船上，每艘頂多留下十幾個高麗僕從；跟趙君用送給他的輕舟相比，那些載重超過四百石的糧草輜重船，無異於一座座靜止的靶子。

恍惚間，他彷彿看到一葉輕舟像游魚般，借著夜色的掩護，在糧船和輜重船之間往來穿梭。每經過一艘大船，便迅速將一桶燈油潑在大船上，然後丟下一根火把！

「快救火，快跟老夫去救火！」他不敢繼續往下想，一個箭步竄出帳篷，用和年齡極不相稱的敏捷速度奔向河岸。

「快救火，船都在水裡，直接把水汲上來就能滅火！」

「大人，您慢些，小心腳下！月闊察兒大人已經帶著人過去了，您去了什麼忙都幫不上！」家僕們抱著被子和長衫衝出來，追在逯魯曾身後大聲叫道。

逯魯曾卻對身後的呼喊充耳不聞，眼前閃動的，是一艘飄忽的船影，裡邊還有十幾個看上去極其機靈的夥計，帶隊的夥計頭目叫陳小二，看上去就是個懂事的孩子，在路上把自己伺候得舒舒服服，根本沒想起來去檢查底艙……

如果事實真的如自己所猜，恐怕自己的命要搭上，修武逯氏全族上下三百餘口也得被朝廷殺個乾乾淨淨！

正急得焦頭爛額間，就看見有一艘冒著烈焰的大船，搖搖晃晃地從水寨裡衝了出來，轟隆一聲撞在岸邊上，轉眼間散成了一堆冒著煙的碎片。

「砍斷，把連著船的鎖鏈砍斷。快，快去砍啊！你們這群廢物！誰救下一艘船來，老子給他千夫長做！」月闊察兒跳著腳，衝著麾下的蒙古兵和高麗僕從大喊大叫。

差不多整個北岸大營的將士，都跑到水寨周圍來救火了。浮橋上，還有無數高麗人拎著水桶，急匆匆地朝北岸這邊奔來。

在重賞和官爵的雙重刺激下，很多人用水澆濕了衣服，不顧一切朝正在燃燒著的大船上衝。而那些裝滿了糧草和輜重的大船，昨夜為了避免風浪，而用繩索和鐵鍊串在了一起，短時間內，誰也無法將它們分開。

沒有小船，一艘都沒有！包括被月闊察兒的手下在運河上劫掠來的幾艘小型民船統統地消失了，誰也不知道它們被挪到了什麼地方。

被烈焰照得如同白晝的水面上，如今只剩下被繩索和鐵鍊串在一起的大船，外側的幾艘徹底燒成了一個個火炬，位於內側的大部分船隻卻剛剛才開始冒起青煙。

然而，手忙腳亂的蒙古人和高句麗人，誰也無法將著了火的船和還沒燒起來

的船分離，只能眼睜睜看著烈火越燒越旺，從水寨外圍向內側蔓延。

「澆水，往沒燒起來的船澆水！」逯魯曾急中生智，替所有人出主意。「先把沒燒起來的船澆濕了，阻止火勢蔓延，然後再想辦法把船分開！」

「快，往沒燒起來的船澆水！別救那些著火的，保住一艘算一艘！」四個追過來的家僕也扯開嗓子，將逯魯曾的叫喊聲一遍遍重複。

「快按逯大人的吩咐做，他的命令就是我的命令！」月闊察兒正急得六神無主，聽了逯魯曾的話，立刻毫不猶豫地吩咐麾下將士遵照執行。

很快，便有幾百名渾身被打濕的高麗人，在蒙古將領的逼迫下，冒死衝進了火場，將裝滿水的木桶倒扣在還未完全燒起來的船隻上，此舉果然奏效，轉眼間，就令火勢的蔓延速度降了下來。

「割繩子，先集中力氣割那些沒著火的！」逯魯曾當仁不讓地接過指揮權，跳著腳大喊。

到底是崇天門下唱過名的進士，見識和眼光遠非常人能及，一隊隊高麗士兵拎著朴刀、斧子冒險衝進火場，在繩索和鐵鍊上亂砍亂剁，將幾艘沒著火的大船和其他船隻分離開。

「順著水流向下，撞出一條通道來！別怕，把擋路的船全撞沉，火自然就熄了！」逯魯曾繼續發號施令著。

燒紅的鐵鍊和冒著煙的繩索紛紛斷裂，希望的曙光就在眼前。

「加把勁！逯老頭，今天真多虧了你！」月闊察兒興奮得大叫，三步併作兩步走到逯魯曾身邊，用力朝後者肩膀上猛拍。

然而，逯魯曾突然變成了泥塑木雕，兩眼死死地盯著河道上游，任由他怎麼拍，都不做任何回應。

「怎麼了？老逯，你在看什麼？」

月闊察兒順著逯魯曾的目光向上游看去，只見十幾艘冒著火的小舟順流而下，彷彿一隻隻剛剛孵化出來的鳳凰般，義無反顧地衝進了水寨當中，推著正在燃燒的大船，將整個河面燒得一片通紅！

天庭沒有失火，這團火來自人間，眼下還略顯單薄，有朝一日，必將驅散世上所有黑暗。

「轟隆！」一艘小船突然炸開，將數萬點橘紅色的星星濺落在周圍的幾艘大船上。那些明明已經澆了水的大船，立刻被點起了無數火頭，每一個火頭都跳躍著，發出妖異的光芒，如同地府裡衝出來的數萬隻幽靈，在甲板上翩翩起舞。

它們的確是幽靈，表面是亮紅色，內部卻是呈現藍綠色，水澆上去，非但無法將它們撲滅，反而令火苗跳得更高，更為狂野。

幾名高麗士兵躲避不及，立刻被狂野的火苗星沾到身上，火苗瞬間變成了一條小蛇，貼著濕淋淋的衣服向上爬去，燒得高麗兵們鬼哭狼嚎！

「妖法！」不知道誰喊了一嗓子，原本已經亂成一鍋粥的高麗人顧不上再繼續救火，丟下水桶，爭先恐後地往岸上逃。

而通往岸邊的過道，卻只有窄窄幾條，數千人你推我搡，令所有通道都失去作用，不斷有人失足，下餃子一般朝水裡掉去，隨即被滾滾黃河水一捲，瞬間消失得無影無蹤。

「那不是妖法，是猛火油，色目人從海上運過來的猛火油！」逯魯曾忽然間恢復了清醒，跺著腳大聲叫嚷。

猛火油！肯定是猛火油！只有猛火油的火焰，才會呈現這種妖異的藍綠色。但徐州軍從哪買到這麼多猛火油，裝了滿滿十幾船?!一定是色目人賣給他們的！那些該死的色目人，為了錢，居然什麼都敢賣！

沒人回應他的聲音，船上岸下，剎那間，所有蒙元將士都失魂落魄。如果只是普通走水的話，這場火災還有機會撲滅，然而火災的起因是人為所致，那麼後者絕對不會放任他們從容地救火，並且隨時可能從暗處殺來，給他們致命一擊。

果然，就在水寨中的蒙古士兵和高麗士兵正向岸邊逃命的時候，第二波小舟又從上游黑暗處飄了下來。依舊是十幾艘，**每一艘船上都跳著妖異的火焰，撞進水寨當中炸開，或者與大船緊緊地貼在一起，將死亡的烈焰向四處擴散。**

沒有人再提「救火」兩個字，留在船上的蒙元將士紛紛縱身跳進河裡。雖然他們當中的絕大部分根本就不通水性，然而跳進河裡還有一絲生機，如果留在船上，肯定會變成一堆烤肉。

沒有人願意做烤肉，哪怕上司拿刀逼著！

而災難卻不僅僅來自水上，在黑暗中，有一聲高亢的龍吟忽然響起，「嗚嗚嗚，嗚嗚——嗚嗚——嗚嗚——」貼著地面，**把恐懼送進所有北元將士的心中。**

「趕緊整隊！」月闊察兒猛的跳了起來，聲嘶力竭地喊著。

龍吟聲來自背後，來自黃河北岸，軍營兩側。徐州紅巾早就埋伏在那裡，等**著他跳入陷阱，而他，卻信了逯魯曾的話，還想去打芝麻李一個措手不及！**

「整隊，整隊備戰！」所有蒙古將領齊齊喊了起來，快步衝向軍營，去取自己的鎧甲和戰馬。

他們都是騎兵，習慣了馬背上和敵人一決生死，沒有坐騎，戰鬥力至少會下降三分之二，然而，徐州紅巾卻不想給他們整軍備戰的機會，很快就在黑暗中露出鋒利的牙齒，幾百匹高頭大馬忽然從黑暗中冒出來，馬背上的漢子們紛紛放平了長槍，像梳子般從軍營門口掠過，將正在朝營門狂奔的蒙元將士成排地挑在長槍上，然後像死魚一樣甩了出去。

戰馬奔騰的速度宛若閃電，轉眼間，便又消失在另一側的黑暗當中。軍營大門處只留下上百具殘缺不全的屍體和一條寬闊的血河。「河」岸南邊，蒙古人和高麗人的腳步戛然而止，兩股戰戰，半晌不敢再向前移動分毫。

「衝啊，趕緊回營去取戰馬！他們沒有多少騎兵！」月闊察兒披頭散髮地用刀鋒逼著將士們繼續前進。

徐州紅巾崛起時間短，黃河以南各地也不適合養馬，所以芝麻李麾下，騎兵數量肯定非常有限。然而，道理是這個道理，血淋淋的屍體在前面擺著，卻是誰也不敢保證那夥剛剛遠去的騎兵什麼時候會再掉頭殺回來？誰也不肯主動往徐州紅巾的槍尖上撞。

正猶豫間，高亢的龍吟聲再度於兩側響了起來。黑暗中，緩緩亮起了數點繁星，伴著龍吟和悶雷，一點點向軍營靠近。

前慌作一團的士卒，帶頭向軍營裡衝了過去。

「快，快回去取兵器！芝麻李的大隊人馬殺過來了！」月闊察兒推開擋在身前慌作一團的士卒，帶頭向軍營裡衝了過去。

所有蒙古和高麗人如夢初醒，尖叫著，互相推搡著，緊緊跟在他的身後。逃命的蝗蟲般，朝著軍營裡猛擠。

遠處亮起的不是繁星，而是徐州紅巾的刀尖反光。黑夜裡，也不知道來了多少兵馬，排著整齊的陣列，大步朝蒙元將士們推了過來。每一步落下，都震得地動山搖。

「擋住他們，跟我擋住他們！」

一名蒙古千夫長嘴裡發出絕望的咆哮，帶領著身邊的百十名勇士，迎面向星光海洋衝了過去。迎接他的是數千支羽箭，帶著風聲從半空中撲了下來，將他們當中的大多數釘死在逆衝的途中。

千夫長一個人身上就插了十幾支，像一隻刺蝟般在地面上旋轉著，嘴裡發出淒厲的哀嚎，「啊——啊——啊——」

一桿標槍飛了過來，徹底結束了他的痛苦。

數百名徐州紅巾，緊跟著標槍從黑暗中現出了身影，每個人身上都穿著齊整的鐵甲，從頭包到腳，手裡的兵器倒映著點點火光。

不快，也不慢，他們邁著整齊的步伐，穩穩地推向亂成一團的北元將士。在他們身後，還有十幾隊同樣規模的紅巾軍從黑暗中走出來，大部分都穿著鐵甲，少部分則挽著強弓，冰冷羽箭一排排射向天空，每一次起落，便奪走無數條性命。

「頂上去，他們沒多少人！」月闊察兒的副手普賢奴挺身而出，組織麾下的蒙古兵上前迎戰，給自家主帥爭取緩衝時間。

他平素御下頗為寬厚，因此很多蒙古兵都願意替他效死力。然而，效死力也只是上前送死而已，在列陣而來的紅巾鐵甲面前，手裡只有水桶和水瓢的蒙古兵，一波波衝上去，一波波像風暴中的麥子一樣被對手砍倒。

「頂上去！平章大人待我等不薄！」有名高麗將領也帶著麾下數百僕從軍，發了瘋般撲向距離自己最近的一支紅巾軍隊伍。

隔著五六十步遠，他們已被紅巾軍中的弓箭手給盯上了。冰雹般的羽箭從半空中落下來，許多高麗人躺在地上大聲哀嚎；少數運氣好者，成功躲過了箭雨，揮舞著木頭勺子繼續向前猛衝，就像一隻隻憤怒的螳螂，試圖阻止滾滾而來的車輪。

螳臂當車註定就是一個笑話。朱八十一帶著麾下的弟兄們向前推了數步，就將攔路的二十幾名高麗人統統砍翻在地上，然後毫不猶豫地從屍體上踩過去，推向了下一個目標。

那個目標是一個蒙古指揮使，揮舞著一把鑲嵌著寶石的大刀，嘴裡唔哩哇啦地發出他聽不懂的聲音。許多赤手空拳的蒙古士兵則圍攏在此人的身邊，既不向前反撲，也不肯立刻轉身逃走，彷彿站在原地不動就能將紅巾軍將士活活嚇退一般。

「丙隊，前方十五步，投！」朱八十一把刀尖向前一指，毫不猶豫地下達了攻擊命令。

走在隊伍第三排的丙隊士卒，立刻把長矛交在左手，右手從身後抽出一根四尺長的短標槍。輪動手臂，「嗖」地一聲，將短標槍送上了天空。

這是羅剎兵的成名絕技，伊萬諾夫手把手教了好幾個月，最近才初見成效。近百根標槍呼嘯著掠過十五步左右距離，一頭從半空中扎了下來，扎進了原地發愣的蒙古武士隊伍當中。

整個隊伍立刻被砸得四分五裂，盡半數蒙古武士被標槍穿透，當場氣絕，還有一少半則突然發出一聲淒厲的長嗥，跟在那名指揮使身後發起了絕地反撲。

連鎧甲都沒顧得上穿的他們，只是在朱八十一面前濺起了幾串血花就全倒了下去。左軍甲隊戰兵的鋼刀上，則黏滿了紅色血水，淅淅瀝瀝順著刀刃往地下淌。

「的的，的的，的的……」

明亮的軍營大門口，忽然傳來一陣凌亂的馬蹄聲。幾十名最先逃回大營的蒙古將士成功取到了戰馬，騎在上面，試圖憑藉一次反擊扭轉戰局。

然而過短的距離，令戰馬無法衝起速度，已經積累了足夠作戰經驗的紅巾軍將士，卻對騎兵失去了原有的畏懼。在前軍都督毛貴的指揮下，迅速分出兩個長槍兵百人隊，迎著戰馬前來的方向蹲下去，長矛尾端頂住地面，矛鋒斜向前指。轉眼間，就在戰馬衝刺的必經之路上組成了一道鋼鐵叢林。

面對密密麻麻的數排長矛，沒衝起速度來的戰馬，本能地選擇了逃避，偏轉身體，試圖從長矛陣的兩側繞路。這個動作，令原本就不是很快的速度變得更加緩慢。

「點火，擲！」毛貴心腹愛將續繼祖當機立斷，帶頭將手雷甩到了馬肚下。「轟、轟、轟、轟……」爆炸聲震耳欲聾。火光起處，十幾名蒙古武士連人帶馬被炸了個四分五裂！

「掌心雷，掌心雷！」僥倖沒被炸到的蒙古騎兵，嚇得魂飛天外。將坐騎向後一拉，撥馬便逃。

「堵住敵營大門！」毛貴和續繼祖卻根本無暇分兵去追，帶領著麾下的長槍兵和擲彈兵，將月闊察兒的軍營正門堵了個水泄不通。見到有人敢策馬往外衝，就弓箭和手雷一起招呼。

不到一半的爆炸率和長短不等的延遲時間，在紅巾軍自己看來，絕對是致命缺陷，然而被堵在軍營中的蒙古騎兵們，則被連綿起伏的爆炸聲嚇得兩股戰戰。第一次接觸到此物的他們，誰也不知道「掌心雷」下一刻會在哪裡爆炸！誰也判斷不了「掌心雷」什麼時候會爆炸？見到一個個冒著火星的鐵葫蘆朝自己馬腿下滾來，立刻亂紛紛向後退去，任月闊察兒如何逼迫，都不敢繼續硬著頭皮朝營門外衝。

「靠過去接應平章大人！只要平章大人的騎兵能衝出來，這仗咱們就贏定了！」月闊察兒的副手普賢奴心急如焚，號召起另外幾夥士氣尚存的蒙古兵，拼命向毛貴的身後擠。趙君用則帶領著五百多名紅巾軍戰兵牢牢將毛貴的前軍護住，不停地丟出手雷和標槍，逼得普賢奴和他麾下的蒙元將士節節敗退。

芝麻李率領著紅巾軍剛組建起來沒幾天的騎兵，再度整理好隊形，從遠處兜了回來。鋼刀之下，蒙古和高麗士兵被殺得血流成河。很快，北岸的元軍就出現了崩潰跡象，一些遠離戰團的高麗人悄悄地丟下木桶和水瓢，撒腿奔向了黎明前的黑暗當中。

在高麗人的帶動下，不少蒙古武士也丟掉武器或者救火的水桶，加入了逃命隊伍。普賢奴急得兩眼冒火，揮動著鋼刀，接連砍了五、六名逃命的士兵，卻無法阻止頹勢。

正束手無策間，就聽逯魯曾大聲道：「調兵，趕緊從南岸調兵，南岸沒有紅巾軍！」

「吹角，從南岸調兵，快啊！」像溺水之人抓到了一根稻草般，普賢奴踹了自己的親兵一腳，大聲命令。

「嗚嗚，嗚嗚，嗚嗚……」喑啞的號角聲從他身邊響起。

「嗚嗚，嗚嗚，嗚嗚……」大營裡也有委屈的號角聲相合。

月闊察兒無法組織騎兵衝出去跟自家大隊人馬會合，只能把希望也寄託在南岸的隊伍上。期待他們能儘快殺過浮橋來，從背後給徐州紅巾致命一擊。

不用角聲召喚，南岸的那些蒙古兵和高麗兵便在副指揮使闊紐的指揮下，努力向北岸挺進。

然而浮橋太窄了，一下子擠上橋來的兵馬又太多，根本加不起速度。

正急得火燒火燎間，遠處的河面上又傳來幾聲高亢的龍吟，「嗚嗚——嗚嗚——」

緊跟著，一艘四百石的大船緩緩地從黑暗中駛了出來，繞過已經徹底燒成一團篝火的水營，從河道貼近南岸的位置撲向了浮橋。

「把長矛伸出去，擋住它，別讓他們撞上浮橋。」一副指揮使闊紺不顧一切地跑向岸邊，朝著浮橋上的北元將士大喊大叫。

浮橋只有一處，如果那艘四百石的大船上也裝滿了猛火油的話。萬一被點燃了撞到浮橋上，元軍將徹底被且為兩截。

北岸的士氣盡喪，南岸的沒有糧草和輜重補充，用不了多久，就得面臨全軍覆沒的結局！

浮橋上的蒙古和高麗士兵顧不上繼續向前走，紛紛將手裡的長兵器探到上游一側，試圖在最後關頭給順流而下的大船製造一點障礙。

令他們驚喜萬分的是，那艘由運糧船改造的大船居然沒有繼續向浮橋靠近，而是在船帆和船槳的配合下，逆著水流，緩緩地停在了距離浮橋五十步遠的位置。

他們要幹什麼？黃河北岸，老進士逯魯曾也被大船的怪異動作弄得滿頭霧水。兩眼牢牢地盯住船頭。

這艘船，分明是數天前他麾下的一隻，當時被用來運送輜重，現在，卻被改裝成了戰艦。

而戰艦需要的靈活性，這艘船完全不具備；戰艦所需要的女牆和撞角和拍桿等陳設，這艘船也壓根兒都沒裝，只在船首處加裝了一個怪異的龍頭，瞪圓了兩隻黑洞洞的眼睛，驕傲地盯著浮橋上的蒙元將士，彷彿後者成了獵物一般，目光裡不帶絲毫憐憫。

有人站在浮橋上，向大船射出狼牙箭，叮叮噹噹，令大船身上頓時生出一層白白的羽毛。

巨大的船身晃了晃，就像巨龍在抖動身體。緊跟著，龍的左眼處猛然閃起了一道紅光，數百枚鐵彈丸呼嘯著噴射出來，將浮橋上的蒙古人和高麗人割莊稼般掃翻了一大片。

「轟！」緊跟著，巨龍的右眼也閃起了紅光，數百隻板栗大小的彈丸飛出來，在五十步外的浮橋上「清理」出一片血淋淋的空檔。

轟隆隆，轟隆隆！黃河的水面猛的向上一跳，也跟著發出了憤怒的咆哮，驚濤拍上橋面，將更多的北元將士拍下去，轉眼間沖得無影無蹤。

巨龍發怒了。

在醒來多日之後，這條被無數中國人視為母親的巨龍，終於發出了自己的第一聲怒吼，伴著火炮的轟鳴，將強盜和幫凶們一併掃進了滾滾洪流之中！

「妖法——！」浮橋上的蒙元將士大叫著，拼了命朝兩側橋頭擠去。

然而狹窄的橋面和過密的人頭數量再一次限制了他們的移動速度和範圍，幾乎是眼睜睜地，他們看著大船上的紅巾士兵將兩口袋黑乎乎的東西依次從龍眼睛中倒了進去，然後拿起一根粗大的木頭棍子朝裡邊搗了幾下，再然後，慢慢調整船頭。

笨重的運糧船逆著水流緩緩地轉動身軀，每挪動一寸，所耗費的時間都像有一萬年般漫長。被自家袍澤堵在橋面上的蒙古和高麗士兵，則將身體拼命左右擺動，盡最大努力避開巨龍的眼睛，哪怕是將身邊的同夥擠進水裡淹死，也在所不惜。

一萬年時間終究還是會有個盡頭，角度向左下方調整了大約八分之一個圓之後，龍頭終於停了下來。緊跟著，左眼猛的一閃，再度將百餘粒彈丸噴向了橋面。

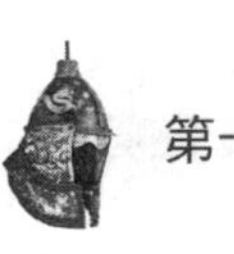

「啊——！」被打中的蒙元士兵嘴裡發出淒厲的哀嚎。

僥倖沒有被彈丸波及的，長出了口氣。「轟！」還沒等他們把嘴裡的氣吐乾淨，巨龍的右眼再度閃了一下，又是百餘粒彈丸將正對龍頭方向的十幾名蒙古兵，統統打成了篩子！

大船又開始挪動，還是像先前一樣笨拙。妖異的火光下，十幾名紅巾軍士兵在龍頭附近跑來跑去，他們的動作很慢，幾乎與巨龍一樣笨拙。然而浮橋上的蒙古士兵卻再也沒有勇氣去等待龍眼的下一次閃動了。他們或者舉起彎刀，向擋在自己身前的高麗僕從亂砍亂剁。或者直接縱身躍進黃河，把命運交給了滾滾洪流。

「不要跑，繼續過河！」副指揮使闊紐揮動鋼刀，堵在浮橋的南側，將倉惶後退的蒙元士兵一個接一個砍翻在地。

有桿長槍從側面挑過來，擋住了他的刀鋒，另外一面盾牌狠狠地推在他的肚子上，將他推得踉踉蹌蹌。幾個身材短粗的蒙古武士被後面的同夥推搡著，與他撞在一起，將他撞翻於地。緊跟著，數百雙大腳從他的胸口踩了過去。

「指揮使大人摔倒了！不要擠，指揮使大人摔倒了！」闊紐的親兵們連忙上前施救，卻被人流衝得東倒西歪。河面上那艘怪異的大船令所有人都喪失了勇氣，唯恐躲得稍微慢一些，成為龍眼的下一次「青睞」目標。

「紅巾軍，紅巾軍！」

不知道誰的嘴裡發出驚呼，迅速將恐懼蔓延到所有人的心頭。一支打著火把的隊伍，從南岸某處突然殺了出來。規模之大，宛若天河決口。

壓垮駱駝的，往往是最後一根稻草。對於士氣已經面臨崩潰的蒙元將士來說，此刻哪怕從南邊再殺過來幾百名紅巾軍，都足以令他們魂飛膽喪。更何況打著火把殺過來的隊伍規模數以萬計！

登時，再也沒人管北岸的戰況如何了，所有留在南岸和剛剛從浮橋上跑下來的蒙元將士慘叫一聲，撒腿便逃，只恨爺娘沒給自己生出第五條腿！

那些打著火把殺過來的紅巾軍將士，則跟在潰兵身後緊追不捨，每個人都是一身布衣，手裡拿著的，除了火把之外，僅僅是一把短刀，或者一根木棒。

然而，在逃命者眼裡，即便是短刀和木棒也蘊含著無窮無盡的威力，誰也不敢回頭抵抗，任由紅巾將士從身後追上來，用木棒和刀柄將他們一個接一個敲翻在地。

「嗚——嗚，嗚——嗚——嗚！」北岸的求救號角還在響著，但是聲音裡已經充滿了絕望。孤零零的戰旗附近，普賢奴拎著一把鑲嵌著寶石的鋼刀，在十幾名親兵的保護下做最後的掙扎。

風字營統領魏子喜則帶領三個戰兵百人隊，將他們牢牢地圍困了起來，每一名紅巾軍士兵眼睛裡，此刻都充滿了憐憫。

是的，**他們在憐憫自己的敵人，是強者對弱者的憐憫，因為他們突然發現，原來傳說中每個都能打一百個的蒙古老爺，其實和自己沒啥兩樣。**居然也知道怕，也知道疼，在發現大勢已去之後，也一樣地茫然無措。

這些傳說中武藝高強，甚至空手可以撕裂虎豹的蒙古老爺，從某種角度上來說，還不如大夥兒呢。至少大夥被逼入絕境之時，還懂得跳起來拼命，而這些蒙古老爺們，握著刀的手卻一直在哆嗦，兩條看上去極為粗壯的大腿，此刻也軟得如同麵條一般，從對面都能看見膝蓋的彎度。

「投降，饒你不死！」對已經掉進陷阱的獵物，魏子喜沒興趣將他們全部殺掉。

按照徐州左軍創下的先例，俘虜敵人，功勞和斬首一模一樣，並且俘虜過後還可以交給北岸的士紳們花錢贖走，給大夥帶來一筆可以預期的分紅。

「不——！」

普賢奴顯然能聽得懂漢語，嘴裡發出一聲悲鳴。只見他高高地舉起刀，踉蹌著向前撲了數步，胸口幾乎撞到了對面明晃晃的槍尖，卻又沒有勇氣承受亂槍攢刺之苦，於是又踉蹌著向後退去，退三步，前進兩步，退三步，前進兩步，最後丟下寶刀，坐在地上，放聲嚎啕。

「嗚——！」親兵們和號手也都丟下各自的兵器，絕望地蹲在地上，雙手掩面。

他們當中，絕大多數是第一次走上戰場。關於漢人如何孱弱和蒙古人如何強大的說法，還是來自已經死去多年的祖父甚至曾祖父，當他們發現一切都跟祖輩們說的截然相反時，心中的恐慌和失落可想而知！

北岸的其他位置，戰況亦完全呈現一面倒的趨勢。蒙古兵和高麗兵或者被俘，或者被殺，幾乎完全喪失了抵抗能力。甚至有些建制還算齊整的蒙古百人隊，居然不懂得趁亂突圍或者逃走，就那樣呆呆地站在岸邊，眼睜睜地看著身穿鐵甲的紅巾軍向自己衝殺過來，然後在絕望中被砍死，或者跪地投降。

士氣高昂的紅巾軍戰兵，則在號角和戰鼓聲的指揮下，分成了一個個百人隊，由勇敢百夫長們帶著，四下追殺殘敵。

遇到成建制的抵抗，則幾個臨近的百人隊迅速彙集起來，將負隅頑抗的敵軍困住，然後一個接一個殺死；遇到零散的逃命者或者失魂落魄者，則勒令對方丟下武器，雙手抱頭，等待紅巾軍輔兵的收容。

不知不覺間，東方開始放亮，戰場上的情景變得越來越清晰，正在逃命和手足無措擠成一團的蒙元士兵，人數遠在身披鐵甲的紅巾軍之上。然而，他們卻根本組織不起有效的抵抗，被後者像趕羊一樣驅趕著，兩眼裡寫滿了恐慌。

當職業強盜失去了勇氣，表現並不比職業農夫好多少，更何況，這夥職業強盜早已經不聞兵戈聲多年，而職業農夫們，卻被組織了起來，每個人至少都經過三個半月的專門訓練。

服從、榮譽和紀律在每天枯燥無味的隊形演練和軍容整訓中，慢慢滲透進每個紅巾軍戰兵的骨子裡，即便遇到再兇悍的敵人，他們第一時間想到的也是保持隊形，與自己的隊友並肩迎戰，而不是像以往那樣，丟下兵器轉身逃走。

呆立在河灘上的逯魯曾，目不轉睛地看著徐州紅巾將蒙元將士分割包抄，一一擊潰，進而追亡逐北的整個過程。

他忽然發現，自己昨夜做的那個噩夢好生荒唐！這樣一支盔明甲亮，號令整齊的隊伍，怎麼可能放下武器任由別人屠殺?!

即便沒有那滾入馬腹下中亂炸「掌心雷」和那神秘的龍舟助戰，他們照樣能擊敗成倍的敵人。**哪怕是戰局急轉直下，或者敵軍的規模變為他們的十倍乃至百**

倍，他們依舊會頑強的搏鬥下去，直到最後一人倒地，最後一滴血流乾，而不是乖乖地放下兵器，把自己和父母妻兒的性命都交到敵人之手！

他們變了，變得那樣的高大，那樣的陌生。

他們不再是任人踐踏的野草，有一股全新的，書本上從沒記載過的生機，正在他們身體裡慢慢孕育出來，慢慢地向四下散發。

他們一個個驕傲地昂著頭，直著腰，將比自己粗壯了將近一倍，規模更是自己數倍的俘虜，從四面八方押過來，押向早已空無一人的軍營。

他們驕傲地從逯魯曾身前走過，不屑於上前俘虜一個滿頭白髮的糟老頭子，或者壓根兒就沒注意到逯某人的存在。

一股被侮辱的感覺再度湧上了逯魯曾心頭。初升的朝陽將萬道金光灑下，照亮了老進士臉上每一根憤怒的皺紋。

「讓趙君用過來見我！」他邁步向距離自己最近的一名紅巾軍百夫長叫嚷道：「老夫要見趙君用！老夫以一片誠心相待，他居然膽敢利用老夫！讓他出來，老夫今天要問個明白！」

那名百夫長憐憫地看了他一眼，指了指軍營，示意他自己主動去當俘虜。想見趙長史，哪那麼容易?!趙長史是咱們紅巾軍的二當家，要是隨便一個人想見就能見到，咱們徐州紅巾軍的帥帳成了什麼地方！

「老夫要見趙君用，老夫要見趙君用！」逯魯曾勃然大怒，跳著腳，高聲嚷嚷，身邊四個家僕怎麼勸都勸不住。

附近的紅巾軍將士紛紛將頭側過來，好奇地看著這個發了瘋的老頭子，雙目中充滿了憐憫。

今天在戰場上發了瘋的，可不止是眼前這個白髮老者，許多蒙古和高麗將領在被迫放下武器投降後，都變得癡癡呆呆的，彷彿魂魄已經不在軀殼裡一般。

他們習慣了征服，習慣了屠殺和勝利，習慣了聽祖輩父輩嘴裡關於蒙古武士蹂躪中原的傳說。當發現那些榮耀和武功都像夢一樣遠去之後，他們不知道自己活著還剩下什麼意義?!

逯魯曾顯然瘋得比任何人都厲害，發現紅巾軍將士不肯理睬自己，他就邁動雙腿，一邊朝軍營裡走，一邊繼續大喊，讓每一個經過營門的紅巾軍將領都看到了他的瘋狂；每一雙悲憫的耳朵都聽到了他的存在。

終於，有一個熟悉的面孔走了過來，一把扶住他的胳膊。

「善公，善公醒醒！我是通甫，你還記得我嗎？善公不要害怕！這個計謀不是針對你的，紅巾軍上下沒有人想對付你！」

「通甫！」逯魯曾就像抓到一根救命稻草般，十指緊緊扣住胡大海的臂膀，發出令人牙酸的聲音。

「快，快帶我去見趙君用，快帶我去見他。他沒空的話，你家朱都督也行！告訴他們別再追了，一定要放月闊察兒走！放走他，對你們徐州紅巾只有好處，絕對沒壞處！」

「啊？」胡大海愣了愣，不明白老進士到底發的是哪門子瘋，都落到如此地步了，居然還試圖替月闊察兒求情。

誰料逯魯曾卻是急得兩眼冒火，以老年人少有的力氣，晃著他的胳膊，繼續大聲嚷嚷道：「脫脫用的是疲兵之計。他現在忙著去對付潁州紅巾，沒有多餘的精力對付你們，所以才想到這種主意！讓你們天天忙著打仗，騰不出任何時間休整，等對付完潁州紅巾，他就會親自帶著大軍來對付你們！月闊察兒在朝廷上是另外一派，你們必須留著他，留著他在背後給脫脫捅刀子！」

「啊?!我知道了，您老在這裡等著，我這就去找我們家都督！」胡大海驚呼一聲，回過神來，趕緊叫人上前保護逯魯曾，然後撒腿朝軍營深處跑去。

老進士逯魯曾終於如願以償，彎下腰，雙手扶著膝蓋，大口大口喘粗氣。

一隊隊押著俘虜的紅巾軍將士從他身邊快步走過，每個人臉上都寫滿了驕傲和喜悅。這份驕傲和喜悅暫時不屬於他逯魯曾，但是他卻不介意。他年紀活得長了，性子早已不像年輕人一樣急，今後還有足夠的時間和機會，再與大夥慢慢分享。

「手持鋼刀九十九，殺盡胡兒才罷手……」

有勝利歸來的將士大聲唱起了民謠，調子很怪異，歌詞也與高雅搭不上半點兒邊。但是逯魯曾聽在耳裡，卻覺得韻味十足，並且聽著聽著，就跟大夥一道哼了起來。

手持鋼刀九十九，殺盡胡兒才罷手。
頂天立地男子漢，何為韃虜作馬牛。
壯士飲盡碗中酒，千里征途不回頭。
金鼓齊鳴萬眾吼，不破黃龍誓不休。
手持鋼刀九十九，蕩盡腥膻才罷手。
男兒不死雄魂在，滔滔長河萬古流。
男兒不死雄魂在，滔滔長河萬古流。
……

這首歌，順著黃河兩岸四下傳去，飛躍一座座城市，飛躍森林、高山、農田，曠野，轉眼間傳遍了整個中原，傳遍了整個天空和大地。

那條沉睡了近百年的巨龍真的醒來了，在歌聲中躍上天空，瑞彩萬道，麟爪飛揚！

「甲子隊，前方十五步，擲！」隨著百夫長李子魚一聲令下，一百名擲彈兵伸腰展臂，將裝滿了沙子的訓練手雷擲向了十五步到十八步的目的地區域，動作整齊得就像一排人形投石車。

「甲丑隊，前方十五步，擲！」百夫長栗重彬緊跟著拆開嗓子，帶領另外一夥擲彈兵，將訓練彈向前投出，砸得目的地區域煙塵滾滾。

「甲寅隊，前方十五步，擲！」

「甲辰隊，前方十五步……」

呼喝聲此起彼伏，一身短打擲彈兵們在各自百夫長的指揮下，在訓練場上揮汗如雨。

這群擲彈兵都是精挑細選出來的壯漢，個個身高力大。經歷了連番幾次戰鬥之後，無論是對命令的回應速度，還是對投擲的距離和區域的把握，都得到了極大的提高。

然而，擲彈兵千夫長劉子雲在旁邊卻看得興趣缺缺，總是不停地走來走去，目光大部分時間都盯著自己的鐵皮戰靴。

「大劉，你是怎麼了？誰惹你不痛快了！」校場另一側正在指點新兵和輔兵訓練的王大胖發現劉子雲狀態有異，抽了個空子跑過來，問。

「沒事！」劉子雲笑了笑，臉上的表情好生疲憊。「我在想，咱們左軍什麼時候出發？」

「著什麼急啊！你沒聽于參軍說麼，都督讓他至少準備三個月的軍糧。咱們這次打出去，估計不到秋收時不可能收回來了。」王大胖大咧咧地安慰。

也難怪劉子雲提不起精神，殲滅月闊察兒那場戰役已經過去小半個月了，隨著芝麻李南征的部隊也在五天前就誓師出發了，如今整個徐州城內，除了長史趙君用麾下的幾個嫡系營頭，就剩下朱八十一的左軍。眼看著前方捷報頻傳，自己這邊卻憋著一身勁沒地方使，當然讓人心裡頭不會太痛快！

然而，王大胖的安慰卻沒起到多少作用。擲彈兵千夫長劉子雲依舊耷拉著腦袋，用靴子將地面上的石頭子四下亂踢。

「唉！我說大劉，你不是也捨不得家裡的老婆孩子熱炕頭了吧?!」王大胖擔心好友的狀態，半開玩笑的說。

「滾！你才捨不得老婆孩子了呢！」劉子雲抬起腿，作勢欲踢。「沒事幹就練你的兵去，老子這邊萬一受了損失，還得找你要補充呢！」

「你那兒？」王大胖不屑地撇嘴。「等著吧！老子這裡出去的人，吳二十二和徐達兩個還搶不過來呢，哪裡輪得上你！」

回答他的只是一聲嘆氣。擲彈兵劉子雲扭過頭，訕訕地走遠。

「唉，到底怎麼了，我不是跟你開個玩笑麼？你這人怎麼一點兒也不經逗啊！」看到他失魂落魄的模樣，王大胖彷彿明白了一些，趕緊從背後追上去，按住此人的肩膀。

「我真是跟你開玩笑的，我這邊剛出鍋的戰兵，哪回不是先送到都督那邊分配？什麼時候輪到我自己做主兒了！你別著急，擲彈兵早晚有大放異彩的那一天！」

「唉！」劉子雲繼續低聲長嘆，連續三場大戰，擲彈兵發揮的作用遠不如大夥對他們的期望，並且還呈明顯降低的趨勢。

居高不下的啞火率，無法預料的爆炸時間，還有低得可以的自衛能力，讓這個剛剛建立沒多久的兵種越來越有雞肋的味道。

為了保證每個人隨身攜帶的手雷數量和身體的靈活性，擲彈兵配備鐵甲的時間還被無限期的後延。在戰場上，萬一單獨面對敵軍，基本上就只有束手待斃的份了，根本無法獨自生存。

「唉！我覺得有些事情不能怪你們！」王大胖也陪著嘆了口氣，晃著腦袋開解道：「那手雷全靠藥捻子來引發，捻子的長短粗細又全靠工匠的手指頭，能保證一半當場爆炸，已經很是難得了！要是純靠投石車來發射，摔啞火的還得更多，更對敵軍構不成威脅！」

不得不說，他安慰人的水準實在爛到了極點。劉子雲聽了，非但無法恢復起精神，腦袋反而耷拉得更低。

同是最早追隨都督去炸韃子的兄弟，別人的前途看起來一天比一天光明，包括眼前這個喝涼水都長肉的胖子，因為輔兵和新兵訓練任務幹得出色，總是被都督掛在嘴邊上；反觀自己，無論平時還是戰後，都是被遺忘的角色，指揮能力比不上徐達，上前肉搏的機會也根本等同於無，每次都站在後排眼巴巴地看著別人立功受賞，心裡頭甭提有多不是滋味了！

「我說你啊，有功夫在這兒瞎琢磨，不如把訓練交給手下，自己多往黃老歪的作坊裡邊跑跑呢！」

見自己的安慰發揮不了作用，王大胖轉了幾下眼睛，又給劉子雲支招。

「沒瞧見連老黑那廝麼，頭天把賞額定出來，說誰幫他解決了火槍的藥捻子問題，就送一兩黃金，結果第二天就有了辦法，讓他手裡那把大抬槍的點火時間一下子就縮短了大半。你現在手裡又不缺錢，扔給作坊裡的工匠們幾個，都鄉里鄉親的，他們能不好好替你想主意?!」

「這倒是！」劉子雲的眼神立刻亮了起來，給了王大胖一巴掌，大聲抱怨，「你怎麼不早說！害我這幾天頭髮都快愁白了！」

「嗨！好心替你出主意，你居然還敢拍我！」王大胖豎起眼睛，做抗議狀，「以後甭指望哥哥我再幫你！」

「哎！你是我親哥還不行麼?!」劉子雲理虧，衝著王胖子又是作揖，又是打躬。「今晚去臨風樓，想吃什麼隨便你點！」

「算了吧，有好菜不讓喝酒，還不如拿去餵狗！」王大胖不屑地撇嘴。「偷著喝幾杯，你有沒有那個膽兒……」

「頂風作案，你嫌我最近還不夠背麼？」劉子雲拍了他一下，「除了陪你喝酒之外，其他事情，你王胖子開口，我劉某人絕對不含糊！」

「老子現在活得有滋有味，哪裡需要你來幫忙！」王胖子將胸口向上一挺，「不過……」他又訕笑著說：「有空幫我起個名唄！你看你們哥幾個，這個子，那個輔的。有名有姓還有字，一聽就是個富貴人，就我跟老吳兩個，還靠當年的編號混呢！」

「取名的事，你不去找逯老頭，找我哪成！」劉子雲愣了愣，有些自卑地搖頭。

自打逯魯曾加入徐州軍，並主動承擔起替左軍教導軍官們念書識字的任務後，周圍的一干兄弟就都變得文雅起來。李子魚變成了李知宇，徐洪三變成了徐萬象。就連匠作營的千戶黃老歪都有了個響亮的名字。

只有千夫長吳二十二和王胖子兩個，因為看不慣老逯頭那副施恩於人的做派，至今還頂著一串兒數字廝混。看起來與周圍的環境格格不入。

請續看《燕歌行》4　獨家買賣

燕歌行 卷3 逆勢而上

作者：酒徒
發行人：陳曉林
出版所：風雲時代出版股份有限公司
地址：10576台北市民生東路五段178號7樓之3
電話：(02) 2756-0949
傳真：(02) 2765-3799
執行主編：朱墨菲
美術設計：許惠芳
行銷企劃：林安莉
業務總監：張瑋鳳

初版日期：2020年5月
版權授權：蔡雷平
ISBN：978-986-352-806-7
風雲書網：http://www.eastbooks.com.tw
官方部落格：http://eastbooks.pixnet.net/blog
Facebook：http://www.facebook.com/h7560949
E-mail：h7560949@ms15.hinet.net
劃撥帳號：12043291
戶名：風雲時代出版股份有限公司

風雲發行所：33373桃園市龜山區公西村2鄰復興街304巷96號
電話：(03) 318-1378
傳真：(03) 318-1378
法律顧問：永然法律事務所 李永然律師
北辰著作權事務所 蕭雄淋律師

行政院新聞局局版台業字第3595號 營利事業統一編號22759935

定價：270元

國家圖書館出版品預行編目資料

燕歌行 ／酒徒 著. -- 初版 -- 臺北市：風雲時代，2020.02- 冊；公分

ISBN 978-986-352-806-7（第3冊；平裝）

857.7 109000129